王逢振——主编

外国惊悚悬疑小说译丛

THE GOLD BUG

金甲虫

——爱伦·坡短篇小说选

[美] 爱伦·坡——著

焦菊隐、文楚安等——译

[爱尔兰] 哈里·克拉克——插图

漓江出版社

[美] 埃德加·爱伦·坡

（Edgar Allan Poe，1809—1849）

漫画 / 佚名 / 作

画家介绍

哈里·克拉克

（Harry Clarke, 1889—1931）

爱尔兰画家，擅长为书籍配画，先后为柯勒律治、歌德等人的作品做过插图。本书收入的 13 幅插图，作于 1923 年，是克拉克专为爱伦·坡小说而作，被认为最贴近坡小说的诡秘文风。他也因这套黑白插图一举成名，被公认为世界一流的插图画家。

目录 Contents

编选序言

王逢振 *

埃德加·爱伦·坡（Edgar Allan Poe，1809—1849），美国文坛的一个怪才！有人说他是天才的诗人，杰出的小说家；也有人说他行为不轨，是个叛逆者和疯子。但无论如何，今天人们公认他是美国文学史上最重要的作家之一。

爱伦·坡1809年1月19日生于波士顿，父母为流浪艺人。他不足3岁便成为孤儿，由养父母抚育成人。幼时曾在英国读书，后转回里奇蒙上学。坡天性聪慧，博闻强记，学习成绩优秀，17岁进弗吉尼亚大学。养父曾指望他学习有助于生意的实用知识，而他却偏爱文学和音乐，因此与养父发生矛盾，导致长期不和。家庭缺少温暖，使他的感情发生了畸变。他中学时爱上了同伴的母亲简·斯蒂恩·斯塔纳德，不久她患病去世，他伤心得死去活来。后来在大学里染上酗酒的恶习，为饮酒而不惜借债，结果养父断绝了对他的

---

* 王逢振（1942— ），中国社科院外国文学研究所欧美室研究员。从事批评理论和文化研究，先后出版专著6种，翻译文论著作6种，在北美出版编著2种，主编有《詹姆逊文集》（14卷）、“知识分子图书馆丛书”（41种）和“先锋译丛”（11种）等。

支持，坚决让他退学。于是他离家出走，到波士顿独自谋生，从此开始了艰难的生活。他当过兵，做过几家报刊的编辑，但都没有获得成功。1835 年，他与 13 岁的表妹弗吉尼娅结婚，也没有给他带来多大的欢乐。他追求过几个女人，不仅未能如愿以偿，反而招来不少非议。生活坎坷多舛，事业和爱情屡遭挫折。他只有靠写作抒发自己的郁闷，靠酗酒来暂时摆脱精神的压抑。孤寂、苦闷和酗酒，使他只活了 40 岁，1849 年 10 月 7 日他在巴尔的摩与世长辞。“可怜的坡！他是个富于独创性的杰出诗人，是该世纪最优秀的散文批评家之一。他的作品是同类中最好的著作。”

爱伦·坡是个主张“为艺术而艺术”的唯美主义者。几乎在他所有作品中都贯穿着这种主张。他声称一切艺术的目的都是为了娱悦，而不是追求所谓的真理。他认为“在诗歌里只有创造美——超凡绝伦的美才是正当的方式，才会引起人们的娱悦。音乐是诗里不可缺少的成分，对诗人力求表现超凡绝伦的美至关重要。在故事写作中，艺术家应尽量制造惊险、恐怖和强烈的感情效果。每一篇作品都应该达到某种效果”。

坡的作品主要由三部分组成：诗、小说和批评论文。诗歌成就最为突出，其次是小说；评论虽不乏独到见解，但数量不多，除《写作的哲学》（1846）和《诗歌原理》（1850）外多系偶感而发。坡生前并不受人重视，甚至死后还常遭攻击。直到法国诗人波德莱尔于 1852 至 1857 年翻译了他的作品，惠特曼和萧伯纳对他大加赞赏之后，他在文学史上的地位才开始发生根本变化。最近几十年来，由于精神分析和由精神分析演变而成的各种理论的兴起，坡的作品格外受人重视。有的批评家对他做出了这样的评价："他对 19 世纪和 20 世纪的文学产生了深刻影响，不仅影响到英语世界，而且影响到欧洲和拉丁美洲。他对欧洲文学，特别是法国文学的影响尤其明显。马拉美翻译了他的诗歌，波德莱尔翻译了他的短篇小说，这使他的名望扩展到德国、俄国、意大利和西班牙。在英国和美国，他的名望可能达到了前所未有的高度，现在已被认为是英语文学传统主流中一个重要人物。"

作为短篇小说的开拓者和实践家，坡对这种文学形式做出了重要贡献，因而也对整个文学做出了重要贡献。他的作品实践和有关的批评文章，还从理论上促进了对短篇小说作为一种艺术表现形式的理解。坡一再强调："在短篇小说这种文艺形式当中，每一个事件，每一个描写的细节，甚至每一个字句，都应该收到某种统一的效果，某种预想的效果，或某种印象主义的效果。"坡所说的效果，就是运用精雕细琢的语言，通过巧妙的细节描写，表现他心目中永恒的主题：美和美的幻灭，死亡的恐怖，忧郁的窒息，以及对怪异现象的疑惧。

爱伦·坡写了大量短篇小说。虽然真正的侦探推理小说只有五篇，但却被公认为是西方侦探小说的鼻祖。这是因为，他不仅发明了侦探小说这种文学形式，而且还创造了抽象分析的推理方法，确立了侦探小说的文学价值。实际上，坡的侦探小说确立了整个西方侦探小说的一些基本特点，例如小说由四部分组成：神秘的环境和紧张的场面，曲折严密的情节，固定的人物，特定的故事背景；小说的情节有一定模式：引进侦探，提出犯罪及线索，进行调查，宣布破案，通过逻辑推理和抽象分析解释破案过程，锁定罪犯的结局；小说有固定的人物：受害者、罪犯、侦探和侦探的助手。所有这些都对后来的侦探小说产生了重大影响，尤其以业余侦探为主人公、以推理活动为主线、以能力较低的朋友为陪衬和叙述者的格局，被后来的侦探小说广为模仿。柯南·道尔笔下的福尔摩斯和华生医生，阿加莎·克里斯蒂的波阿洛和亥斯廷斯上尉，艾勒里·奎恩和他的父亲老奎恩，都因袭了爱伦·坡的写法。这里选入的《莫格街谋杀案》《金甲虫》和《失窃的信》，充分体现了坡的侦探小说的基本特点。

坡写的恐怖惊险故事有时带有哥特式传奇色彩，有时又带有奇异的幻想色彩。但所有气氛和色彩的渲染都只是一种写作技巧，虽然它们本身也传递出特殊的内容。应该说，不论坡的小说写什么，似乎都涉及关怀死亡的神话，关系到生和死的本能。然而，生也精神，死也精神，仿佛一切都源于精神活动。在《丽姬娅》里，罗维娜的死，丽姬娅尸体的复活，二者的交替，荒诞可怖，但萦绕心头，让人不能不跟着作者的描述激活自己的心理活动。

因此，人们认为坡的小说还开创了现代心理描写的先河。这里收入的《黑猫》篇幅不长，但却突出表现了心理描写的特点。故事起伏跌宕，丝丝入扣，仿佛用手术刀解剖一个罪犯的心灵，将人的有意识和无意识的心理活动呈现给读者。主人公误杀妻子之后，掩盖罪行是有意识的；但他就要被警察解脱嫌疑时，说“这几堵墙砌得真结实”则是无意识的，是压在心底的恐惧的自然迸发。故事将主人公对猫和对他妻子的态度及心理活动穿插描写，既增加了神秘感，也加强了心理描写的效果。

坡的艺术是一种技巧，也是一种掩饰，掩盖着相反的东西。他被誉为象征主义的先驱，因此他的作品因人们对象征的不同理解也常常导致不同的解释。有人说坡试图通过有色眼镜观察一切而不被别人看见，作品的神秘、荒诞和疯狂只是外部的，像在大街上的一声叫喊，而在内部一切都是理智的和严肃的。

但是，劳伦斯认为，“坡与其说是艺术家，毋宁说是科学家”。他倾向于以华丽的修饰对世界做出反应。他把现实理解为存在于华美的表层之下的实在的核心。他在写作中为了打破技巧而创造技巧。劳伦斯也许是正确的。因为，沿着这种思路探索，人们会体会到坡的极其浪漫的信念：事情总有个答案。坡深信事物的核心有某种真实的存在，哪怕这种存在是“被害人的心脏的跳动，或者是厄舍古厦地窖中空棺材里的微弱的蠕动”。无论多么可怕，有某种存在，有某种可以认同的事物总比没有好。劳伦斯曾评论说：“当自我崩溃时，当‘他性’能够认识的神话破灭时，与心爱的事物的认同就变成了欲望。”在坡的身上，这是一种极端的欲望，它甚至超越了认知的需要。因此，坡是个必须完全凭心智去理解的作家。

黑 猫

焦菊隐* 译

我跟着就要写的这段最狂妄而又最平凡的故事，并不希望有人相信，也并不祈求有人相信。这件事，连我自己的意识都拒绝承认其真实，如果我还希望别人相信，那我岂不是疯了吗？然而，我并没有疯——我也很有把握我并没有做梦。我仅有明天就得死，今天也必须卸一卸我灵魂上的重负。我最简捷的目的，只是要朴质地、简洁地，也毫不加以批判地，把一些不过是家庭间的琐事，放在世人的面前看一看。这些琐事恐吓过我，折磨过我，毁伤过我。我不想解释是什么原因。这些事在我看来没有别的，只是恐怖——在许多别人看来，当然除了怪诞以外就没有这么恐怖。今后也许会发现有某种智慧，足以把我的狂想减轻成为平凡的念头——那种智慧，一定是比我的智慧更冷静，更逻辑，而远更不容易激动，能把我以惊痛来叙述的情形，看成不过是极平常的一串因果关系。

---

* 焦菊隐（1905—1975），中国著名导演艺术家、戏剧理论家、翻译家，北京人民艺术剧院的创建人和艺术上的奠基人之一。导演作品有《龙须沟》《明朗的天》《茶馆》《智取威虎山》等；翻译作品有《契诃夫作品选》《樱桃园》《万尼亚舅舅》《娜娜》等。

我从幼小的时候起，就以性情驯良和仁慈引人注意。我的心地柔和得太显著了，招得我的伙伴们都嘲笑我。我特别喜欢动物，我父母宠爱我，给我买了各式各样的小畜类，叫我去玩。我把大部分时间，全花在这些小畜生身上，再没有比喂它们抚慰它们更觉得快活的事了。我这种性格的特点，跟着我的岁数增长，等到我到了成人的年岁，便成了我许多快乐源泉之一种。凡是对于忠实而贤惠的狗发生情感的人，都能知道从这上边所得到的满足是什么样子，又有多么浓厚，所以我也不必再费事解释了。对于畜生之爱，是不自私的，自我牺牲的，这种爱，对于常常有机会测验人类的陋卑友谊与游丝一般的忠实的人们，常常能直接打动他们的心。

我结婚得很早，顶快乐的，是发现我太太的心境，和我的相去并不太远。她一看我这么偏爱家畜，一有机会便把最可亲的猫狗等等都买来，绝不错过。我们家里有各种鸟，金鱼，一只漂亮的狗，小兔子，一个小猴子，还有一只猫。

这只猫的个子非常大，又极美丽，全身都是黑的，贤惠到一种令人吃惊的程度。我的太太心里，连一点迷信的色彩都没有感染上，所以一谈到这只猫的智慧，就常常引到古代民间的观念，认为所有黑猫都是巫魔伪装下界的。其实她并不是对于这一点看得严重——我之所以把这件事叙述出来，也没有其他缘由，只是因为就在我下笔的现在，恰巧想起来了。

我那猫的名字叫普洛陀，它是我所宠爱的一个小动物，也是我的游戏伴侣。全由我喂它，我在家里，无论走到什么地方，它就跟到什么地方。甚至我到街上去，它也要跟去，不让它跟去，简直很困难。

在这种情形之下，我们的友谊继续了有几年之久。在这几年当中，我的一般脾气与性格，因为极度的纵酒，变本加厉，弄得更坏了（我脸红着承认）。我一天比一天变得更忧郁，更容易激怒，更不顾别人的感情受得住受不住。我常常用语气不好的话说我的太太。到后来，我甚至赏她身体上的摧残。我的那些小家畜自然也感觉到了我这种心情的改变。我不但疏忽了它们，而且虐待它们。我只有对普洛陀还能相当自制，不肯虐待它。小兔子，猴子，或那条狗偶然无意中或为了感情走到我身边时，我就那样毫无顾忌地虐待它。但是我的病在我身上加重了——世上还有什么病比酒更厉害的！——最后，就连已经年老了的而且因此更容易生气的普洛陀，也开始体验到我的坏脾气了。

有一天夜里，我从城里常去喝酒的地方喝得酩酊大醉回家。一回家我就认为那只猫存心躲我。我就把它抓过来；它被我摧残得一害怕，就用牙齿在我的手上咬了轻轻的一块伤。我心里马上起了一片魔鬼似的怒火。我管不住自己了。我本来的灵魂好像立刻从我的身上飞开，全身四肢的筋络，都好像被一种甚于凶狠的恶毒所震颤。我从背心的口袋里，掏出一把铅笔刀，打开刀子，一把抓住那可怜畜生的喉咙，毫不踌躇地把它的一只眼睛，从眼眶子里挖出来！在我写我这件暴行的时候，我真脸红，我真脸上发烧，我身上真打战。

第二天早晨，经过一夜的睡眠，把头一天夜间放荡中的烟尘睡掉，人也跟着清醒过来，一看自己所犯的那个罪过，心里就起了半恐怖半后悔的感觉；但是，那，至多也不过是一阵很微弱很含混的感觉而已，灵魂的本身，并没有感动。我又接着沉溺在无限制的酗酒中，不久，就把一切记忆，又都沉没在酒里边了。

在这同时，那只猫慢慢恢复起健康来。真的，它失去眼珠子的那只眼眶子，使它的外貌很可怕，可是样子是再也不感到什么苦痛了。它又和平日一样，在房子里到处转，只是一看见我走过来，就在极端的恐怖中逃走，这原是可以想象得出的事。我的心上究竟还遗留着一点旧日的心肠。最初，总还觉得当日那样爱我的一个动物，如今竟不喜欢它到这种程度，心下有一点不安。可是就连这一点点感情，后来也消灭了，代替不安的反而是激怒。于是，跟着我的乖僻上来了，这仿佛是要把我陷到不可免的倾覆似的。这种乖僻精神，哲学是无法计及的。然而，乖僻乃是人类心上的原始冲动之一种，是形成人的性格的许多原始官能或称情操之一种。我对于这一点道理，了解得很清楚，我再也没有比这更清楚的了，正如同我对于我的现实生命，比对于我的灵魂生命更清楚一样。世上的人，有哪一个不曾千百次发现过自己明明知道不应该做而做了的一件件恶事或愚蠢的行为的呢？我们明明有最高的判断力，可是也正在有判断力的时候，我们不也是明知应当守法而经常有一个犯法的倾向的吗？我刚才说过，我这种乖僻的精神，使我整个毁了。这是灵魂一种难测的渴望，渴望把自己激怒起来——渴望对自己的天性加以摧残——渴望只为做错事而去做错事——也正是这种灵魂的渴望在催迫着我去继续并完成摧残那些毫无抵抗力的畜生。有一天，我很冷静地在它脖颈上拴了一个活绳子套，把它吊在一枝树枝上——吊的时候，我满眼流着泪，满心里起着最痛苦的仄悔——吊起它来，是因为知道它曾经爱过我，也因为我觉得它没有招我生气的地方——吊起它来，是因为我知道这样做造罪，造一个能以害及我永生的灵魂不得超生的罪，如果世上真有这一回事的话，甚至可以说是一个连最慈悲而又最可怕的上帝之无限慈悲都不能饶恕的罪。

在做完这一残酷行为的当天夜里，我被火警的呼声惊醒。我床上的帷幔全都烧着了。整个房子都冒着火光。我的太太、一个仆人和我，经过很大的困难，才逃出这场大火的包围。整个房子全毁了，我全部财产都被吞光，从此以后，我只有绝望一个途径了。

我不屑于去设法在因与果之间，在火灾与暴行之间，去建立一个联系，我觉得这是一个弱点。我只详详细细把许多事实的联系说一说——而且想尽量不遗漏任何一个线索或使任何一个线索说得不完整。在起火的次日，我到那一片废墟上去看，墙有三面都向里倒下去，只有一面例外。这例外的一面，是房子中间的一堵墙，不很厚，立在房子的大约中央，从前屋子里我的床头，就是顶着这堵墙放的。墙上有一大部分灰泥还存在着，就是这些灰泥抵住了火烧，墙才没有倒的。我认为这是最近来刷灰的缘故。围着这面墙，聚集了密密匝匝一堆人，里边有许多人好像在研究这面墙的某一特殊部分，极其热切注意也极其仔细地在看。大家嘴里都说着“奇怪呀”“古怪”和其他类似的语调，这些话引起我的好奇心。我走近前去，一看，在那堵墙的白平面上，露出一个大猫的形状，仿佛是浮雕在上边似的。那个样子真确得真是叫人吃惊。猫的脖子上，还拴着一根绳子呢。

我不能不承认这是一个显影，我刚一看见这个显影的时候，感觉极端的惊奇，极端的恐怖。可是，后来冷静的思索帮了我的忙。我想起来了，那只猫是在靠着这间房子的花园里吊着的。火警一起之后，这个花园里便立刻挤满了人——其中一定有一个人把这只猫的绳子割断，从一个敞开的窗口抛进我的卧室里去的。他这样做的原因，也许是为了要把我从睡梦中唤醒。而其他三面墙的倾倒，就把我所虐待的那只猫，轧成肉酱，挤在这面墙上，墙上的石灰，和火焰的热力，再加上燃烧物所产生出来的亚莫尼亚气，把肉酱烤干，于是就变成我所看见的这个猫影了。

我对于这个令人诧异的现象，纵或没有对我的良心解说什么，至少向我的理智做上述的解说了。可是，这依然不能叫我幻想上的深刻印象减消毫厘。几个月的光景，我都不能摆脱开对于那只猫的幻想；在这几个月当中，我的心灵中，又恢复了一种半感情，似乎是后悔，可又不是后悔。我觉得丢失这只猫怪可惜的，于是，在我时常遭受这种卑劣的癖性魔缠的中间，我时时在周围寻找和那只猫同一类的而且形象相似的另一只猫，来补充。

有一天夜里，我坐在那个比不名誉更下一等的酒窝中，正醉得半麻痹，我的注意力忽然落在一件黑东西上。那里摆许多烧酒，或麦酒的大酒桶，这些酒桶，是那间屋子里主要的家具陈设。那个黑东西就正憩在一个大酒桶的顶上。我本是一直就瞪着眼睛看那只酒桶顶的，看了已经有半天了，现在所以叫我惊讶的是，我怎么在刚才没有看见这个东西，而它忽然就出现了呢？我走近前去，用我的手摸一摸它。那原来是一只黑猫——一只很大的黑猫——整整像普洛陀那么大，各方面也都非常像普洛陀。只有一样不像，普洛陀的周身，没有一个地方有一根白毛；可是这只猫有一个虽则不很明显却很大的白斑，差不多把它整个胸部都盖住了。

我一摸它，它马上就起来，大声叫，用身子在我的手上摩擦，看样子仿佛对于我对它注意很高兴。好了，这不正是我一直在寻找中的那个东西吗？我马上和老板商量，要花钱把它买去；可是老板说这只猫不是他的——也不知道它是谁的——以前从来也没有看见过它。

我接着抚摸那只猫；等一会儿，我准备回家的时候，那只猫表现出要跟我走的样子。我让它跟我回去，不拦它；我一边走着，一边偶然间弯下腰去拍拍它。它一到了我的家里，立刻就住下了，也立刻就变成了我太太的一个最大的宠物。

而我呢，我不久心里对它就起了厌恶。这可和我所预料的正正相反；我自己明明是喜欢它，忽而变为讨厌与嫌恶，这连我自己也不知道是怎么一回事，又为了什么。逐渐逐渐，这种嫌恶与讨厌的感觉，就变成了刻骨的仇恨。我总躲避着这个小畜生，有一种羞耻的感觉，加上对于以前残酷行为的回忆，阻住了我，不让我去对它加以肉体的摧残。有几个礼拜，我没有打它，也没有用另外的方法虐待它；可是逐渐——很慢很慢地逐渐——我见了它就用不应出口的咒骂待它，永远躲开它，不愿意看见它那种不吉利的样子，好像躲避黑死病人的呼吸似的。

我把它带到家中的第二天，发现它和普洛陀一样，也失掉了一只眼睛，这毫无疑问地更叫我对它增加仇恨。这可叫我的太太更加对它亲热，因为我的太太，我前边不是说过吗，她具有很高程度的慈悲心肠，这种心肠原本是我的特殊性格，也是我许多最单纯最纯洁的快乐之源泉。

然而，我越是对这只猫起反感，它对我的偏爱却越增加。它寸步不离我的左右，那种紧紧盯住的态度，简直难以令读者相信。我无论坐在什么地方，它必然在我的椅子底下蜷身一卧，不然就一跳跳到我的膝盖上，对我加以那些可咒骂的温柔。如果我站起来走路，它必然夹在我两脚的中间，几乎可以把我绊倒；或然用它那又长又尖的前爪，抓住我的衣服，这样一爬就爬上我的胸口。每到这种时候，我虽然很想一拳把它打死，可是自制着不这样做，一部分是因为回忆起以往的罪孽，更大的一部分理由——让我赶快供认吧——还是因为绝对怕这只猫。

这种恐怖，确确是生怕身体上有什么伤害的恐怖——如果叫我用另外的话来解释，我可真没有办法了。我差不多耻于承认——是的，就是如今我坐在这重犯监牢中，也还觉得耻于承认那只猫所引起我的恐怖是仅仅由一种空想所产生的。我的太太叫我注意不仅一次了，她叫我注意那白毛斑迹的性质。我前边已经说过，这一块白斑，是我毁害的那只猫和如今这只古怪的猫之间的唯一明显区别。读者一定还记得，这块斑迹虽然很大，可是原本就很模糊的；可是逐渐逐渐地——逐渐得几乎叫人不能察觉——这块白斑最后竟变成极清楚明显的轮廓。我虽然觉得也许是我的幻想作祟，可是我的理智却永远反驳我这种感觉。等到这块斑变为明显的时候，它的形状就代表一样东西，这件东西，我连说起来都得打寒战——而且也正是特别为了这个缘故，我才讨厌而且害怕这个怪物，假如我敢的话，也早就把它处置死了。我刚才不是说吗，那白斑竟变成一件可怕东西的影子，变成一件鬼魅般的物件，那就是，绞刑机！——啊，这种恐怖与罪恶的可哀而又可怕的机器啊，绝气之苦与死亡的机器啊！

我现在的可怜，可真是超过人类所有可怜之上了啊！一个粗野的禽兽——我把它的同类傲慢地杀害了的一个粗野的禽兽，它竟给我这一个人——一个按着上帝模样创造成的人——制造出这么多受不住的苦恼啊！哎呀！无论是白天，无论是黑夜，我可永远再也享受不到安息之福了！在白天，那只猫连一刹那也不离开我；在黑夜，我每一小时都从睡梦中惊醒，总觉得那只猫的热呼吸吹在我的脸上，它的重量压在我的身上——这真是一个我绝无力量摆脱的具象梦境，永远永远压在我的心灵上的呀！

我既然重压在这些痛苦的压力之下，在我心里残余的那一点点微弱的良善，也就消降了。各种罪恶的念头，变成了我唯一的知心朋友——满心都是些最险黑最罪恶的念头了。我平日那种忧郁的脾气，也更使我对一切东西一切人类的仇恨增加；我现在盲目地放纵了自己，随着性子时常突然爆发而又管束不住的怒火。于是，哎呀！我那从不出怨声的太太，就变成了一切受痛苦者中间最能忍耐而又最经常受苦的一个了。

我们的贫穷，迫得我们只好住在一座旧房子的地窖里。有一天，她陪着我出去买些家常日用的东西回来。在我走下那一道很陡的台阶时，那只猫跟在我的身后，差一点把我绊得头朝下跌下去。这可把我招恼得要发疯。我把一向拦住我下手的那种幼稚的恐怖心理全忘了，顺手举起一把斧子来，本想给那只猫一下子。如果那只猫照我所想的照旧朝下走，这一下子一定能置之于死命。可是，我的太太一把拦住了我。这一拦，可把我的怒火拦得更狂得像中了魔一样了，我把我的胳臂从她的手中挣出来，把斧子一下楔进她的头里去。她连一声都没有呻吟，当时就倒在地上死了。

我既然做了这个可怖的谋杀，就赶快用尽全力去掩藏她的尸体。我知道这是没有法子可以移到房子外边去的，无论是白天或是夜晚，只要一移出去就会有被邻居看见的危险。我脑子里出现了许许多多计划。有一阵我想把尸首割成许多小块，用火把它烧掉。又有一阵，我决定就在地窖的地下，掘一个坟穴，把她埋起来。又有一阵，我思索着如何把她丢到院子里的井里去——又想到如何把她装在一只箱子里，假装是货物，一切照着货箱封捆好了，然后叫一个肩夫把它扛出去。最后，我忽然灵机一动，想出一个我认为比以上都好的办法。我决定把尸首砌起来——就像记载里所说的，中世纪的和尚都是把他们所害的人砌在墙里的。

这个地窖，若是做这个用途，倒很合适。四面墙盖得都很松，而且最近用粗灰整个灰过，窖里空气的潮湿，一直没有叫那墙灰坚硬起来。而且，有一道墙是突出一块的，当初是个假烟囱，或是壁炉，如今用东西填满，弄得和其他墙一样的形状了。我觉得有把握可以把这一部分的砖挖出来，把尸首填进去，再把那地方完全封起，封得和从前一样，叫谁的眼睛也侦探不出一点可疑的形迹来。

我这种估计，并没有错误。我用了一根粗铁棍，很容易地就把那些砖都撬下来，把尸首竖立起来，小心翼翼地紧靠在里墙放好之后，又没有费什么力，把整个墙重新砌好，和原来的样子一样。我用尽各种小心，把灰泥灰、沙子和头发一一聚起，拌成了和以前一样旧的泥浆，仔仔细细灰抹在新砌的砖上。做完以后，我觉得一切都很好，很满意。墙上连一点拆过的痕迹都没有。地上零乱的东西，也以极仔细的小心，全都收拾干净。我带着胜利的神气，向四周望望，对我自己说——“好啦，我这一场累至少没有白受。”

我底下一步工作，便是寻找那造成我这样恶事的原因的那只猫了。我终于还是坚决地决定把它弄死。当时我若是能够遇上它，它绝逃不出它的死运。但是那只机灵多智的猫，仿佛在我刚才发怒的时候，就被我的暴躁给唬跑，不敢再在我目前这种心情之下出现了。若想描写或者想象那只猫的逃开，在我的心中引起怎样一种如释重负的深深快乐的感觉，那简直不可能，那一通夜它都没有出现——那么，自从它到了我家里来以后，这是我能安安静静沉沉着着睡稳的唯一的一夜了，可不是吗？就在我灵魂上还背着一个谋杀的重荷的时候，我都睡着了。

第二天第三天都过去了，使我痛苦的那只猫依然不见再来。我又能再像个自由人一样地呼吸了。那个魔怪的猫，一定是唬得逃出这房子去，永远不再来了！我可以再也看不见它了！我真快乐到极点！我杀人酷行的罪恶，并不叫我心里感觉着多少不安。经过几次询问，可是都爽利地回答得很好。甚至有人来搜查了一遍——自然是什么也没有发现。我觉得我未来的幸福，是有把握的。

在谋杀后的第四天，有一群警察来到房子里，这是料想不到的；他们在这座住宅里又做了一次严格的调查。然而，我觉得我藏尸首的地方很保险，没有人可以侦查得出来，所以一点惊慌都没有。警官们叫我帮着他们搜。他们连一个角落都不放过。最后，他们又下到地窖里来，这是第三次或者第四次了。我连一根肌肉都没有打战。我的心跳得和毫不知情的睡梦中人一样的平静。我在地窖里，从这一头走到那一头。我把两只胳臂在胸前交叉一抱，轻轻快快地荡来荡去。警察查完，彻底觉得无事，正预备要走。我心里的快活，太强烈了，简直没有法子制止得住。我心里急得像火烧一样的，想说一句表示胜利的话，而且想把他们认为我无罪的信心，更使之坚定一层。

“先生们，”在警察们正上着台阶的时候，我终于开了口。“我很高兴能减消了你们对我的怀疑。我祝你们大家康健，对你们要表示一点谢意。话又说回来了，先生们，这——这房子建造得可真坚固，

《黑猫》插图

（我一心只急于要说几句话表示我很自然了，没晓得信口开河，自己说的是什么，连自己都弄糊涂了）——我可以说这房子造得可真坚固极了。你们就看这几堵墙吧——先生们，你们要走了吗？——这几堵墙砌在一起可砌得真结实。”说到这里，只因为一阵犯了夸大狂的病，我就用手里拿着的那根手杖，往墙上重重地打去，打的却正是放着我的亲太太尸首的那块地方。

可是上帝保佑我，别叫我落在大魔鬼的毒牙中不好吗？我敲打的余音还没有完全消失呢，就听见有一个声音，从墙坟的里边回答了！——回答的是一声喊叫，最初有点模糊而断续，像小孩子抽泣似的，接着很快地就放大，成为一声又长又响又连续不断的尖叫声，声音显然很变态，而且不是人类的声音——那简直是一声吼叫，是一声哀号，听着一半有点恐怖，一半又像得意，绝似地狱里的罪鬼在要气绝的时候，发着痛苦之声，而同时魔鬼正从地狱里逃出来又发出高兴的叫声一样。

就用不着再多讲我那时候心里的思想了。我一听就昏了，蹶跌到对面的墙上去。那一群警察，吓得在台阶上呆站了一阵。等一会儿，十二只强壮的胳臂在拆那一堵墙。墙整体地拆倒。尸首就在大家的眼前竖立着，已经大大地腐烂，凝血一块块结起。就在死尸的头上，坐着以诡计引我谋杀又以报信的声音送我上绞刑机的那个丑恶的猫，大大张着一张红嘴，大大睁着一只发火光的独眼。原来我无意把这个怪物也封到墙里去了。

丽姬娅

徐汝椿[*] 译

其中自有意志，意志永生不灭。孰知意志之玄妙，及其威力哉？上帝乃一伟大意志，以其专一之特性遍泽万物。凡人若无意志薄弱之缺陷，决不臣服天使，亦不屈从死神。

——约瑟·葛兰维尔[1]

说真的，当初我跟丽姬娅[2]小姐怎样认识，几时相逢，甚至究竟在何处邂逅，全想不起来了。那是多年前的事，何况我又饱经沧桑，记性坏了。否则的话，眼下追忆不起这种种细节，或许是因为我心上人的性情脾气、渊博的学问、娴雅的绝色、流水欢歌般的醉

---

* 徐汝椿（1926—2002），翻译家、作家、编辑。1948年毕业于上海圣约翰大学，1950年起从事翻译工作。译著有《都会一角》《人质》《傻子出国记》《麦克梯格——旧金山故事》等。

① 约瑟·葛兰维尔（1636—1680），英国哲学家，牧师，作家。他是唯神论者，认为一切都由上帝的行动而决定。以上题句并非出于葛兰维尔之手，系爱伦·坡杜撰，俾以配合本文中心思想。——译注（注：除特殊说明，本书所有脚注均为译注，后文不再一一标明。）

② 丽姬娅原是希腊文，意指嗓子清脆。爱伦·坡曾在《明星》一诗第258—259行写道：“丽姬娅！丽姬娅！我的美人！”根据美国诗人兼评论家伍特贝里（1855—1930）的说法，作者听到晚风，想到天地万物的和声，将丽姬娅三字构成《明星》中的仙女；在本文中，根据微风的拂动和宇宙间的美妙乐声化成女人，实乃坡的幻想美女。

魂幽语，潜移默化地印入我心头，我才没注意，也不知晓。可话说回来，我大概是在莱茵河附近，一座古老的、破落的大城市里，跟她萍水相逢，之后就经常来往。她的家世倒确实听她亲口谈过。不用说，是个历史悠久的世家。丽姬娅！丽姬娅！我正埋头研究一门学问，比其他一切都宜于遗世忘俗，单单这三个悦耳的字眼——丽姬娅——就教我仿佛见到她的倩影，其实她早不在人世了。眼下，手里写着这篇文章，心头陡然想起，她姓什么，根本就不知道，其实她还是我的好朋友，我的未婚妻，后来成了我的学伴，最后又成了我的爱妻呢。难道能开玩笑地说这是我的丽姬娅不是？要不，难道这是我爱情的试金石，就用不着打听她姓什么？再不，难道还是我自已想入非非——是热恋的神龛前一种风流绝伦的供奉？这件事只是隐隐约约地记在心头，怪不得前因后果都忘了个一干二净！说真的，如果那个名叫风流的神仙——如果她，崇拜偶像的埃及那个苍白的蝉翼仙子爱虚陶菲[①]，正如人家说的，主管恶姻缘，那么准是她在左右我的婚姻。

话说回来，有件宝贵的事，倒没忘怀——丽姬娅的仪容。她身材修长，有点娇弱，临死前，竟是形销骨立。要我画出她那雍容华贵的风度，要我描出她那无限轻盈的、飘飘欲仙的脚步，真是妄想。她来去无踪，像幽灵。要不是她的玉手按上我的肩头，吐出欢歌般的低柔细语，根本就听不见她进了我这间房门紧闭的书斋。她

① 爱虚陶菲，埃及神话中并无此神，疑系 Astartc 一字之误。按“爱斯塔特”为腓尼基的爱与美的女神，即《圣经》中的“亚斯他录”。

那张秀丽的脸，天下没一个少女比得上。好似瘾君子的五光十色的梦境——心旷神怡的虚幻梦境，比睡意蒙眬的德洛斯[①]妇女心头萦绕的幻想还要绚丽呢。异教徒的古典作品中往往错误地指引我们爱慕端正的容貌，可她并不属于那一类型。范吕兰姆男爵培根[②]对一切形式，一切类型的美倒说得好，“匀称中若无异点，即不足以称之绝色”[③]。我虽看到丽姬娅的容貌并不属于端正的古典美——我虽看出她那份美当真称得上“绝色”，也感到她脸上多的是“异点”，但要想看出什么不端正来，找到心目中的“奇异”来，却是枉费心机。我端详高敞、苍白的额角——真是毫无瑕疵；那字眼一用来形容如此神妙的庄严模样，真是多么平淡呵！再端详跟纯白象牙相仿的皮肤，矜持而安详、宽阔而饱满的天庭；再端详熠亮的、浓密的蓬松乌丝，活活道出荷马[④]式形容词“如风信子[⑤]”的整个意义！我注视轮廓优美的葱鼻，如此完美，只有在希伯来人那种优雅的浮雕中才看到过。同样滑如凝脂的鼻子，同样暗带鹰钩的鼻梁，同样线条相称的鼻孔，活活透着豪放气魄。我凝视惹人心疼的嘴巴。这真是登峰造极的杰作——模样庄严的短短上唇；柔软的、娇媚的、催

① 德洛斯，爱琴海昔克拉德群岛之一。传说是阿波罗神与狄安娜神诞生的地方。建有阿波罗庙及宙斯的情妇拉吐娜之庙。

② 培根（1561—1626），英国政治家，哲学家。1621 年封为范吕兰姆男爵。马克思称之为“英国唯物主义和最新时代的一般实验科学”的始祖。他承认物质的永恒性，但又承认神的存在。著有《新工具》和《论原则与基础》等作品。

③ 照培根原文，此句应为“匀称中若无异点，即不足以称之为佳色”。“佳”（excellent）改为“绝”（exquisite）显系坡笔误。

④ 荷马（约生于公元前 850 年），古希腊史诗诗人，《伊利亚特》与《奥德赛》作者。

⑤ 风信子，多年生草，原产地中海沿岸，叶细长，丛生，花色绿而微紫，变种甚多，其色不一。根据希腊神话，阿波罗爱上美少年海辛托斯，两人做掷铁饼游戏时，阿波罗不幸击死海辛托斯（一说风伯亦爱海，而海爱阿波罗，风伯嫉而将铁饼掷中海），阿波罗无法救活，遂使其血化成风信子，花瓣上印有 AI AI 字样。一般将此字作白色解，而荷马却将此字代表黑色。

《丽姬娅》插图 1

人欲眠的下唇；喜盈盈的酒窝，红艳艳的唇色；她镇静的、沉着的，但又喜洋洋的微笑，一道道圣光射在牙上，亮得出奇的一口牙齿就反射出这道道圣光。我打量下巴的模样——我也看到了希腊人那种下巴，宽阔而又显得圆润，柔软而又显得威严，饱满而又显得脱俗——这种轮廓，阿波罗神[①]只有在梦中才让雅典人的儿子克里奥米尼[②]看到。于是我盯视丽姬娅那对大眼睛了。

在远古时代可没有过这样一对眼睛。我心上人的眼睛里，大概也蕴藏着范吕兰姆男爵提到的秘密。无可否认，我们这族人的眼睛一般说什么也没那么大。连诺耶哈德[③]谷那族人中最圆的羚羊眼睛[④]也赶不上那么圆呢。可话又说回来，只有碰到兴高采烈的时刻，这特点才往往在丽姬娅身上显得一清二楚。碰到这种时刻，她的美就是天上玉女，世外神仙那一种——土耳其神话中的火丽[⑤]那一种；也许是我心里胡思乱想，才显得这样吧。眸子黑得熠亮，偌长的漆黑睫毛盖过眼睛。眉毛长得不太整齐，也是这样黑。然而，在眼睛里看到的“异点”，性质上和脸庞的模样、色泽、神采迥然不同，归根结底，一定是神情上有“异点”。啊，神情这字眼多没意义呵！我们掩饰自己对灵性一无所知，就单单说出这含义广泛的字眼。丽姬娅这副眼神哪！整整半天来，我多么专心地默默琢磨呵！整整一

① 阿波罗，典出希腊神话，宙斯与勒托之子，司理预言、医药、文艺，以美著称。
② 克里奥米尼，第三世纪雅典著名雕刻家。《梅迪奇的维纳斯》像为其著名作品。
③ 诺耶哈德，出处不详，疑系坡杜撰。
④ 羚羊眼睛，指温柔的棕色眼睛。
⑤ 火丽，伊斯兰教中的天堂女神，以永恒的青春及美丽著称。据说由麝香与香料造成。每一虔诚的伊斯兰教徒可得十二个火丽。

个仲夏晚上，我多么专心地拼命想要领悟呵！深藏在我心上人眼珠里的——比德谟克里特的井[①]还深奥的——是什么呀？是什么呀？我一心只想揭穿这个秘密。那对眼睛呵！那对又大，又亮，又美的眸子呵！那对眼睛成了我心目中的丽达[②]的双星；我成了那对眼睛的最最热心的星相研究家。

心理学上有不少无从捉摸的变态心理，其中最最惊心动魄的，恐怕在学校讲堂里也根本不提，这就是我们拼命想要追忆一件早已忘怀的往事，常常发现快要回想起来，可结果还是想不起。我仔细端详丽姬娅的眼睛，也是往往觉得快要彻底领悟了——觉得眼神快要给我领悟了——可又不怎么了解，结果终于莫名其妙！说来也怪，啊，真是怪到极点的谜！在天底下最平凡的事物中，我竟也看出不少类似的东西。我是说，丽姬娅的美潜入我脑海，像供奉在神龛里那样萦绕心头。此后，我一见到尘世万物，有种心情就油然而起，每逢看到她那对水灵灵的大眼睛，总是这股心情。但到底是什么心情，我照旧没法解释，也没法分析，连一直揣度都不行。还是重复一遍吧，我有时候端详一棵迅速生长的葡萄树，凝视一只飞蛾，一只蝴蝶，一条虫蛹，一条流水，这股心情便识破了。看见海洋，看见流星陨落，曾经体会过。看见年近古稀的老人的眼色，曾经体会过。用望远镜仔细照照天上的一两颗星星，尤其是天琴座中那颗大

① 德谟克里特（公元前460？—前362？），古希腊哲学家。列宁誉之为古代唯物主义的最优秀代表。他是原子论创始人之一，古代民主政体的代表，以博学多才闻名于世。他说："真相在井底。"所谓"井"者，疑指他想象中的原子活动的空间。

② 丽达，典出希腊神话，系斯巴达王丁达洛斯之后。宙斯爱其美貌，诱之，遂生两蛋，其中一个化出海伦，另一个化出卡斯托与波吕克斯，即双子星座中之两星。

星附近的六等星，双重星，变幻不定的星星[1]，曾经领悟过。听到丝弦乐器某些声音，曾经满怀这种心情；看到书上几节文章，也难免时时充满这种心情。在其他无数事例中，我尤其深深记得约瑟·葛兰维尔的一部书中有段文章，看了总不免涌起这股心情——大概只是因为文章写得怪吧，谁说得上？——“其中自有意志，意志永生不灭。孰知意志之玄妙，及其威力哉？上帝乃一伟大意志，以其专一之特性遍泽万物。凡人若无意志薄弱之缺陷，决不臣服天使，亦不屈从死神。”

时隔多年，经过一番回顾，我当真还能找出丽姬娅的某些性格，跟那位英国伦理学家[2]的这节文章不无几分间接关系。她专心一意地思索、行动、谈话，或许就是那种了不起的意志的产物，要不至少也是反映，在我们长期来往的过程中，可没其他更具体的迹象流露了。我认识的女人当中，就数她，外表镇静的、始终沉着的丽姬娅，心里一股热情赛如翻江倒海，折磨得她好苦。这股热情，我可估计不出，要么只有凭着大得出奇的眼睛，教我那么惊喜交加的眼睛；凭着她幽幽嗓音里那份清晰的、沉着的、抑扬顿挫的、简直迷魂的声调；凭着她一贯那种咄咄逼人的谈吐（跟她说话神气一比，逼人的威势更显著了），或许还估计得出。

上文中谈到过丽姬娅的学问：真是渊博之至，根本没听说过闺秀妇女有这样学问。她精通古典语言；就我对欧洲现代方言的知

---

① 指织女星。

② 指约瑟·葛兰维尔。

识来说，根本没见她给难倒过。说真的，碰到任何深受崇拜的课题——就因为那是学院夸耀的学问中最深奥的一种——又何尝发现丽姬娅给难倒过？只有在这晚近几年，妻子的这一特点才多么迥乎寻常，多么惊心动魄地使人不得不全神贯注呵！上文刚说过，我根本没听说过闺秀妇女有她这份学识，可是世上哪里又有一个男人涉猎心理学、物理学、数理学等一切学问，而且成绩斐然呢？我当初并不知道丽姬娅的才学了不起，令人咋舌，到如今才看清楚；但当初倒完全晓得她有至高无上的权力可以支配我，竟像孩子一样安心，听凭她指导我研究玄而又玄的形而上学；婚后数年中，我孜孜不倦研究的就是形而上学。正当我研究不大有人探索——不大有人通晓的学问，她就伏在我身上，我真是无限得意，无限喜悦，怀着无限美好的憧憬，感到神妙的远景在眼前逐渐展开，顺着那人迹未到的、光辉灿烂的漫长道路，可以到达学问的终点，这种学问实在珍贵之至，禁不住人要研究啊。

因此，过了几年，眼看那些有根有据的希望化作一阵风，吹散了，我心头的悲哀不必提有多大了！失去了丽姬娅，我不过是个孩子，暗中摸索罢了。有她在眼前，单听她讲解，我们埋头研究的先验论[①]中不少疑难，就此迎刃而解。少了她那对亮晶晶的眼睛，闪光的金字竟比铅还暗淡。可如今那对眼睛愈来愈难得射在我熟读的书上了。丽姬娅病啦。惶惑的眼睛闪出熠熠光芒；苍白的手指成了

① 先验论，即德国哲学家康德（1724—1804）所创的先验唯心主义。所谓先验指先天，即先于经验的认识形式，康德将时间、空间、因果性、必然性及逻辑的其他范畴和基本原理均称为先于经验的认识形式。

死尸般的蜡黄颜色；高敞额角上的青筋随着极其微妙的感情起伏骤涨骤落。我眼里看出她准死无疑——我心里就不顾死活地跟狰狞的无常拼命。可万万没料到，多情的妻子跟死神的搏斗竟比我还厉害。她那冷酷的性格足以使我相信，在她心目中，死决不可怕——谁知并非如此。她跟死神拼命的那股炽烈的反抗力，绝非笔墨所能描绘。我见了这副惨状，痛心得长吁短叹了。真想安慰安慰她，真想劝导劝导她；可她非常非常想活下去——想活下去——只想活下去——安慰她，劝导她，那才叫傻呢。她火烧似的心里虽然翻江倒海地折腾着，不到最后关头，那貌似沉着的态度却始终不变。嗓音愈来愈柔了——愈来愈低了——她悄悄说出一番话来，那怪诞的意义，我可不想细述。我晕头转向地听着，恍恍惚惚的，听着非同凡响的清音——听着人间未有的妄想和希望。

她爱我，这倒不必多疑；在她那种胸怀里，爱情不比寻常，这也一看便知。可是，只有在她临终时，我才给她的至深且巨的挚情彻底打动了心。整整半天来，她紧紧握住我的手，当面倾吐泛滥胸怀的衷曲，心头那强如热恋的痴情无异就是至爱呵。我怎配听到这番心声呢？——我怎么活该倒霉，碰到我心上人倾吐衷肠的时刻[①]，竟眼看她撒手西归？要细述这件事，可受不了。就这么说吧，天哪！眼见丽姬娅强似常人地热恋一个不该受人爱的，不配受人爱的，才终于看出如今她的生命行将结束，她真心真意地怀着渴望，一味想要活下去。这种炽烈的愿望——这种一心想活下去，只想活下去的

① 某些版本，如柯里尔版本，此句作“碰到我倾吐衷肠的时刻”。本文从诺甫版本译出。

火热心愿，我可没本领描绘，我可没措辞来表达。

她去世那天晚上，深更半夜，她不由我分说，招我到身边，请我把她不多几天前写成的一首诗重念一遍。我遵从了。内容如下：

看！这是个狂欢的晚上，
　在凄凄凉凉的暮年！
有群蝉翼仙子，脸上
　蒙着轻纱，热泪涟涟，
端坐戏院里，观看一出
　恐惧和希望交织的悲剧，
乐队时作时辍地奏出
　缥缥缈缈的天外仙曲。

丑角乔扮凌霄的天帝，
　飞东飞西的往返无常，
咕哝不停，声音低低，
　只是傀儡，横冲直撞，
听任无形巨掌牵上牵下。
　无形巨掌瞬息换景，
扑扑秃鹰翅膀，飞降
　灾祸，看不清！

这出戏真是五光十色！
　啊，常记心头，千万莫忘！
人群不停追逐“幻影”，
　伸手捕捉，永远失望，
绕圈回旋地兜来转去，
　始终回到同一地方，
剧中情节多的是恐惧
　和罪恶，有的是疯狂。

看呵，一条横行爬虫，
　闯进欢乐的小丑群中，
浑身猩红，直往前冲，
　扭出舞台僻角中！
折腾蠢动！一声哀吟，
　可怜丑角霎时丧身，
蠕虫的毒牙鲜血淋淋，
　座上女神泣不成声。

灯火转暗，一一隐熄！
　好似棺套罩上灵柩，
帷幕势比骤雨，倏地落下，
　淹没人影，战栗无救，

仙子摘下轻纱，纷纷起身，
　脸色刷白，双目茫茫，
公认台上悲剧名唤“人生”，
　主角便是“毒蛊霸王”。[1]

“啊，天哪!”我念完这首诗，丽姬娅顿时跳起身，急惊风似的双手一举，半带尖声地喊道，“啊，天哪！啊，老天爷哪！——难道这种情况始终不变？——难道这个霸王永远称霸不成？难道我们不是上帝您的骨肉？孰……孰知意志之玄妙，及其威力哉？凡人若无意志薄弱之缺陷，决不臣服天使，亦不屈从死神。”

这时她仿佛发泄了满腔怨愤，累坏了，两条雪白的胳膊唰地放下，一脸严肃，回到床上等死了。弥留之际，嘴里还喃喃有词。我弯下腰，凑着耳朵一听，原来又是葛兰维尔那节文章中的最后一句：“凡人若无意志薄弱之缺陷，决不臣服天使，亦不屈从死神。”

她去世了；——我难过得肠断肝裂，再也不堪独居在莱茵河畔那阴沉的破城里。我倒不缺世人所谓的财富。丽姬娅给我带来的财富，远比凡人通常注定享有的还多，要多得多呢。因此，我疲惫地辗转漂泊了三两个月，终于在风光绮丽的英国一个人烟稀少的荒芜地方，买下座寺院，修葺了一番。寺名不提了。我万念俱灰，才到了这与世隔绝的穷乡僻壤；这座满目苍凉的堂皇巨厦，这片荒凉的庄院，

① 1838年，作者初次发表本文时，并无以上诗句。该诗于1843年1月，以《毒蛊霸王》为题，初次发表于《葛雷姆杂志》。1845年，作者将全诗略加改动（如将第13行“隐约”一词改为“无形”，最后一段的“垂死”改为“战栗”，“憔悴”改为“刷白”等），插入本文，再行发表。

还有不少跟巨厦和庄院有关的、素有来历的凄恻纪念品，倒跟我万念俱灰的心情很相配。寺院外部虽然面目未改，一片绿荫凋零残颓，可我好似孩子一样任性，或许暗怀一线希望，但愿减轻心头的悲伤，竟大事铺张，把屋内布置得比王府还华丽。这种傻事，在童年就已经养成癖好，如今仿佛活到凄凉的晚年，竟又重新干起来了。天哪，看看光怪陆离的花幔、庄严的埃及雕刻、怪诞的壁沿和家具、图案杂乱的金丝地毯，我觉得连初期疯病的征象都可以看出不少呢！我早就成了瘾君子，无论工作和习惯都透着鸦片梦境的特色。但决不能掉转笔头来细述这种荒唐的事。还是光谈谈一间鬼房间吧。当初我一时神经错乱，在圣坛前拜了堂，领着特瑞缅因那位碧眼秀发的罗维娜·特瑞梵侬小姐，当作新娘，当作萦绕我心头的丽姬娅的替身，就走到了那间卧房里。

眼下，新房中的构造和陈设无不历历在目。新娘的娘家势利成性，贪图金钱，竟听任这么可爱的一位姑娘，一位千金踏进如此装饰的房里，他们的骨气何在？上文刚谈过，房里的一切细节，我都丝毫不漏地记在心头，可我对重要大事却伤心得忘怀了；那种异想天开的布置一点没次序，一点不调和，哪会留下什么印象。这间房在城堡式的寺院中一个巍巍塔楼上，成五角形，很宽敞。朝南那面开着一扇窗子——偌大一块威尼斯不破玻璃——只有一个窗框，漆成青灰色，阳光和月光透过窗射进来，照得房里一切物件都蒙上了阴森森的光。这扇大窗的上半部搭出个花架，盘着老葡萄藤，缘着塔楼的巨墙往上爬。死气沉沉的橡木天花板，其高无比，构成拱形，精工描绘回纹图案，又是哥特式，又是德洛伊①式，真是稀奇古怪，荒诞绝伦。这苍凉的穹窿正中心，垂下一根长环金链，挂着偌大一只撒拉森②式金香炉，千镂万孔的，五彩的火花灵若蟒蛇，川流不息地在炉孔里穿进穿出。

四处放着几张长榻，几座金烛台，一律都是东方式样；还有一张印度式卧榻——合欢床——低低的，实心乌木上雕着花纹，挂着一顶棺套似的床帐。卧房四角各竖一口硕大无朋的黑花岗石棺材，全是从卢克索③对面的皇陵中挖掘出来的，古旧的棺盖上雕满不知何年何月刻下的花纹。可天哪！最最怪诞的就数房里的帷幔。巍峨的四壁真是高不可攀，甚至高得不相称，从顶到脚，重重叠叠地挂着巨幅沉甸甸的帐幔——帐幔的料子看来就跟地毯、床帐、长榻的套子、乌木床的罩单、半遮着窗户的螺纹花窗帘一模一样。全是华贵无比的金布，一团一团的布满阿拉伯式的图案④，或远或近的，每团直径约莫一英尺光景，在布上形成漆黑的花样。但只有从一个角度望去，才带着几分真正的阿拉伯式花样。经过一番设计（这种设计目前流行世上，其实太古时代就有了），这些图案便显得变化无穷。刚踏进房，只觉得奇形怪状；可往前走几步，这副怪样渐渐消失；在房里东转西转，就逐渐看到四下川流不息的都是鬼影，或是诺曼底人迷信的传说里的那一种，或是出家人邪梦中出现的那一种。

---

① 德洛伊，指上古时代高卢人与不列颠人中一种能妖术、预言的德洛伊教教徒。其图案花样作五点状。
② 撒拉森，原指叙利亚与阿拉伯间沙漠中的游牧人，后又指信奉伊斯兰教的阿拉伯人。
③ 卢克索，埃及尼罗河畔城市，以狮身人面像、方尖碑等古迹著称。
④ 阿拉伯人崇尚的一种壁饰图案，以树枝、树叶以及漩涡交织一起，称为蔓藤花纹。

帷幔后面不断猛烈地吹过一阵阵风，幻影幢幢的感觉就此骤增十倍——房里一切也就平添一种可怕的、不安的活力。

在这类厅堂里——在这种新房中——我和特瑞缅因那位小姐度过了蜜月，无忧无虑地度过了。我不由看出妻子就怕我这种喜怒无常的脾气——看出她躲开我，简直不爱我；可我心里反倒高兴。我把她恨得咬牙切齿，这份恨只有妖怪才有。我霎时想到了丽姬娅，我的亲人，我的天仙，我的美女，我的亡妻，唉，心头这份惋惜不必提有多大了！我出神追忆她的纯洁，她的智慧，她的至高无上的神妙性格，她的如胶似漆的火热痴情。于是无所顾虑地燃着满腔熊熊情火，比她还炽烈呢。在吞了鸦片后的乱梦中（因为我吸毒成瘾了），我会出声呼唤她的名字，或者在万籁俱寂的晚上，或者白天，在隐蔽的幽谷山坳里，仿佛只要我心痒难抓地、热情如焚地诚意怀念亡妻，就好使她重新回到早已抛弃的人生道路上——唉，能永远如此吗？

约莫在婚后第二个月的月初，罗维娜小姐突然病倒了，一病就病了好久。高烧摧毁了健康，害得她夜不成眠；在半睡半醒的不安心情中，她谈到塔楼上这间卧房里的声音和动静。我断定这无非是她胡思乱想的缘故，要不恐怕是房里那幻影横生的感染力的影响。她终于渐渐复原——到底痊愈了。谁知没过多久，又病了，这次病得更凶，缠绵病榻了；她身体素来虚弱，这次病后，从此毫无起色。过了这个时期，病势可真严重，旧病复发，就分外严重，医生用尽一切医道，使出浑身解数，怎么也治不好。这慢性病愈来愈严重，分明就此牢牢缠住她，人力挽回不了啦，我便看出她那急躁不安的脾气，也愈来愈厉害；碰到些微小事，就吓得没命，这种动辄激动的情绪也愈来愈厉害了。她早先提过帐幔间有声音——轻微的声音——异常的动静，如今又谈到了，而且谈得益发频繁，益发执拗。

九月末梢，一天晚上，她格外强调这一烦心问题，引起我的注意。她刚从乱梦中醒来，我看着她那瘦脸抽搐个不停，心里又是焦急，又是隐隐恐惧。我靠近她那张乌木床，坐在一张印度式的长榻上。她半欠起身，认真地低声谈到当时听到的声音，可我听不到——谈到当时看见的动静，可我看不出。帐幔后面飒飒吹过风，我真想告诉她，那简直听不大清的声息，墙上那几乎没有变化的影子，无非是风一直飒飒吹过而引起的，但老实说吧，这连我自己也不敢全信呢。话说回来，眼见她脸上一片死白，心里就有数，尽管千方百计地想安她心，结果还是落空。看模样她快晕过去了，可身边又没个仆从好使唤。我想起卧房那头放着医生规定喝的一瓶淡酒，就三脚两步地走去取来。谁知刚到香炉光下，竟有两件惊人的事不由我不注意。只觉得身边轻轻走过什么看不清，但又感觉得到的东西；眼里还看到香炉里射下熠亮灯光，正中金黄地毯上有个影子——貌似天仙的模糊淡影——这种影子可能给当作幻影。可是，我吞了过多的鸦片，醉得晕头转向，对这种事简直置之不顾，也没有告诉罗维娜。我找到了酒，重新回到卧房这头，斟了一杯，凑到这位人事不省的小姐嘴边。如今她倒有点苏醒了，伸手拿了杯子，我便倒身坐在附近一张长榻上，眼睁睁地看着她。就在这时，耳边分明听到睡榻附近，地毯上响起一阵轻微的脚步声；转眼工夫，罗维娜正将酒杯举到嘴边，我猛然瞅见三四大滴亮晶晶的、红艳艳的流汁，仿佛从房内半空中什么无形的泉源里流出来，洒进了酒杯；要不也许是我做梦吧。如果我看到的话——罗维娜可没瞅见。她毫不犹豫，将酒一口喝干，我忍住了，没把这事说出口。照我看，归根结底，无非是因为眼见罗维娜小姐吓得没命，再则吞了鸦片，三则时间又在晚上，幻想力就非常活跃，幻想丰富了，就势必引起这种联想。

可我没法蒙过自己的眼睛，就在那几滴红液洒进了酒杯，妻子的病情突然一下子恶化了；到第三天夜晚，奴婢准备给她下葬了，到第四天，剩下我一个人，陪着她那裹衾的尸体，坐在怪异的卧房里——我和她的新房里。——面前展出一片荒诞的幻景，吞了鸦片才有的幻景，忽隐忽现，影影绰绰。我眼花缭乱，凝视房内四角那四口石棺，凝视帷幔上那变幻无常的图案，凝视头顶上那只香炉中穿进穿出的五色火舌。一想到前几天晚上的事，眼光不由落在香炉光下那个地方。当初我在那儿见过朦胧影子，可如今不见了。我舒舒畅畅地吸着气，朝床上那苍白的、僵硬的死尸看去，于是丽姬娅的无数事迹忽然一一浮现——转眼间，势如山洪暴发，心头重新涌现当初看她这么裹着寿衾而涌起的那股说不出的悲哀。夜尽了，我仍然怔怔望着罗维娜的尸体，照旧满腔辛酸地想着深深迷恋的唯一亲人。

大约到了深夜，可能早一点，也可能晚一点，我可没留心时间，耳边忽然响起一声呜咽，低低的，柔柔的，但又清清楚楚，我不由从迷梦中惊醒过来。只觉得从乌木床上传来——从罗维娜临终那张床上传来。我不禁迷信起来，害怕得要死地听着——谁知再也没听到第二声。我睁大眼睛，看看尸体有没动静——谁知一点也看不出。可不见得是错觉。不管声音多轻，到底听见过，何况头脑也不是不清醒。我毅然死盯着尸体。可以解谜的事一件也没出。过了片刻终于看清腮帮里，眼帘上的凹陷的微血管忽然泛出微微一层红，淡极了，简直看不清。我心头起了一种说不出的恐惧，凡人的语言可没法充分表达，只觉得坐在那儿，心不跳了，手脚僵了。不过，一股责任感终于又使我重新安下心。我就肯定，后事料理得太仓促了——罗维娜还活着呢。得马上挽救；但塔楼离寺院那角的下房很远——身边又没个仆人好使唤——要不离开房间几分钟，就没法召他们来帮忙——可又不敢离开。因此孤零零一个人，千方百计地要将这游魂唤醒。不到片刻，旧病无疑复发了；眼帘和腮帮上的血色消退了，留下一片白，竟比云石还白；嘴唇格外皱了，噘成一团，活脱脱一副狰狞的死相；尸体上霎时变得黏糊糊，冷冰冰，不由人恶心；紧跟着又照常僵硬了。我刚才吃惊不小，从榻上站起身，如今浑身一阵寒噤，重新倒在榻上，又专心想着丽姬娅那鼓舞热情的幻影了。

这样过了一个钟头，我第二回听到床那儿传来隐隐约约的一声——真有其事吗？我侧耳细听——心里怕极了。又传来啦——是声叹息。我匆匆奔到死尸前，只见嘴唇在簌簌地抖，看得清清楚楚呢。一眨眼，不抖了，露出珍珠似的一排皓齿。我心坎里原只是畏惧，如今又添了分惊讶，就此七上八下。只觉得眼花了，脑子糊涂了；使了浑身力气，才算打起精神，出于责任感的鞭策，我又去干起死回生的工作了。这时死尸的额角上，还有腮帮上和喉咙上都泛出几分红晕；浑身上下摸得出有暖气；连心都微微悸动了。罗维娜小姐活着呢。我就格外热心地干起来；擦洗了尸体的太阳穴和双手，凡是不消看什么医书，单凭经验就可以知道的办法都使尽了。谁知白费力气。冷不防，血色无影无踪，心不跳了，嘴上又显出副死相。转眼间，浑身上下冰凉了，一片青灰，僵硬无比，只剩下副骨头，多少天来，早就成了死人的一切可憎的特征全流露出来了。

我又重新想着丽姬娅的幻影——耳边又响起幽幽的一声（多不可思议啊，眼下一边写着，一边竟然还打寒噤呢！）——又响起幽幽的一声呜咽，从乌木床那儿传来。可是，那天晚上发生的一切不可名状的恐怖，何必细述呢？何必掉转笔头来描写这出复活的恐怖戏呢？何必说什么灰蒙蒙的黎明来临前，这出恐怖戏一次次地搬演；一次次可怕地旧病复发，结果无非是益发可憎的死亡，分明挽回不了；一次次垂死呻吟，模样浑似跟无形的仇人拼命；一次次拼命，结果死尸容貌上总是现出说不出名堂的怪诞变化；这一切何必细述呢？还是赶紧把文章写完吧。

那个恐怖的晚上过去了一大半，她早就死了，但又重新动弹了——这回比前几次还动得厉害，虽然复活这事根本毫无希望，比什么都可怕。我早不搏斗，早不动弹，只是直僵僵地坐在长榻上，七情六欲一一涌现，我就是束手无策地受尽折磨，其中极端恐惧倒一点也不可怕，也毫不消耗精力。再说一遍吧，死尸动弹了，这回比前几次还动得厉害。脸上突然泛出血色，这股子劲可不比寻常——手脚不僵了——要不是眼帘依然紧闭，要不是尸体上有着绷带和披挂，照旧显出一副阴森森的死尸模样，我也许会以为罗维娜当真挣脱了死神加在她身上的桎梏呢。但如果这想法就连在当时也不全对的话，至少可以肯定，那裹衾的怪物确实在床上爬起身，两腿无力，双目紧闭，浑像人家做着噩梦的模样，踉踉跄跄地走着，一寸一寸飘到房间当中，实实在在的[①]，清清楚楚的。

我并没哆嗦——我并没动弹——因为那人形的神气、身材、举止，使我想起不少说不出的幻想，在脑子里匆匆打转，害得我反而麻木了——浑身冰凉，成了石头人。我并没动弹——只是怔怔望着这个鬼怪。心里乱七八糟——翻江倒海似的平静不了。眼前站着的当真是活生生的罗维娜吗？当真是罗维娜——特瑞缅因那位秀发碧眼的罗维娜·特瑞梵依小姐吗？何必，何必疑心呢？绷带不是紧紧扎在嘴边吗——这难道会不是活生生的特瑞缅因那位小姐的嘴？还有脸蛋——不是红艳艳的，就跟她妙龄时代一样吗？——对，这确是活生生的特瑞缅因那位小姐的漂亮脸蛋。还有下巴，两个酒窝，就跟她健康时一样，难道会不是她的？——但话可说回来，难道病了以后，身体就会长高了？一想到这念头，我疯狂透顶了！一个箭

① 根据诺甫版本，此字作“大胆”（boldly），本文从伐金版本译出。

《丽姬娅》插图 2

步跳到她面前！她往后一缩，不让人碰着，听凭头上裹着的阴森森的寿衾掉下来，松开来，密密麻麻的一头蓬松长发，就飘拂在房里川流不息的空气中了，比深夜里的乌鸦翅膀还黑呢！这时，站在我面前的人形慢慢睁开眼睛。我出声尖嚷了："啊，至少我决不会——决不会弄错——这对滚圆的、漆黑的、惶惑的眼睛——是亡故的爱人的——是小姐的——是丽姬娅小姐的。"

金甲虫

文楚安* 译

瞧！瞧！这小子发疯般地狂跳！

他被毒蜘蛛[①]给咬了。

——《一错皆错》

这是多年前的事了，我曾同一位名叫威廉·勒格朗的先生成为挚友。他出生于一个古老的雨格诺教徒[②]家庭，生活原本富裕，谁知道天有不测风云，不幸接踵而至，从此竟为贫困所扰。为了避免由于这种种打击而引起的屈辱，他便索性离开祖居地新奥尔良城，在南卡罗来纳州查尔斯顿附近的苏里文岛定居下来。

苏里文岛独具特色，长约三英里，由海沙冲积而成，而宽度不超过四分之一英里。一条几乎难以识别的小湾把这小岛同大陆隔

---

* 文楚安（1941—2005），教授、文学评论家、翻译家。译著五百余万字，主要有《在路上》《金斯伯格诗选》《与狼共舞》《S.》《马克·吐温幽默作品集》《后"垮掉一代"诗选》等。

① 俗称舞蹈蜘蛛，产于意大利南部，因有毒，人被咬后狂跳而得名。

② 16、17世纪法国基督教新教中的喀尔文派教徒。

开。水鸡慢悠悠地从一片片荒芜的长满芦苇的泥塘中穿行，它们喜欢在这儿栖身。正如可预料的那样，小岛上很难有植物生长，至少可以说，如果有的话，也大都稀疏矮小。根本看不到任何高大茂密的树林。岛的两端伫立着一座毛特烈城堡[①]，也有几幢凋零破败的木屋。夏天，查尔斯顿城的有些居民为了躲避城市的尘沙和暑热，或许会租下木屋在这儿消夏。其实，西端也还可以看到排排棕榈；不过，除了西端这一角以及沿海岸边的由坚硬的雪一般的沙堆积而成的海滨外，全岛随处可见郁郁葱葱可爱的桃金娘。这种灌木深受英国园艺家的赞许，在这儿可说得天独厚，竟高达十五英尺到二十英尺，异常茂密，而且芬芳四溢，格外诱人。

在这片灌木丛深处，离岛的东端或者说离小岛最僻远的一端不远，勒格朗自己盖了一所小木屋，我就是在这间木屋里第一次同他意外地相遇结识，很快便相互奉为知己——因为这位喜欢清静度日的人确实让人感兴趣而且受人尊敬。我发现他具有良好的教养，思维极其敏捷。不过也难免愤世嫉俗，情绪多变，时而郁郁寡欢，时而热情迸发。他的藏书甚丰，却很少使用，他的主要兴致是打猎钓鱼，要不便沿着沙滩穿过桃金娘丛溜达，拾捡贝壳，或者收集昆虫标本——这些标本甚至或许会令像斯旺麦塔姆[②]这类的人钦羡佩服。他外出时，总会有一个叫作丘比特的老黑人跟随，此人在勒格朗家还兴盛时就已被免除奴隶身份，获得自由。不过，无论威胁或引诱

---

① 美国独立战争时，威廉·毛特烈将军为抵御英军而建立的城堡，故此得名。

② 斯旺麦塔姆(1637—1680)，荷兰著名博物学家。

要他放弃侍候他的“威廉少爷”，他都不同意，因为他总以为这是他的本分。也可能是因为勒格朗的亲戚认为，勒格朗这浪子精神有点儿出窍，有意地对丘比特的这种怪癖默认下来，为的是能够保护监督他吧。

就苏里文岛的纬度而言，冬天并不太酷寒，而一到秋天，也是很少有必要生火取暖的时候。尽管如此，18××年10月中旬的某日却格外寒冷，趁太阳还没落山，穿过一年四季都常青的灌木丛，我悠闲地边走边停朝着我朋友的木屋走去。我有好几周没同他见面，因为当时，我住在查尔斯顿，离小岛足有四英里，而来往交通工具，就其便利而言，可说是今非昔比。来到木屋前，我习惯地叩敲大门，可无人应声。我知道钥匙藏在何处，果然找到了，便开门走进屋，壁炉里火燃得正欢。事情可真蹊跷，但绝非故意为之，我脱去外衣，在靠近毕剥作响的柴火旁的椅子上坐下，耐心等待主人归来。

天刚刚黑，他们回来了，非常热情真诚地招呼我。丘比特满脸笑容，忙个不停，晚饭要杀水鸡款待我。勒格朗这时正在高兴头上——或许我可以认为是否他那时而过于热情的老病复发？他找到一个难以命名的双贝壳，说这是新品种；而且，在丘比特的帮助下，捕捉到一只金甲虫。他断定准是一大新发现，希望明天能知道我对此事的看法。

“干吗不在今晚呢？”我问，在火苗上搓着双手，真希望诸如此类的金甲虫全都他妈的见鬼去。

“说实话，真没料到你会来！”他说，“很久没见到你了，没想到恰恰今晚你会来看望我！刚才回家路上，碰见城堡的格 ×× 中尉，我真傻，把金甲虫借给他看了，只有到明日早晨你才能看到。就在这儿过夜，明天一大早，太阳出来我就让丘[①]去要回来。真是妙不可言。”

“你说什么？——是太阳？”

“废话！不！——我是说那虫子。周身金光——约一只大核桃般大——靠近背上一端，有两个乌黑的点，背另一端，还有一个更长一些。那触须……”

“威廉少爷，它身上根本没有锡，我一直这么说，”丘比特打断话头，“是只金甲虫，全是金的，没一处不是金子，除去翅膀不是——这辈子，我可没见到这么重的虫子。”

“丘，你的话没错，行吗？”勒格朗回答。在我看来，从他说话的口气，他对这桩事过于认真。“可你得当心，水鸡快烧煳了，可别因为这件事唠叨不停！那颜色，”他转过头来对我说，“真美，可是你从来没见过的，也难怪你不得不像丘比特那样想——明天，你就会明白这话准没错。现在我只能让你略知一二了。”说着，他在一张小桌前坐下，桌上放着一支笔和墨水，可没有纸张。他在抽屉里寻找，可一张纸也没找到。

“有了，”他突然想起什么，“这样做你也可以明白。”从背心口袋里掏出一张在我看来是很不干净的书写纸，用笔在上面画草图。这当儿，我仍然坐在炉火边没动，我觉得冷极了。草图画完，他没

---

① 即丘比特的爱称。

起身就把草图递给我。我刚拿到手里，就听见犬叫声，很快便听见狗抓门的声响。丘比特打开门，勒格朗的那只纽芬兰大狗冲了进来，扑向我的肩头，显得很亲热，因为我在以前来访时对它总是很关照的。它很快便安静下来，我才瞧一瞧纸，说实话，对于勒格朗画的画，我实在莫名其妙。

“就这么吧，”寻思片刻，我说，“依我看，这是一只少见的金甲虫，我得说，这种东西太稀奇，我从来没有看见过——如果不是，准是头颅骨，或者说骷髅头，没有什么比它更像了。”

“骷髅头！”勒格朗应声道，“不错——是的——你说得对，纸上的画看起来的确有点像，上部的两个黑点像眼睛，不是吗？底部那个长的像嘴巴——而且，整个形状就是椭圆形。”

“是有点像，”我说，“可我得说，勒格朗，你也许不会作画，等我自己看一看才讲得出这虫子的模样。”

“嗯，也许，”他说，有点不耐烦。“我的画艺并不差——至少可以这么说——跟许多名师学过，我相信我不笨。”

“这么说来，老弟，你是在开玩笑，”我说，“说它是头颅骨千真万确——我得说，依照人们对这类生物学标本的通常看法，这个头颅骨称得上一绝——你捉到的那只金甲虫要是真像这头颅骨，准是世上最罕见的虫子。你瞧，别的不说，仅此一点，咱们就可以因为其中的些许迷信而觉得不可思议了。你最好给它取个名字——人头金甲虫最恰当，或者别的什么与此类似的名字，就博物学而言，这类名字倒也不少。不过，你所说的那触须怎么没见到？”

“触须！”勒格朗说，似乎对我提到这事颇感兴趣。“我敢说，你看见了，我画得非常清楚，同它本来的样子一模一样。”

“就算是吧，”我说，“也许够清楚了，我可确实没看见。”我把纸递给他，不想说什么了。我不希望激怒他，不过，我真没料到这个话题这么令他难为情；我也不明白干吗他为此故弄玄虚——因为，就那张虫子画图来看，的确没画任何触须，那画图上的形状同平常的骷髅头可没两样。

他接过纸，很不以为然，想把纸揉成一团，显然是要扔进火里，可就在这当儿，他并非有意地朝纸上望了一眼，想起了什么，突然间脸色通红，接着又十分苍白。他坐在那儿，仔细打量着画图，足有好一阵子，然后离开座位，从桌上取了一支蜡烛，走到屋子的另一角，坐在一只大箱上。他又挺认真地端详画图，从不同的方位、角度看，沉默不语。这举止确实令我不解，可我暗自寻思，得十分谨慎，不要再说什么，以免惹他生气。一会儿，他从外衣口袋里掏出皮夹，小心地把纸放进去，连同皮夹一同放进写字台，锁上。他此时已稍稍平静下来，然而先前的那副热情劲儿却消失殆尽。不过，那神态说不上是忧郁，倒是有点怅然若失。夜色渐浓，他依然沉思不语，仿佛中了邪似的，那恍惚愈加深沉了。我试图说些逗趣的话，也无济于事，我原本打算在他家里过夜；过去，我每逢来看他，都是这样，可主人的心情今晚如此不佳，我决意告辞，他也没挽留。没想到，告别时，他仍像往常那样亲热地同我握手。

大约过了一个月（在此期间，我再没见到过勒格朗），我在查尔斯顿收到由丘比特送来的一封邀请信，这善良的老黑人愁云满面，我从来没有看见他如此沮丧过，便很担心我的朋友勒格朗是否出了什么事。

“你好，丘，”我说，“有什么事儿？少爷好吗？”

“不瞒你，少爷眼下情况不太妙。”

“是这样吗？我真想知道他的近况，有什么不顺心的事吗？”

“唉，你猜中了！——不顺心说不上——可他病得厉害。”

“得了大病，丘比特！——干吗你现在才告诉我？卧床不起吗？”

“不，没那么厉害！——他好端端的，没躺下——这可麻烦啦——可怜的少爷，我真替他担心！”

“丘比特，干吗吞吞吐吐！你说你少爷得了病，可他没告诉你什么地方有毛病吗？”

“你可别生气——威廉少爷没什么地方犯病——我纳闷的是干吗他老是低着头，耸着肩，气色煞白，不停地走来走去。更奇怪的是，总是随身带着一根吸管——”

“什么，丘比特？”

“吸管，还有放在石板上的图画——奇形怪状，我从没见到过的，真吓人，说实话。我老是盯着他，看他干些什么。有一天，他趁我没留意，溜了。那时太阳还没出来，出去就是一天，我找了一根挺大的木棍，等他一回来，就好好让他尝尝苦头，可我真蠢，心肠太软，下不了手——看他那神色怪可怜的。”

“你说什么？——哦，明白了，是这样！不管怎么说，我以为你对那可怜的家伙别太严——千万别揍他，丘比特——他可受不了——你可得弄清楚，他犯了什么病，干吗会变得这样？上次同你们见面后，到底有什么不顺心的事？”

“没有，少爷，打上次以后，什么不愉快的事都没有——要说有什么，我担心，没准就在那以前——你来的那天。”

“怎么回事？你别转弯抹角！有什么事要直说。”

“干吗不呢？少爷，你明白——我是说那虫子。”

“什么虫子？”

“就是那虫子——我敢打赌，威廉少爷的脑门给金甲虫咬了一口。”

“干吗你会这么想，丘比特？”

“那虫子的爪子挺多，再说还有嘴巴，我还是头一次看到这种怪虫——什么东西挨近它，它就又踢又咬。威廉少爷最先逮住它，可后来，又不得不赶快放它走。我敢说，就在那当儿，他准被咬了。我自己压根儿讨厌那虫子的嘴巴，从不用手指去捏它，我找到一张纸去捉它，用纸包着，嘴巴里也给它塞上纸——就这么对付它。”

“你是说，甲虫真的咬了你少爷一口？所以，就病了？”

“我犯不着这么想——我准没错。他准想金子想得要命，要不，怎么会被金甲虫给咬了一口？我以前早就听说过那虫子。”

“干吗你以为他想金子呢？”

“干吗？这还用问？他做梦都在说金子——我心里明白了。”

“是的，丘，兴许你没错，不过，我还想知道，干吗我今天会这么有幸，让你亲自登门找我呢？”

“干吗？怎么回事，少爷？”

“勒格朗先生让你带什么话没有？”

“没有，少爷，我把他的一封信带来了。”他递给我一张便条，上面写着：

仁兄：

分别已久，未见兄大驾光临，何故？但愿你不会认真到因为我的失态而怪罪我，不，念兄绝不至于如此。

上次一别后，对兄自然万分思念。有事相告，奈何不便启齿，更思忖有无必要。

近日来，稍感不适，难为了可怜的老丘好意关照，却让我心烦至极，所幸者没大动干戈。兄想必难以相信——某日，趁他不备，我悄然外出，直奔陆地，一人在山野里尽兴整整一日，他居然备好大棍一根，欲对我鞭之，无疑，倘若不是我那般病容，难以躲过这一场痛打。

分手后，我的标本柜尚无一增添。

倘若方便，盼随丘比特来我处。切切，但愿今晚相晤，有事相告，事情委实重大。

弟　威廉·勒格朗

敬启

这便条上字里行间所透出的某些语气令我惴惴不安。全信的基调同我所熟悉的勒格朗的措辞用语大相径庭。他为什么如此鬼迷心窍？是什么奇思怪念掀起了他那本来就易于冲动的思绪波澜？又有什么“委实重大”的事必办不可？依丘比特所言，分明凶多吉少。我非常担心，如此情况再继续下去，准会使他失去理智，便随即决定同黑人前往。

来到码头，我注意到在我们乘坐的小船船底，放着看样子是从未使用过的一把长柄镰刀和三只铁铲。

“丘，这到底是怎么回事？”我问。

“少爷，镰刀和铁铲。”

“没错，可干什么用？”

“威廉少爷非要我到城里替他买的，好不容易才到手，很贵呢！”

“你家威廉少爷干吗需要镰刀、铁铲？”

“我也不明白，我敢说，他也不见得清楚，我看全是因为那该死的虫子。”

显然，丘比特一心在想“那虫子”，难以从他嘴里得到满意的回答，我决计上船、起航。风很大，小船不久便驶入毛特烈城堡北边的小海湾。下船后，只走了约莫两英里，便到了木屋前，此时大约是下午三点。勒格朗早在那儿盼着，他握住我的手，有点儿神经质，我不由得惊奇得疑虑顿生。他脸色竟毫无生气，煞白得如同幽灵，双眼深陷，目光异样。我照例问他身体可好，不知道从何切入话题，便只好问他是否已从格 ×× 中尉那儿将金甲虫索回。

“要回来了。”他回答，顿时满脸泛红。“次日早晨要回的，无论如何也不给任何人了。你可知道，这件事儿丘比特没错。”

“什么没错?”我问，寻思这绝非好兆头。

“他认为，那虫子是真金的呢。”那神情，那口气挺认真的，使我颇为震惊。

“多亏这虫子，我可交上好运了。”他说下去，笑容满面，颇为得意。“它会助我重振家门，财源滚滚。毫不足奇，真的，非我莫属，既然财神有眼，如此恩赐，我只好当仁不让，好好利用它了，我准会得到金子。丘比特，把金甲虫拿来!”

“什么？虫子，少爷？我看我还是别去惹它，自找麻烦。如果你要，你自己去拿。”听见这回答，勒格朗起身，神情怪严肃的，他从玻璃盒里取出虫子递给我。说真的，这只金甲虫美极了。那时，博物学家对这种甲虫还一无所知——按科学的观点，应该算是一个重大发现。挨近背上一端，可见两个圆圆的黑点。另一端的黑点稍长。甲壳很硬，如同抛过光的金子，又光又滑，重量很沉。把这些情况一想，难怪丘比特会对这虫子有那种想法；不过，令我百思不解的倒是勒格朗也会有如此念头。

“邀请你来，”看见我仔细打量虫子，勒格朗便忘乎所以地说道，“是想听听你的看法，帮助我弄明白命运之神的那虫子是怎么回事……”

“尊敬的老兄，”我大声打断他的话头，“没准你真有毛病，最好还是预防一下，你得躺下来，我留下来陪你几天，等你痊愈再走。你发烧又……”

“把把我的脉看看。”他说。

我照他的吩咐，按了一下，真的，他根本没发烧。

“兴许你有病，不过没发烧。这一次，听我的话，得先躺下，然后再……”

“你有没有搞错？”他没让我说下去，“眼下我正在兴头上，身体从来没有像现在这样好。要是你真心为我好，就得先让我平静下来。”

“怎么帮法？”

“不难。我和丘比特打算到陆地去山里探险，这一次，非要可靠的人相助不可。我只相信你，无论结局如何，你现在看到的我这么激动，到时自然就会一扫而光。”

“我乐意帮忙，”我回答，“不过，你是否意味着，这毒虫子同你到山里探险大有关系？”

“是的。”

“这么说，勒格朗，我可不想干这种荒唐事。”

“遗憾——真遗憾——只好靠我们自个去碰碰运气了。”

“你们去！你们谁疯了！——且慢——你们打算待上多久？”

“兴许待上一晚。这就动身，无论如何得在天亮前回来。”

“你无论如何得答应我，看在我的面上，要是虫子这件事（老天有眼！）满意解决，让你称心，就回家。我给你看病。听我的吩咐，行吗？”

“行，我同意。咱们这就动身，可得抓紧时间。”

心情沉重，我同他上了路。我们一行——我、勒格朗、丘比特以及那条狗——在四点左右出发。镰刀和铁铲由丘比特扛着，他执意如此，我猜，并不是他故意讨主人喜欢，尽心尽力，只是为了不让主人伸手可及吧。他的这份执拗劲儿，令我佩服，一路上，老是提到“鬼虫子”这个字眼。我手握一对提灯，而勒格朗理所当然地拿着金甲虫，拴在一根鞭绳头上。当他前行时，金甲虫前后晃动不停。我不禁让眼泪掉下来，看见朋友的这一举止，说明他神志错乱。可我寻思最好还是——至少在眼下——别使他扫兴，除非我能有把握采取某些行之有效的对策。我竭力追问他这次探险有何目的，但却无济于事。他似乎不愿提及在他看来是无关宏旨的话题，既然我已被他好歹哄到这里，对我的问话，他只说：“走着瞧吧！”

乘着一条船，渡过苏里文岛顶角的小海湾，我们抵达陆地岸边，登上高地，向西边行进，途中穿过渺无人迹的荒地。勒格朗边走边停，头也不回，走在前面，查看他上一次到这里时留下的记号。

大约走了两个小时，太阳西沉，我们才来到一片荒野，其状之恐怖，是我从未见过的。这一带属于高原类型，同一座几乎难以攀登的峰顶相邻，山底到山顶树木极其茂密，悬岩到处可见，如同悬在土上一般，多半倚着树丛，才不至于凌空向山下滚去。不同走向的深谷让人感到格外阴森可怖。

我们终于登上的这天然的平地满布荆棘，很快便发现，如果不用镰刀开路，可真无法前行。丘比特正是在少爷的吩咐下，砍开一条路，才到了一棵异乎寻常高的郁金香树脚下，旁边还耸立着八至十棵橡树，郁金香树是这些橡树所不能比拟的，枝叶繁茂舒展，其形其状之美是我前所未见的。刚到郁金香树下，勒格朗侧过头问丘比特，能否爬上去。老黑人听见此话，似乎有点茫然，半晌没应声。最后才终于走到巨树边，放慢脚步围着树走了一圈，仔细打量，末了，只说了一句：

“成，少爷，我这一辈子见过的树，都能爬。”

“好，快爬上去，天眼看就要黑了。”

“少爷，爬多高?”丘比特问。

“先爬上主干，我再告诉你朝什么地方爬——不忙——停一下——得把甲虫带上。”

“虫子，威廉少爷——金甲虫!”黑人边叫了起来，边吓得后退。“干吗要带着虫子上树？我可不干。”

“丘，像你这样大块头的黑人，竟害怕提着一只不咬人的小死虫子，带上这条绳子爬——要是你不想法带上去，谨防我用这铲子砸碎你的脑袋。”

“少爷，干吗?”丘比特说，显然，感到有失体面，他不得不从命了。“你总是对老黑人瞎嚷，我不过说一说罢了，害怕虫子，我才不怕！”于是他小心地把绳子的一头提住，尽可能让虫子远离身体，准备上树。

郁金香树，或百合树，在幼树阶段，主干非常光滑，长得很高，而且笔直挺立，丫枝不向四侧长，是美洲丛林中最雄伟挺拔的树木。成熟期时，树皮才结出疤痕，凸凹不平，主干上也长出许多短枝，因此，以此而论，在眼下这种情况，乍看起来难爬，其实并不难。丘比特的两臂和双膝并用，紧紧地把树身钩住，双手抓牢树皮疙瘩，赤脚踩在上面，往上爬，有一两次差点摔下来。最后，终于曲着身爬到此树的第一个大丫枝上，他似乎以为就此完事了呢。确实，此时已没有危险，虽然，他离地面已六七十英尺。

“往哪儿爬，威廉少爷？”他问。

“沿着最大的一根树枝爬——瞧，顺着这边那一枝。”勒格朗说。丘立即遵命，果然并不困难，便爬了上去。高度愈来愈高，最后他那粗短的身子竟全给茂密的树叶遮住了。很快只听见他的声音，像在吼叫。

“还要爬多高？”

“有多高？”勒格朗问。

“到顶了，”黑人回答，“从这儿可看见天呢。”

“不管它，只管听我的话，朝下看看树身，数一数你这边的丫枝，爬了多少根？”

“一、二、三、四、五——这边，我爬了五根大丫枝，少爷。”

“再往上爬两根。”

片刻，又听见丘的声音——爬到第七根丫枝上了。

“好样的，丘，”勒格朗大声说，听得出来，他非常兴奋。“如果你能再从这根丫枝上往前爬，尽量爬，不管有多远，见到什么稀奇的，告诉我。”

原来，我只是怀疑这可怜的老兄神经有毛病，如今明白了，断定他在发疯。于是，现在我有点儿着急，想劝他回家。正在思忖如何办才好，便又传来丘比特的声音。

“真吓死人，不敢往前再爬——这根丫枝全是死的。”

“你是说是根枯枝，丘比特?”勒格朗叫道，声音在颤抖。

“是的，少爷，死了的，连气都断了——真正的，没有一口气。”

“该怎么办?”勒格朗问，他实在万分苦恼。

“怎么办？”我说，暗喜还算有运气，可以进一言了。“干吗不回家，上床睡觉？马上走，老兄——除此别无他法。天晚了，可别忘了，你答应过的，要听从我的建议。”

“丘比特，”勒格朗对我的话置之不理，只管大声说，“能听见吗?”

“听见了，威廉少爷，就像当面听你说话一样。”

“用刀子去试一试，看看木头怎样，是不是真枯死啦。”

“少爷，全枯了，没错。”片刻，黑人又说，“枯是枯了，可还没枯死完。只我一人，敢冒险再往前爬，我说老实话。”

“只你一个人！——你说什么?”

“嗯，我是说那虫子，太重啦。要是先扔下虫子，只是我一个黑人的重量，丫枝不会垮。”

“你他妈的浑小子！”勒格朗叫道，显然大为放心。“你尽说些浑话，到底想干什么？你敢把虫子扔下！——小心我砸断你的脑袋，好好听着，丘比特，你听见我的话没有?”

“听见了，少爷，犯得着跟可怜的黑人动气吗?”

“那好，听着！——要是你真敢再往前爬，除非真有危险，不把甲虫扔掉，你下树后，我送你一块银圆。”

“那我就爬，威廉少爷——说定了，”丘比特立即应声，“快到边了。”

“到边了吗？”此刻，勒格朗几乎在厉声尖叫了。“你是说，你爬到丫枝边了？”

“马上就要到了，少爷——啊——啊——啊——啊——啊喃，上帝，树上是啥东西呀？”

“啊！”勒格朗叫起来，喜出望外。“什么东西？”

“这不，是块头颅骨——谁个把自家的脑袋留在树上，让乌鸦把肉全啃个精光。”

“你是说，头颅骨！——太好了！怎么钉在丫枝上的？——用什么东西钉的？”

“是的，我得瞧瞧，少爷。这不，真稀罕——头颅骨上有颗大钉子，挺大呢，是这家伙把骨头钉住的。”

“棒极了，丘比特，听我的吩咐——听见吗？”

“听见了，少爷。”

“那好，听明白——找一找骨上的左眼。”

“真怪哪，乖乖！压根儿没有眼睛。”

“笨蛋，你连左手、右手都分不清吗？”

“干吗不行——没问题——我用左手臂的。”

“那倒是，你是左撇子，你左眼就在左手一边。这样，你可以找到头颅骨上的左眼，要不找找左眼眶也行，明白吗？”

丘比特没回答，好一阵子，才说：

“头颅上那左眼，敢情是在头骨左手一边——头骨上根本没有任何手——啊嗬，这不——找到了，是左眼！我该怎么办？”

“从左眼中，把甲虫扔下来，往下放绳子——可得当心，别让绳子离开手。”

“明白，威廉少爷，把虫子放进眼洞里，这不难——你仔细看看！”

这当儿，已看不见丘比特的身影，可他颇费心思放下的甲虫此时已隐约可见，吊拴在绳头上，亮晶晶的，在落日的余晖中活像一个磨过光的金球；此刻，我们站着的地方，仍然有缕缕残阳。那金甲虫悬吊着，一松手，准会落在我的脚下。勒格朗眼明手快，赶快拿起镰刀，正好在虫子下面的空地上画了一个圆圈，直径有三四码，然后，他叫丘比特放绳，爬下树来。

我的朋友迅疾在虫子落下的地方，打下一个木桩，可真利落，竟十分准确，接着从口袋中掏出一把皮带卷尺，一头钉在靠近木桩的树身上，将卷尺拉开，走到木桩旁边，顺着郁金香树和木桩这两点之间的直线方向，再向前拉长五十英尺。丘比特用镰刀把这片范围内的荆棘砍了个精光，勒格朗又在此打下另一木桩，草草地以木桩为圆心，画个圆圈，直径大约四英尺。接着，他取过一把铁铲，也让我和丘比特分别拿上一把，吩咐我们挖土，越快越好。

坦率地说，我平日一向不喜欢这种消遣方式，即使在眼下，我也真想推辞不干。因为眼看夜色将至，而且也确实因为赶路而疲惫不堪。不过，我也确实难以谢绝，担心要是不干，准会更使我这位老兄心绪不宁。倘若真能指望丘比特，我早设法逼迫这疯子打道回府了；可我深知这黑人的脾气，不管在任何情况下，倘若要他帮忙，同主人作对，真是不可思议的事。地下有宝藏的种种谣传，使南方人个个神经兮兮的，我相信勒格朗也准对此置信不疑，居然胡思乱想，认为一旦找到金甲虫，幻想就会成真，也或许是因为丘比特执意断定那虫子是“真金的”，他才当真吧。心理不健康的人是很容易被诸如此类的谣传迷惑上当的——特别是这种异想天开正好同某种自以为是的幻想一拍即合。我不由得联想到这可怜的家伙曾大言不惭地说过，那虫子是他“时来运转发财的吉星”。总之，我十分沮丧，不知如何办才好。最后，权衡利弊，我毅然决定——倒不如听他的话挖土为好，以便尽快用事实来证实他的念头是何等荒谬。

提灯全派上用场，给点上了。大家开始挖土，挺卖力的，要是这是出于正当理由当然值得；火光映照在我们身上以及工具上。我不禁寻思，我们这三个人组成了一幅多么有趣的场面。倘若这时有人偶然闯进来，看见我们这么干活，一定既奇怪又生疑，会在我们周围窥视不前的。

就这样，一声不吭，我们一挖就是两个小时；令人最心烦的是那条狗的阵阵狂叫，这家伙对我们挖土不止的举动颇有兴趣。它一个劲儿地叫，使我们越发担心。叫声会引起附近路人的注意，确切地说，勒格朗准这么想。至于我，我倒真希望有人会闯进来，使我有理由强迫这流浪汉回家。狗叫声终于停下来，原来丘比特爬出土坑，毅然决然地用一条吊袜带将狗的嘴巴缚得紧紧的，他庄重地呵笑一声，又重新干活。

两小时过去，我们已挖了约五英尺深，可财宝仍觅无踪迹。大家停下来，我真希望这出闹剧到此收场。勒格朗显然也愈发失望，抹抹额头，仿佛在想什么事，然后又继续挖。直径四英尺的圆圈已挖好，只好往外扩展，又挖下两英尺，但仍然没挖到什么。这位淘金迷——我真为他难受——终于从土坑中爬出，哭丧着脸，极度失望，慢吞吞地，不得不又穿上在干活时脱下的外套。我一言不发，丘比特看见主人的手势，开始收拾工具。一切收拾停当，他取下狗嘴巴上的袜带，我们便启程回家，一路上默然无语。

往回走了约莫十来步，勒格朗突然大骂一声，猛地奔到丘比特面前，抓住他的衣领。黑人大吃一惊，双目和嘴巴大大张开，把铲子扔下，跪下来。

“你这混蛋！”勒格朗说，咬牙切齿，每个字眼都发得十分清楚。“你这个可恶的黑鬼子！——说实话，你说！——马上回答，别吞吞吐吐！——哪一只——哪一只是你的左眼？”

“干吗，威廉少爷！这不就是我的左眼？”丘比特吓得面如土色，大声吼叫，把手放在右眼上，使劲按着，好像惧怕主人真会把他的眼睛给掏出似的。

“果然如我所料！——我早就想到了！哈哈！”勒格朗吼叫。他把黑人放开，自个儿又蹦又跳，还打了几个旋，把他那随从吓得要命，不知如何才好。丘比特站起来，没说一句话，一会儿看看我，一会儿又看看他的主人。

“得，咱们得回去，”勒格朗说，“还有好戏呢！”边说，边转身带着我们向郁金香树走去。

来到树脚下，他说：“丘比特，到这儿来，告诉我，头颅骨的面部朝外钉在树顶上，还是朝着丫枝？”

“脸对着外面，少爷，这样乌鸦能吃掉眼，不费力气。”

“没错，那么，你是从哪只眼里放进虫子的，这一只还是那一只？”勒格朗说，同时摸摸丘比特的眼睛。

“少爷，这一只——左眼——你说的左眼，你怎么说，我就怎么去做的。”但黑人却分明指着右眼。

“那好，咱们得再去看一看。”

我恍然大悟，我这位朋友的那股子疯劲，或者说在我看来是如此，现在看来，反倒有点儿大智若愚。此刻，他取出表示甲虫落地的木桩，往西移了约三英寸，然后从离树身最近的一点开始，把卷尺拉向木桩所在的位置，再直端端地向前延长五十英尺，在不久前已挖好的土坑九码之外的地方做了一个标记。

他以这个新标记为中心，画了个圆圈，比刚才画的圆圈稍大，于是我们又开始挖。我累极了，然而，不知何故，这时我对此事的看法竟然有了改变，不但不再讨厌这我并不真心想干的体力活，反而怀有极大的兴趣——不仅如此，甚至还激动。也许，勒格朗的任性荒唐中的某些东西——深谋远虑与小心谨慎感染了我。我急切地挖着，居然指望能寻找到那原本是想象中的金银财宝，正是为了这些东西，我那倒霉的伙伴才如此耽于幻想，我们就这样挖了大约一个半小时，我脑子里全让这种幻念给占据了。这时，那狗却又在不停地嚎叫，令人心烦。显然，它刚才是因为任性、凑热闹才不安分。可现在，那叫声尖厉，挺正儿八经的。丘比特又想封住它的嘴，但它竭力挣扎，向土坑里跳去，发疯般地把烂泥扒开。很快，便扒出一堆尸骨，凑巧是两副骷髅，四肢完整。里面还有几个铜扣和灰扑扑的如呢绒般的东西，将上面的土用铁铲去掉，可见一把西班牙大刀，再挖下去，又见到分散在各处的金银和硬币。

这一切，使丘比特欣喜若狂，可他主人却神情沮丧。尽管如此，仍坚持要我们挖下去。没等他把话说完，我的鞋尖突然钩住了一半埋在表面土层里的大铁环，跌了一跤。

我们都挺卖力干活，可从没有像这十分钟那样兴奋。无须费力，便挖出了一只长方形木箱，没一点儿缺损，而且十分坚固，显然经过某些矿物质处理——可能是升汞术。它长约三英尺半，宽三英尺，高二英尺半。外面用熟铁皮包着，用铆钉固定，由一格格的小格子分开。靠近箱盖，左右两头可以看到各有三只铁环，恰好六个，仿佛是为六个人当作把手设计的。不过，我们一齐用尽全身力气，箱子却只有些许移动。看来，这家伙是无法搬动了，可多亏箱盖上有两个活动扣，我们才将扣子拉开，心情急切，喘着气，就在这一瞬间，便看见一整箱金银珠宝，闪闪发光。泻进土坑的灯光，在那一堆堆横七竖八的珠宝映照下，光芒四射，使我们睁不开眼来。

我不想详述瞪大眼睛注视着这些珍宝的心情了，当然，真是惊奇，由于兴奋激动，勒格朗看起来竟六神无主，连话也少说了。而丘比特一时间脸色煞白，自然，我只是指一般的黑人在某种情况下脸色泛白时的最高程度。他似乎给吓呆了，迅疾在坑里跪下，两条胳膊光光的，伸进金子中，一直到肘部，以至于无法再拔出来，好像在洗澡一般，乐极了。最后，他长长地吸了口气，似乎在自言自语，大声叫起来：

“全托金甲虫的福！蛮好看的虫子！可怜的虫子，我曾经用脏话咒骂过的虫子！黑鬼子！你真该死，真丢人现眼——回答我！”

看这情形，我只好提醒这一主一仆，还是先把这些珍宝搬走为好。天色越来越暗，时间已不早，得在天亮前设法把财宝搬回家。我们却很难做出决策，尽管为此穷思苦想。最后，决定只搬三分之二的财宝，由于重量轻了，我们总算将箱子搬出土坑。将财宝藏在荆棘里，把狗留下守护。为此，丘比特还郑重地对狗叮嘱一番——无论什么情况发生，不得离开，除非我们回来，也不准乱叫。一切停当，我们抬着木箱，赶快离开。一路劳累自不必说，深夜一点，终于平安回家。此时已精疲力竭，马上开始收拾显然不尽适宜，便休息到两点钟；晚饭后，发现屋里正好有三只口袋，很结实，于是带着口袋，我们又匆匆返回山上。四点，到达土坑边，将余下的财宝尽可能分成三堆，顾不上将坑填上，便起身返回木屋，将财宝藏好，此时，淡淡的晨光已在东方的树梢上显现。

这天从早到晚，我们太累了，但又太兴奋，所以无法入眠，就这样急切不安地只睡了三四个钟头，仿佛早就约定过似的，同时起身，收拾这些财宝。

面对一整箱财宝，我们花了一整天工夫加上大半个夜晚才算检查完毕。这箱财宝，既没分类，也很凌乱，仔细一一清理、分类，才发现，到手的这笔财宝远比我们开始想象的多。以硬币而言，按当时可兑换的牌价，粗略地尽量准确估计，价值可达到45万多元。全是金币，没有一块是银币，形形色色，有法国、西班牙、德国的，也有几个英国几尼[①]，也还有一些根本没见过的硬币。其中几个大硬币，沉沉的，因为磨蚀已失去光泽，看不清花纹。没发现美国货币。珠宝的价值无法估计，有钻石，有的很大，亮晶晶的——总共有110粒，都较大；有18块红宝石，璀璨夺目；310块翡翠，都美极了；还有21块蓝宝石，以及一颗猫儿眼。这些珠宝的镶嵌底座已被拆掉，乱七八糟地放在箱子里，我们在其他金器中拣出的底座看起来都给锤子砸成扁形，好像是为了不让人辨认。此外，还有数不清的金银首饰。近200只指环和耳环，全都又厚又重；如果我没记错，还有金链，一定十分昂贵，总共有30根；还有83个十字架，又大又沉，5只金香炉，其价值难以估价；一只特大的金质酒钵，上面雕着的葡萄叶和酒神像工艺极其精细；还有两把剑柄，工艺也很精致，还有一些小物件，我现在已记不清楚。所有这些价值连城的珍宝重量超过350磅。我没把197只高级金表算在内，其中3只，每只肯定价值500多元，大都属于古玩之类，如果以其实际所花费

① 英国金币名，1663—1813年间使用，均相当于21先令。

的工时计，也许并不值钱；零件差不多都生锈了，可都镶着珠宝，配备以昂贵的金壳。这天夜晚，我们估计，那箱珠宝可值150万元；后来出售时(有若干件没卖，留下自用)才明白，这一估计委实太低。

我们终于收拾完，不再那么兴奋了。勒格朗这才将事情的原委一一对我讲，因为我这时急不可耐，很想对这件非同寻常的怪事寻根究底。

“你应该没忘记吧，”他说，“那晚，我曾把我画的金甲虫草图递给你。你一定记得，你当时坚持认为那画同骷髅头无异，我对你十分恼怒。最初你就那么认为，语气十分肯定，我以为你是说着玩罢了；但后来，想到那虫子背上有三个出奇的怪点，才不得不认为你的看法有道理。虽说如此，你们笑我不会画画，我着实很不高兴——好多人都承认我画技高超呢——你把羊皮纸还给我时，我很气愤，真打算把它揉成一团，扔进火里。”

“羊皮纸，是吗?”我说。

“不，外表很像纸，当初我也这么认为，可在上面一画，便发现是一张非常厚的羊皮，脏透了，记得吗?可当我正要揉时，不在意地看了那草图一眼，那是你刚才看过的。你可以想象，我多么惊奇，真难以置信，我的确以为我画的是甲虫，谁知道，这一看，我倒真的看见了骷髅头像。那当儿，连我自己也说不清这是怎么回事。我明明知道那是我画的画，绝不是画的骷髅头，虽说，轮廓有点相同。我立即拿了一根蜡烛，到屋里的另一头坐下来，更加仔细地端详羊皮，把羊皮翻过来看，没发现什么特别的，不就是我画的吗?

起初，令我惊奇的是，轮廓竟然极其相似——可原来却不明白会如此巧合，羊皮的一面画的是头颅骨，而另一面，正好是金甲虫图。再说，那头骨的外形大小，竟同我画的相同，刚才我说过，由于这种出奇的巧合，我当时真给搞昏了，碰到这种情况，多半都会如此。我苦苦思索，想弄明白这到底是怎么回事——是否有因果关系——但无济于事，一时竟茫然了，脑子里空空的，什么也想不起来。等我神志清醒过来，才渐渐悟出了一些什么，竟大大吃了一惊，远比上面所提到的那种巧合更令我震惊。我十分清楚地记起来了，我最初画金甲虫草图时，羊皮纸上根本没发现什么其他的画，真的没有。因为为了在羊皮纸上找一个最干净的地方画画，我曾经把羊皮纸的正反面都仔细看过，如果上面真有头颅骨画，肯定会看到。怪就怪在这里，简直无法解释。不过，即使在最初一瞬间，一种念头如同萤火虫亮光悄悄地打心底里掠过，恰巧又发生了昨晚的事，于是我才恍然大悟。我马上站起来，藏好羊皮，你们都走了，才开始思考。

“你走了，丘比特也睡觉了，我试图把这事理出个头绪来，首先想弄清楚羊皮纸为何落在我手里。我们发现金甲虫的地点，在小岛以东约一英里远的陆地岸边，靠近涨潮时水位标记上方。当我抓住那虫子时，便被狠狠咬了一口，我马上扔掉。丘比特后来做事很谨慎，看到虫子迎面飞来，便在附近找寻叶子之类的东西，以便把虫子抓住。就在这一瞬间，我和他同时都看见了羊皮，当时我还以为是纸，那羊皮让沙土埋着，有一角向上显露。在发现羊皮不远处，我注意到有堆残船遗骸，好像是船的长舢板，停留在那儿已有很久，因此竟难以辨认出船身了。

“再说，丘比特拾起羊皮，包住甲虫，递给我。我们于是回家，在路上碰见格 ×× 中尉，我拿虫子给他看，他要我答应把虫子交给他带回去看看。我一点头，他将虫子放进外衣口袋里。虫子没有用羊皮包着，他在包装虫子时，羊皮仍在我手里。或许，他不担心我会改变主意，心想还是先将那玩意儿留下最好——你知道，他热衷于收集有关博物学的东西。那时，没准我是在无意中把羊皮放进口袋里了。

“你还记得吧，为了画虫子的草图，我当时走到桌边，在放纸的地方寻找，可没找到，在抽屉里也没找到，我于是掏口袋，希望能找到一封旧信什么的，却正好摸到羊皮。羊皮就是这样落在我手里的。我讲得这么仔细，因为印象太深了。

“没准，你会认为我胡思乱想——不过，说真的，我已经悟出了两者之间的关系，把一个巨环的两个部分连接起来了。海边停放着的那条船，船附近的羊皮——注意，那不是纸——上面画着一个头颅骨，也就是骷髅头。你肯定会问这两者之间有何联系。我的回答是，头颅骨，亦即骷髅头，大家知道那是海盗标记。双方对阵时，都要高举骷髅旗。

“刚才我提到的那是一张羊皮，不是纸，羊皮耐火经用，不会烂掉。一般小事不会写在羊皮上，很明显，如果只是为了画画、写字，纸最好。这么想下去，我便知道，骷髅头有来头，与什么东西有关联。我也没小看羊皮的外形，羊皮一角给弄坏了，原因不清，但仍然可以发现原是长方形。人们写备忘录，有什么事情需要记下来，长期不忘，还有需要好好保存下来的事儿，都使用这种羊皮。”

“可你不是说过画虫子的当儿，羊皮上没发现头颅骨吗？”我打断他的话，“你怎么会认为那条船和头颅骨有关系呢？因为按照你的说法，这头颅骨肯定是在你画了金甲虫后某一段时间才画上的（只有天知道谁画的，怎么画上的）。”

“是的，就是这点真让人摸不透，不过，就此而言，弄明白也不难。我的思路没错，照此推理，只能有一个答案。我的判断是，以画虫子来说，那时，羊皮上确实没发现什么头颅骨。画完后，我交给你，打量着你把画又还给我。我便推断，头颅骨不是你画的，那时也不可能有其他人画，这就远非人力所及的了。不管怎么说，总还给画上了。

“想到这里，我竭力回忆当时发生的事，也确实十分清楚地一一回想起了。那时气候真冷（出奇的巧合！），屋里炉火熊熊。由于赶路回家，周身发热，便坐在桌旁。而你当时拖了一把椅子倚炉而坐。我把羊皮交给你。你正打算看，那条狗——‘沃尔夫’窜进门来，扑到你肩上，你用大手抚摸它，想把它赶跑，右手握着羊皮，没精打采垂落在两膝，正好靠近炉火。我当时正以为火苗把纸烧着了，想叫你小心，可没等开口，你已将羊皮移开，专心看画。联想到这些细节，我便断定，我看见羊皮上画的头颅骨一定是由于炉火热度而显现出来的。你也知道打远古开始有一种化学剂可以写在纸上或者皮纸上，火一烤，便会显现出字迹。有人就常常用非纯质的氧化钴溶在王水里，然后加上四倍的水稀释，便得到绿色溶液。而带有杂质的钴在纯净硝酸内溶解，便是红色溶液。写在纸上的药剂一旦冷却，过了较长一段时间，到底要多久很难说，颜色会消退，但如果再加热，又十分清楚了。

"因此，我仔细地打量了骷髅头，其外部的一圈，也就是靠近纸边的那一圈，比其他部分更清楚。这分明是热度不均匀而引起的。我于是马上点火，使羊皮各部分都能受到炽热火力的熏烤。起初，头颅骨那模糊的线条受热更强些，不过，如此下去，不久就发现在羊皮一角，正好同骷髅头画成斜角的一边，一个图形清晰地出现了。我最先认为是山羊，可再定睛一看，才知道，那是画的一头羊羔。"

"啊哈!"我笑起来，"我可没理由笑你——150万可不是闹着玩的——不过，你总不至于再在你那巨环里生出个第三环吧——你所说的海盗和山羊这二者之间，该不会有什么特别联系吧？你知道的，海盗同山羊压根儿无关，山羊和畜牧业自然有关系。"

"可我刚才说过，那根本不是山羊的图形。"

"就算是羊羔吧，但也没多大区别。"

"没大区别，但并不等于完全相同，"勒格朗说，"你或许听过基德船长[①]其人吧。我那时断定那动物图形一定语义双关，类似象形文字般的签名。之所以是签名，是因为我注意到它在羊皮纸上的位置，灵机一动想到的。因此，斜角那个骷髅头，准是标记或者说

① 威廉·基德(1645—1701)，英国海盗，1701年在波士顿被捕，后被处决，其财宝至死未供出。这篇小说中的苏里文岛，原是海盗基地。爱伦·坡或许以为小说所说财宝与基德船长的财宝有关。

类似印鉴的东西。但除此之外，没看见别的东西——我想象中的文件——让我能揣测意思的具体特定的文字，我当时非常失望。”

“或许，你在想标记和签名之间会发现信件文字吧！”

“不错，就是这种东西。说实话，我已预感到我将会发大财了，其中原委，我很难说清楚。也许，与其说是一厢情愿，倒不如说我真希望如此；你知道吗，丘比特居然说傻话，他认为金甲虫是用纯金做成的，可这的确使我顿生奇想！后来，一些意外事件和巧合接踵而至——全都奇怪非凡，又恰巧在同一天发生。那天太冷了，不得不生火。如果不生火，或者你当初不在那时串门进来，我根本不会看见骷髅头，也就不会获得那笔财富，你看，巧不巧？”

“可别扯远了——我太想知道这到底是怎么回事。”

“好的，把话说回来，你肯定听说过许多眼下广为流传的故事——这种谣传太多了，真假难分，据说基德一帮海盗把财宝埋藏在大西洋沿岸的一些地方。无风不起浪，准有点儿根据，一直在流传，我认为。这准是由于这些财宝至今仍埋着，无人发现吧。如果基德把赃物埋下后，又取走，我们听到的谣传就不可能像现在这样大同小异了。值得注意的是，这些谣传无一例外是寻找财宝，而不是已经找到了。如果财宝已被海盗取走，这事就告终止。在我看来，也许发生了意外——比如，暗示藏宝地点的备忘录丢失——基德才无法找寻回来，而且这一意外又被他的手下人知道，如果不是这样，藏宝的事就不会流传得人人皆知。他们无目的地寻找，可白费工夫，仍一无所获。眼下这种种流言，肯定首先是他们传出的。你可听说过，大西洋沿岸有什么人发掘了大批珍宝？”

“从来没有。”

“可谁都知道，基德的私人家财万贯。我想一定还埋在地下，听我说，你可别吃惊，我有个念头，十拿九稳，我指望这一张意外发现的羊皮，就是丢失的藏金图。”

“可你怎么行动呢？”

“我再把羊皮放在火上烤，慢慢加热，但没看到什么。我想这兴许是羊皮表面上的尘土在作怪，所以十分小心地浇点热水漂洗，然后放在平底锅里，有头颅骨的那面向下，再把锅放在火势挺旺的火炉上。很快，锅给烧烫了。拿起羊皮观看，那股高兴劲儿，真是难以描述，我看见上面若干处出现了一行行类似数字样的符号。我于是又把羊皮放在锅里烤，只一分钟。这时，再拿来一看，羊皮上的符号全显示出来，就是你已经看到的那种情况。”

羊皮已早被勒格朗重新烤过，这时，他停下来，把羊皮拿给我看，在骷髅头和山羊之间，写着以下红色符号，字迹潦草。

53≠≠+305))6☆；4826)4≠.)4≠)；806☆；48+8([60))85；]3☆；：≠☆8+83(88)5☆+；46(；88☆96☆7；8)☆≠(；485)；5☆+2：☆≠(；4956☆2(5☆—4)8([8☆；4069285)；)6+8)4≠≠；1(≠9；48081；8：8≠1；48+85；4)485+528806☆81(≠9；48；(88；4(≠734；48)4≠；161；：188；≠7；

“可我仍不清楚，”我说，把羊皮还给他。“如果‘戈尔康基’[①]的珠宝将归我所有，除非我能解开这个谜底，可我却无能为力。”

“不过，”勒格朗说，“谜底并不太费解，看到这些符号，会以为很难理解，其实并非如此。谁只要一看便会猜出这些符号是密码，也就是说，都有意义，可就我所知道的基德的情况看来，他不可能想得出更深不可测的密码了。我那时便断定，这密码易解——不过水手们智力有限！没有密码本，休想解开。”

“你真的解开了？”

“这还用说，我曾经解开过比这难上一万倍的。有利的环境因素，以及某种与生俱有的癖好，我向来对这类谜有兴趣。我认为，既然人类的心智能巧妙到构思出某种谜方，那么也必然能用同样巧妙的心智去解开。不瞒你说，只要谜方的特定符号清楚、完整，我从不认为解开其含义是困难的事。

“以这个谜方而言——自然，所有秘密文件都如此——首先必须了解这密码采用何种语言，因为解开谜方的关键，特别是简单一些的，得取决于特有的熟语特征，而且以这些特征不同而变化。试图解开谜底的人，一般只会有一个办法。依靠自己熟悉的语言，并视其可能性，逐一地去试一试，直到猜中为止。现在这份密码，如果有签名，所有困难都会统统解决，不在话下。‘基德’这个字眼有

① 戈尔康基，印度南部一古都，以盛产金刚石出名。

双关语义[①]，只有在英语中才能领会到。如果不是英文，我会先用法文，以及西班牙文去试一试。南美洲北岸一带活动的海盗，写密码时，往往用以上两种语言。可是，以此密码语来看，我仍假定是用英文写的。

“你看，这些字或者说符号彼此相连，如果分开就更容易猜。这样一来，必须首先整理并分析较短些的字眼，一旦找到一个单字——这一般是能找到的（比如， a 或 I ），我便认为准能将谜底解开。可这份密码彼此相连，我便首先找出用得最少的字以及用得最多的字，统计后，得到以下一表：

符号 8 共33个，

符号 ；共26个，

符号 4 共19个，

符号 ≠ 和 ☆ 各有14个，

符号 5 共12个，

符号 6 共11个，

符号 + 共8个，

符号 1 共7个，

符号 0 共有6个，

符号 9 、2 和 3 各有5个，

符号 ：共有4个，

① 英文中“Kid”既可音译为“基德”，又可理解为“山羊”。

符号 7 共有3个，

符号 [共有2个，

符号] 和 - 分别有1个。

“值得注意的是，英语中字母 e 最常见，使用最频繁的字母按顺序是‘a o i d h n r s t u y c f g l m w b k p q x z’，e 名列第一，就其使用率而言，在任何一个独立句子里，不管有多长，e 往往是最常见的字母。

“因此，从一开始，我们便不仅仅只是揣测，而是有根据的。这张表无疑大有用处——不过，在一份密码里，我们只能依靠它来解决部分问题。这份密码里一个用得最多的字母是 8 ，可以一开始便假定这个 8 表示的是普通字母中的 e，要证明这一假设正确与否，不妨看看这个 8 字是否常常重复使用——因为，在英文里，字母 e 是常常叠用的，例如‘meet’‘fleet’‘speed’‘been’‘agree’等，都是如此。以这份密码来说，虽然不长，但8叠用次数却不低于五次。

“就算 8 是 e，再说，所有英文词汇中，‘the’[①] 用得最多。所以得看看是否有三个符号一再出现而且以同样方式排列，最后一个符号也是 8 。倘若发现有如此排列的符号出现，可以断言，多半是代表‘the’。检查一次后，便发现这种排列的符号有七次，它们是‘；48’。这样，我们可假定分号 ；代表 t ，而 4 代表 h ，8 代表 e ——看来，最后一个字是 e 不用怀疑了。这样，就等于走出了

① “the”作为定冠词，在英语中使用频率最高。

至关重要的一步。

“话说回来，一旦确定一个单词了，我们便能够将最重要的一点确定下来，也就是说，能够确定其他字母的词头和词尾。看看这张表的倒数第二个‘；48’，这三个符号——它们出现的位置离密码结尾不太远。我们知道，紧跟其后的；是一个单词的字头，在‘the’这一单词后面的六个符号中，我们发现不少于五个。现在把这些符号用已知的代表它们的字母列出，空着的一格表示未知的字母——

t eeth

“我们可以断然将‘th’这两个字母除去，它们不能用于以 t 开头的单词中，因为我们试着把全部英文字母填在以上空当里时，无法组成一个词尾是‘th’的词，这样，可以把 t eeth 这个词缩短成：

t ee

“必要的话，可以再次把英文字母逐一填进去，结果只能组成‘tree’① 这个有意义的词。于是我们便可确定另一个字母是 r，其代表的符号是 (，而‘the tree’是并列的。

“现在来看这两个词后面的符号，我们又发现‘；48’这三个符号排列在一起，便将它们作为最先出现在其前面的那个词的字尾，又可排列成以下几个字：

the tree ；4(≠ 734 the

“可同样用已知道的恰当的字母来代替，便可拼成：

the tree thr ≠ 73h the

---

① 英文“树”。

“到这时，我们如果在未知符号的地方留下空白，或者以小黑点来替换，便可读成：

the tree thr…h the

“无须费力，便能立即认出‘through’① 这一词，同时让我们发现了三个新的字母：o、u、g，分别由 ≠ 、7 和 3 这三个符号来代替。

“依此办法，从头到尾再把密码细细看一遍，检查是否有已经知道的符号是连在一起的，发现在开头的附近有以下若干排列着的符号：

83(88，或者可写成 egree

“这马上可以认出是‘degree’② 这一词的结尾部分，又发现了一个用 + 代表的字母 d。

“在‘degree’之后的四个符号后面紧跟着的是以下排列：

；46(；88☆

“将这些已知的符号翻译出来，尚未明确的仍然用黑点代替，便是：

th· rtee·

“这一排列组合马上令我想起‘thirteen’③ 这个词，又提供了两个新字母：i 和 n，分别由 6 和 ☆ 来表示的。

“现在，看看密码开头的几个符号，发现是以下组合：

---

① 英文“经过，通过”。
② 英文“度”。
③ 英文“13”。

53≠≠+

“同样可以翻译为：

·good

“于是，可以断定，头一个符号一定是A，所以开头两个词是‘A good’。

“为了避免混淆，根据已发现的有关相应的替换符号，可列成以下一张表：

5 表示 a

+ 表示 d

8 表示 e

3 表示 g

4 表示 h

6 表示 i

☆ 表示 n

≠ 表示 o

（表示 r

；表示 t

7 表示 u

“因此，按此表，我们已经认出十一个重要的字母，不必再详细诉说解谜的细节了。我谈得可够多了，想来你也会认为解这种密码并不困难；对于发现这些密码的原理也略知一些了。不过，我得说，眼下碰到的这种密码最简单。现在，只需把羊皮上被破译出的符号统统译给你看：

“‘一面好镜子在毕肖普旅馆在鬼怪的椅子上二十一度十三分东北朝北主树干第七根丫枝东面从骷髅头左眼射击一直线距离从树引出通过子弹延伸五十英尺’。”

“可这个谜仍然费解，”我说，“怎样才能明白‘鬼怪椅’‘骷髅头’‘毕肖普旅馆’这些言语的意思呢?”

“是的，”勒格朗说，“这谜语给人的最初印象确实莫名其妙。开始，我设法按密码的原义把句子分解为自然正常的句式。”

“你的意思是加上标点吧?”

“可以这么说吧。”

“但这样做行吗?”

“我心想，写密码的人存心要把这些不分句的字连在一起，目的似乎是为了增加解谜的难度。如果不太聪明的人这样做一般会太过分。写密码时，显然要在一个段落末加上句号或逗号。因此，这样做时，会使某些符号紧密相连。如果仔细研究这一份密码，可以发现，有五处特别接近。以此为暗示，我这样分句：

“‘在毕肖普旅馆鬼怪椅上有一面好镜子——二十一度十三分——东北偏北——离主树干第七根丫枝以东——从骷髅头左眼射击——在树前引一直距通过子弹延长五十英尺’。”

“这样分了句，我仍然不懂其意。”我说。

“有好几天，我也同样不知所措，”勒格朗回答，“那几天，我一直在苏里文岛附近一带转悠，想找寻所说的‘毕肖普旅馆’所在的建筑物，当然我丢下‘旅馆’[①]这一废字暂不考虑。由于无法获得有关毕肖普旅馆的情况，我决定将调查范围扩大，进行系统调查。这当儿有一天早晨，忽然灵机一动，想到这个‘毕肖普旅馆’有可能同一家叫贝索普[②]的家族有关。说不清多少年前，这家人曾在苏里文岛北面四英里的地方，有过一幢古老的宅邸。于是，我径直去到种植园，再次向一些年老的黑人打听。终于，一个垂垂老矣的女人告诉我她听说过有个地方叫作贝索普，兴许可以带我去，但又说，那地方既不是城堡，也不是旅舍，而是陡峭的悬岩。

“我允诺给她一大笔报酬。踌躇片刻，她答应领我去。那地方其实很容易便找到了，我便让她回去。我开始察看，那座‘城堡’竟是一处荒芜凋零的残岩断壁，其中一个峭壁外貌奇特，高高耸立，看起来又像人造一般。我攀登到了壁端，便不知道下一步如何走。

“我正在思考，突然看见峭岩东面有一道岩檐向外伸出，而且很窄，大约就在我站立的岩顶下一码处，其突出部分将近十八英寸，顶多只有一英尺宽。就在这岩檐之上的悬岩中可以看见一个壁龛，同老一代的人使用的那种凹靠椅相类似。我这时几乎可以断定这正是密码原文上说到的‘鬼怪椅’。也正是解开这一谜语的所在了。

“我明白，‘好镜子’只能是指望远镜。因为对于水手来说‘镜

① 英文的“旅馆”拼作“hotel”，但解密码时，拼作“hostel”，故是废字。

② 贝索普（Bessorp）同毕肖普（Bishop）读音类似。

子’很难有其他别的所指。我马上意识到，不妨可用望远镜看一下，而且必须在一定的方位瞭望，决不能另换地方。我索性认为‘二十一度十三分’以及‘东北方向朝北’所指示的是望远镜对准的方向。这些发现，使我高兴极了，立即赶回家，取了望远镜，又回到岩壁上。

“我顺势上爬到岩檐，从这里知道，只能采用一种姿势，才可以在上面坐。事实也证明我最初的想法没错。我用望远镜瞭望，当然，‘二十一度十三分’只能指一般视力所及的地平线之上的高度，因为地平线的方向显然是由‘东北朝北’这一词组级所表示的。我立即用袖珍指南针来确定出这个‘东北朝北’方向；然后，试着尽量用望远镜往二十一度方向望去，小心地上下移动；就这样，我看到远处有棵大树比其他树都高，树叶之间有个圆形裂口，也可叫作空隙吧。于是我定睛朝这个空隙一看，发现裂口中有一白点，起初看不清是什么，等到对准望远镜的焦点后再望，才看出是块人头骨。

“这一发现，使我更加有了信心，断定谜语已解开，因为‘主树干第七根丫枝东面’这一句只能意味着骨头在树上的位置，而‘从骷髅头左眼射击’一句也只能有一种解释，即寻找财宝的方法。也就是说，子弹应从头颅骨的左眼中射出去，从靠近树干最近一点引出一条直短线，即直线，穿过‘子弹’，也就是说子弹下落的地方，再延伸五十英尺，就会确定出一个地方——我认为，在此处的地下至少可能埋藏着财宝。”

“这么一听你说，就明白了，虽然似乎不可思议，但也简单清楚，”我说，“离开‘毕肖普旅馆’你又怎么办呢?”

“唔，是这样，我仔细观察了那棵树的位置后便回家。可当我离开‘鬼怪椅’，那圆口竟看不见了，不管我以后怎么用望远镜瞧，也都如此。我明白过来，这些事中最为巧妙的是，一定要从壁岩正面的檐上去观看，不然，无论从任何别的一处，都看不到那圆口，反复进行试验后，证实了这可是千真万确。

“上次，我到‘毕肖普旅馆’探寻，由丘比特做伴，几周以来，他注意到我那么神不守舍，举止反常。对我特别留心，不让我单独行动。可第二天，我一早就起身，悄悄地溜走。到山上寻那棵树，好不容易才又发现。回到家，这家伙居然想狠狠揍我一顿，那以后的奇遇不用说，你像我一样亲眼见到了。”

“我以为，”我说，“你第一次开始挖土坑时，位置错了，责备丘比特不灵活，没有从头颅骨的左眼中把虫子吊下，而是从右眼吊下来。”

“是的。他这么一错，就离‘子弹’差了约二英寸半的距离。也就是说，与主树干最近的丫枝差了二英寸半多，如果财宝正好就在‘子弹’下面的位置，这无关大局，可是，直距的两端，或者说，直线方向的两点位置是由‘子弹’同离主树干最近的一点所决定的。虽说，这一失误一开始还算不了什么，可直线延伸越长，误差就越来越大。拉了五十英尺远，就完全偏离正确的位置了。如果不是我坚信财宝堆就在附近地方埋藏着，我们也许会徒劳无功，空手而归了。

“我认为，有关头颅骨的想法，也就是说从头颅骨的眼睛中射出一颗子弹的念头——对基德来说，暗示着海盗旗。显然，他想借助这种不吉祥的标记在重新获得他的财富时，增添某种激情吧。”

“也许是这样，不过，我仍然不免认为具有普通知识的人在这件事上是会自然产生这种激情的。”

“‘鬼怪椅’能被看见，如果这东西太小，就应该是白色的；除了人的头颅骨外，没有任何东西能保持住这种白色，或者说，不管天气如何，其白色都会持久而且更鲜明。”

“可你当初虚张声势，挥舞甲虫的样子——太反常了，我还以为你准疯了。干吗你从头颅骨中吊下虫子，而不是子弹呢?”

“唔，老实说，我当时确实不高兴，因为你显然在怀疑我，认为我神志不清，所以，我决定不动声色，想捉弄你，有意弄得神秘兮兮的。所以，我挥舞虫子，而且将虫子从树上吊下来，我注意到了你说虫子很重，才使我想到虫子从头颅骨中掉下来。”

“明白了，可还有一点不清楚，你如何解释土坑里那两副骷髅呢?”

“我也同样还无法解释这个问题，不过似乎有一个说法有道理——但，如果相信我所说的话中所暗示的那种暴行，就令人失望了。很明显，基德——如果真是此人将这笔宝藏埋在这儿的话，我相信——因为，非常清楚，准有人帮他干这活。埋好之后，他可能认为明智之举是将参与埋宝的人统统干掉灭口。很可能，他趁这些人正在土坑里干活，便用锄头把他们砸死，只需砸上两下，或许最多十来下——天才知道呢!”

你就是凶手

文楚安 译

现在，我抛出的是发生在腊特堡镇的一桩疑案。我将向诸位说明——尽我所能——这桩发生在腊特堡家喻户晓的怪事的内中原委。——这桩怪事并非杜撰，众所周知，无可争辩，而且也不容置疑。它在腊特堡的居民中使背信弃义之类丑行成为众矢之的，恢复了祖母辈一代人所怀有的正统观念。而在这事发生前，这种传统观是那些利欲熏心之徒斗胆所怀疑的。

这一桩事，诸位请原谅，我将用一种未必恰当的随意口吻来讨论——发生在18×× 年夏天。腊特堡里一位富有而受人尊敬的居民巴拉巴斯·沙特沃尔思先生竟然失踪数天，继而使人怀疑是被人谋杀。沙特沃尔思先生在一个星期六的早晨，早早便起身骑马离开腊特堡，目的地很明确，前往大约五十英里以外的县城，并打算当日晚上返回。出发两小时后，他的马却回到镇上，可没载着主人，而且出发时牢牢固定在马背上的鞍囊也不翼而飞。马也受了伤，周身泥泞。这情形自然在失踪者的朋友中引起极大惶惑。星期日早晨，人们没有发现他露面，消息不胫而走，整个镇上的人都急着要去寻找他的尸体。

最先建议搜寻而且最卖力的是沙特沃尔思的一位挚友——查尔斯·古德菲洛[①]先生，此人也常常被人们称为“好心人查理”或“老好人查理”。诸位想必知道，这称呼是否是一种奇妙的巧合，或者姓名本身对于性格是否具有一种不可思议的影响，对此我一直无法下结论。不过，毋庸怀疑的事实是，任何叫作查尔斯的人必定是心胸开朗、善于交友、豪爽、诚实、性情好、心地坦率、嗓音浑厚明亮的人。听到这名字，便会使你顿生好感，而且他的目光总是直视你的面孔，好像在宣告：“我问心无愧，不惧怕任何人，也不做任何亏心事。”因此，凡是真诚善良，无忧无虑在舞台上出现的“男角色”一般都会被叫作查尔斯。

值得一提的是，“老好人查理”——虽然在腊特堡或者说在这儿居住还不足六个月，而且无人知晓他在到腊特堡以前的任何情况，但他很快便同镇上的体面人物广为结识了。在任何时候，这些人对他的话无不言出必从，至于女人，还没有听说过谁不愿意去博得他的好感的。这一切都要归咎于其名叫查尔斯，以及他因此而天生就一副率直无邪的面孔，这正好应验了一句俗语：“面孔是最好的介绍信。”

我已经说过，在腊特堡，沙特沃尔思先生德高望重，当然不消说，也是镇上最富有的人，他同“老好人查理”交情甚笃，就好像

① 英文“Goodfellow”可按其词义译为“好心人”。

兄弟一般。这两位体面的人相邻而居，虽说，沙特沃尔思先生很难，如果不是从来没有的话，去拜访“老好人查理”，从没有在他的府邸吃过一顿饭，不过，这对两人的亲密关系却无丝毫影响。正如我刚才所说的，因为“查理老兄”每天都要登门三四次去探望他的邻居，也因此常常被留下来共进早餐或午茶。而且总是无一例外待到晚餐时分，于是两位挚友便入席而坐，以酒助兴，酒量如何的确难以断定。“查理老兄”最喜欢的饮料是一种叫作法国马尔戈的红葡萄酒，看见“查理老兄”一夸脱又是一夸脱[①]连吞带饮一口而尽，沙特沃尔思先生打心眼里直乐。有一天，就在这种场合，酒下肚后，自然地，神志有点恍惚。沙特沃尔思先生拍着好友的背说：“我得告诉你实话，‘查理老兄’，你确实是我有生以来见过的心地最好的人，不瞒你说，因为你喜欢那样痛快地一饮而尽，如果我不送你一箱马尔戈葡萄酒，我准没好下场，老天有眼，我准他妈的是傻瓜。”（沙特沃尔思先生有喜欢发誓赌咒的怪癖，虽然不外乎是“天哪，我傻透了”，或者“我的老天”，或者“天哪，真该死！”之类。）“我准他妈的是傻瓜，”他说，“要是今天下午我没有向城里去订购一大箱所能到手的上等好酒，我也准把它当礼物送给你，真的——你现在不必表态——一言为定，听我说，我绝不食言；等着瞧——就这几天交给你，至少在你想要的时候！”我之所以提到沙特沃尔思先生的慷慨大方——眼下这一允诺只是其中之一例证罢了——只是想让诸位明白这一对朋友的友谊真是何等亲密无间。

---

① 1夸脱相当于1/4加仑或2品脱，在美国约合0.95升。

回过头来再说刚才提到的星期天早晨的事，人们已不再怀疑沙特沃尔思先生的确已被人谋杀了，我注意到，没有人能像“老好人查理”那样为此事大为震惊了。他最初听说那匹马没载着主人归来，马背上也没有主人的鞍囊，而且这可怜的马儿胸部上血迹斑斑；显然是子弹射穿胸部，但所幸的是枪伤还不足以致命——听到这些细节后，他的脸唰地变得苍白，仿佛失踪者是他自己的亲兄弟或父亲似的。而且他周身颤抖，晃动，就好像疟疾发作似的。

那当儿，他完全沉浸在悲痛中，以至于无法做任何事，也不知该采取何种行动。因此，有好一阵，他竭力劝阻沙特沃尔思的其他朋友不要将此事张扬出去，他认为最好是等等看再说——一周或两周，一月或者两月——看看是否有什么事会发生，也就是说，等等看沙特沃尔思先生会不会安然无恙返回，他向大家解释沙特沃尔思先生之所以先让马返回的缘由。我敢断定，诸位一定留意到有的人在处理一些事情时惯于妥协，或者说拖延，当他们因为备受任何深切的痛楚而苦恼万分的时候，他们的精神力量似乎趋向于呆滞、迟缓。因此，他们对任何像采取行动这样的事极为厌恶反感，对世上的任何事都很漠然，只喜欢安静地躺在床上去“抚慰他们的悲哀”，正如上了年纪的老人们所说的那样——也就是说，去咀嚼他们自己的不幸。

腊特堡的百姓的确极为赞赏“查理老兄”的智慧和谨慎，他们大多倾向于同意他的主意，对这事绝不声张，正如这位忠厚老实的先生所说的那样，“等到某些事儿发生再说”。我认为这毕竟只是一般的看法，然而，沙特沃尔思先生的侄子，一个沾染上放荡生活习惯而且品性极端不良的年轻人彭尼菲瑟却认为对此事的这种推理值得怀疑。他不屑于相信上面提到的“安静地躺在床上”之类的说法，坚持要立即去寻找“被谋杀者的尸体”。这是他使用的措辞，古德菲洛当即敏感地声言：“对这种无稽奇谈，不值得评论。”“查理老兄”的这句话在人们中也颇有影响，其中一个人就问道：“年轻人彭尼菲瑟先生为何对他有钱的叔叔失踪的情况如此清楚，居然以知情者的口吻断言，竟明确而又肯定他的叔父是‘被谋杀的’。”对此，在这群持不同观点的人之中引起了小小的争执，特别是在“查理老兄”和彭尼菲瑟二人之间——虽然，后一种情况并非意外，因为三四个月以来，对沙特沃尔思先生的失踪，人们仍怀有某种善良的愿望，甚至还出现了这种情况，彭尼菲瑟先生的确动手去揍了他叔父的朋友，因为据说后者在他寄居的叔父的家里居然那样自由随便。据说，当挨打时，“查理老兄”的反应极其体面大度，仍不失基督徒式的侠义仁慈，他躲闪拳头，站起身，整整衣服，并无报复还击的动机——仅仅从嘴里挤出几个字来，说：“在最适当的时机将此事一了百了。”不过，在气愤之下，这种冲动原本情有可原，而且极其自然，可它毫无意义，而且无疑，他为此发泄一顿之后，很快便被置之脑后了。

不过，无论以上所述的情况是否属实（对此尚无证实），有一点可以肯定的是，腊特堡的百姓，主要是由于彭尼菲瑟先生的游说，最终决定派人分散到邻近的县份去寻找失踪的沙特沃尔思先生。我

《你就是凶手》插图 1

是说，是他们最先做出了这一决定。既然一致都认为必须如此，因此搜寻便顺理成章了。当然，担当寻找失踪者的人应该分散——这就是说，分成若干组——在周围一带地区进行一次彻底的追踪探访。我差点忘记的是，“查理老兄”不知道用何等巧妙的推理最终说服大家相信这种分散人力的追踪计划委实是最为冒失、最不明智之举。当然，除了彭尼菲瑟以外，其他人都觉得他言之有理。于是，最后决定应该由镇上的全体居民共同仔细而充分地制定出寻找方案，而且由“查理老兄”带头来实施。

恐怕没有谁能比“查理老兄”更适合担当此重任了，人们认为他目光敏锐像山猫一样。不过，虽然，由他率领邻里沿着无人知晓的路径，寻找者不辞劳苦到了人迹罕至的山地和角落，夜以继日奔波探寻达一周之久，仍然没有发现沙特沃尔思先生失踪的任何蛛丝马迹。自然，我使用蛛丝马迹这一字眼，应被理解为字面意义上的说法。因为，就某种程度而言，无论如何，有关线索总会存在。倒霉的沙特沃尔思先生在腊特堡以东约三英里，通向县城的大道上被他的马蹄(这事颇为蹊跷)踩踏。就在这儿，马蹄印穿过一小片森林，在一条小径上出现——这条小径然后又与大路会合，离开大路约半英里。搜寻队沿着这条小径上的马蹄印，终于来到一个死水池边，死水池一半隐藏在竹林丛中，与小径右面相依，在水池对面，马蹄印全部消失。看起来，在这儿曾经发生过一场出于生存本性的奋力搏斗，似乎某种远比正常人体格更大，重量更重的东西从小径被拖拽到池水中。于是，搜寻队仔细地在池中打捞两次，但一无所获。

就在人们非常失望，正准备离开时，古德菲洛先生似乎感应到神的启示：应该将池水全部吸干，搜寻方能深入进行。众人对此方案一致赞成，对“查理老兄”的聪慧和深谋远虑赞赏不已。恰好这批人中许多人随身带着铁铲，他们认为有可能从池中打捞出尸体，于是马上动手排水，这一切简单易行，进展顺利，因此很快便看见池底，就在池底中部淤泥处发现了一条黑色的丝质天鹅绒背心，大伙儿马上认出这是彭尼菲瑟先生的私物。这背心已经被撕破而且沾有血迹，有几个人甚至清楚地记得就在沙特沃尔思先生离开腊特堡到城里去的那天早晨，彭尼菲瑟还身穿这件背心，同时也有其他人愿意发誓证实，如果必要的话，彭尼菲瑟先生在其叔父失踪那天的任何时间，都没有身穿这件大有疑问的背心，而且也没有任何人说，在沙特沃尔思先生失踪以后，曾看见彭尼菲瑟先生在任何时候穿过这件背心。

对于彭尼菲瑟先生来说，情况的确不妙。此外，人们注意到，十分清楚地足以证明他有此案嫌疑的是，他的脸色顿时一阵煞白，当人们问他对此事作何解释时，他无言以答。而在这时，少数几个同他的放荡生活习性臭味相投的朋友却立刻对他反目相待，转向“查理老兄”一边，而且言辞远比他彭尼菲瑟先生那些上了年纪的公认的对手还要激烈，声称应该立即将他逮捕。可另一方面，在这种情况下，唯有古德菲洛先生的宽宏大度显得越发光彩夺目。他为彭尼菲瑟先生辩护，诚挚恳切而且措辞有力，其中还不止一次表露出他对那个行为放荡的年轻人——尊敬的沙特沃尔思先生的继承人所受到的不明屈辱的谅解，年轻人无疑一时情感冲动，竟认为他（古德菲洛先生）可以被利用。这并不难理解。“他对此已经有所醒悟，”他说，“内心深为不安。”至于他自己（古德菲洛先生）在谈到疑案的情况进一步追索时，他不得不非常遗憾地说，这的确对彭尼菲瑟先生不利，他（古德菲洛先生）本人愿意，竭尽全力，以他所能掌握到的一切，哪怕是微小的证据，并且以他的良知担保，一定要让这桩确实十分棘手的疑案水落石出。

古德菲洛先生如此表白，信誓旦旦，约半小时，不过，好心肠的诸位准很难认为他们的看法适宜可行——他们未必来得及深思熟虑，一时冲动犯下了种种失误，由于意外的不尽适当的做法而面临困境，他们仅仅出于对一个朋友的效忠之心——因此，虽然他们怀着世上最良好的动机，但必定适得其反，与其说是让人们信服其陈词，不如说更令人疑虑丛生。

这样一来，以眼前的情况而论，其结果必然是尽管“查理老兄”侃侃而谈，不遗余力、急切地为受到怀疑的彭尼菲瑟先生开脱解围，但无论怎样卖力，他所说的每一句话，其直接的，虽说是无心的效果却并非博得听他讲话的人的一致赞许。相反，反倒使已受到怀疑，他为之辩护的彭尼菲瑟先生处于更不利的境地，而且还激起了搜寻队成员对他的一致愤然攻击。

“查理老兄”所犯下的最不可估量的失误是，在讲话中把被怀疑者暗示为“受人尊敬的德高望重的沙特沃尔思先生的继承人”，因为人们以前的确从没有这种想法。他们只记得一两年前，作为叔父的沙特沃尔思先生曾经扬言要剥夺其继承人的权利（除了侄儿，他没有任何仍然健在的家属)，人们总以为剥夺继承权已经是一个早已解决的问题——腊特堡的居民正是这样心地单纯，不过，“查理老兄”的这番话却立刻使他们对这个问题有了看法，让他们明白，沙特沃尔思先生威胁要剥夺其继承人权利这事本身有可能仅仅只是一种威胁而已。这样一来，便自然引出了一个问题，“Cuibono”[①]——这一问题也因此远比背心更使这年轻人同那恐怖的谋杀罪行紧密联系。在这里，但愿我不会被误解，允许我暂时离开正题，来考察一下我在上面所引用的那句极其简洁明了的拉丁语，其实总是无一例外地被错译或者被人误解。“Cuibono”在所有的第一流的小说，或者其他作品中——例如，在戈尔女士(《塞西》一书的作者)的小说中，一位女士就引用了从迦勒底人[②]到奇克奈人[③]的所有语言，“如果必要”可以在贝克福特先生的帮助下，去熟悉一项有规则的构思严密的方案——我提到所有第一流的小说是想说从布尔沃[④]的著作到狄更斯，到特纳彭尼，到安斯沃思[⑤]的作品中，这两个拉丁字“Cuibono”被释义为“有何目的”(to what purpose)或者“有何益处”(to what good)，可它们真正意义其实是“对谁有利”(for whose advantage)。因为“cui”之词义是“对于谁”(to whom)；而“bono”则意味着“利益”，这纯然是一个法律用语，在诸如当我们正在考虑某事时使用最为适宜；也就是说，某人做出某一行为

① 拉丁语，根据一般英汉词典，其意为“为何人之利益”“何人之益”“目的何在”“有何益处”等。
② 与巴比伦人血缘相近的闪米特人。
③ 原住在美国密西西比州和亚拉巴马州北部的说莫斯科格语的印第安人。
④ 布尔沃(1801—1872)，英国外交家、作家，其著作有《希腊之秋》《史人物群像》等。
⑤ 安斯沃思(1805—1882)，英国道德小说作家。

的可能性是由这个人所能获得的或者在这个行为完成之后所能增加的利益，亦即将处于的那种可能性所决定的。以我们现在所涉及的这一疑案而言，所谓“Cuibono”这一问题毫不含糊地是与彭尼菲瑟先生有关联的。其叔父曾在作出了有利于他的遗嘱后又威胁要剥夺其继承权。但这威胁并没有真正地生效，因为情况看来是已经作出的遗嘱并没有改变。倘若这遗嘱有所改变，被怀疑者谋杀的唯一可能性动机就将仅仅是司空见惯的一般性报复而已；而这种念头甚至也可能因为指望叔父能回心转意，以显其宽宏大度而打消。然而，这事正困扰着侄儿使之心绪不宁的时候，遗嘱并没有改变，因此对于腊特堡的这些体面的受人尊敬的公民来说，他们立即非常明智地得出结论，被怀疑者之所以干出这种暴行一定是为某种特别强烈的引诱所驱使的。

彭尼菲瑟先生于是就地被逮捕，搜寻队继续进行探查，然后准备打道回府，同时将彭尼菲瑟监护起来。在返回的路途上，又发生的另一件事更进一步强化证实了对彭尼菲瑟先生作案的怀疑。

古德菲洛先生对此事的热心关切，他常常走在搜寻队伍的前面，同其他人保持着一定距离。突然，人们看见他向前跑了几步，显然从草丛中拾到一件小东西，他匆匆将那东西打量一下——人们又注意到他随即试图将这东西藏进上衣口袋。是，我要说，他的这一举止也被众人发现，因此，那东西没能被放进口袋。原来这是一把西班牙小刀，有十多个人立即便认出这正是彭尼菲瑟先生的私物。而且，在刀柄上正刻着他的名字的第一个字母。刀叶已打开，血迹鲜明可见。

无疑，这是受害者侄子罪行的证明，于是一回到腊特堡彭尼菲瑟便被移交给法官，听候审查。

就在这时，又出现了对彭尼菲瑟先生最不利的情况。失去自由的彭尼菲瑟先生被问及沙特沃尔思先生失踪那天早晨，他去过何处时，他供认那天早晨他身带来复枪出外狩鹿，而地点正是多亏古德菲洛先生大智大勇才发现了带有血迹的背心的池塘附近。

古德菲洛先生于是被召做证，他双眼含着泪水，请示法庭审查。他说，对上帝发誓，自己的正义感和责任感并不在他的乡亲之下，因此，这种正义感使他不能再保持沉默。他说出他对于这年轻人（彭尼菲瑟先生）怀有的最真挚的同情（尽管彭尼菲瑟先生对他本人——菲洛先生并不友好），他觉得有必要就任何可能想象的情况作出种种假定，竭尽所能来对那些不利于彭尼菲瑟先生，并同之受到怀疑的种种情况做出解释；但是，所有的证据是如此令人信服——如此令人震惊，他觉得已不能再犹豫——他应该如实讲出他所知道的一切。虽然这样做，他（古德菲洛先生）的心会永不平静。接着，他说，沙特沃尔思先生动身到城里的前一天下午，他本人听见德高望重的沙特沃尔思先生曾经对侄儿说，他（沙特沃尔思先生）明日到城里去是为了在“农商银行”办理一大笔数目极为可观的存款手续。在这种情况下，也就是那时，沙特沃尔思先生确实无疑地对侄儿说过他要取消他本人原来立下的遗嘱，这一决定已不可改变，而且绝不会给他（彭尼菲瑟先生）留下一分一文。他（目击者古德菲洛先生），现在郑重地要求被告人陈述他（目击者，证人）刚才所提到的一切细节是否真实。令所有在场者不胜诧异的是，彭尼菲瑟先生承认一切属实。

情况既已如此，司法官认为他现在有责任派两名警察去搜查被告人在他叔叔家中所居住的卧室。搜查完毕，两名警察立即回到法庭，带回一本用钢皮装订的赤锡色的袖珍记事本，众所周知，失踪的老人多年来一直随身携带着这本记事本，可说已成为习惯。然而，笔记本中的无法估价其重要性的记载却被偷走。尽管法官想尽办法试图强迫被告人交代这些记载出于何种目的被取走，或者藏匿在何处，但一无所获。事实上，被告人固执地声称他对此事一无所知。警员也在这位叫屈的年轻人的床和袋布之间发现了一件衬衫和围巾，上面都缀有他的名字的第一个字母，而且这两件东西都浸透了受害者的血迹。

就在这时，传来消息：被害者的马由于伤势过重刚刚在马厩里一命呜呼。古德菲洛先生于是建议应立即对马进行尸检，如果可能，将会发现子弹头。这一建议得到采纳，而且立即执行，似乎是为了证实被告人的罪行确凿无疑。古德菲洛先生经过一阵仔细搜寻后，在一个柜子里发现而且取出了一颗极不寻常的子弹。经验证，发现同彭尼菲瑟先生的来复枪口大小正好吻合，而且这颗子弹太大，是腊特堡附近一带的任何人所不曾有过的。为了使这一证据更确实无疑，又发现，在子弹左角正常的缝口处有一裂纹，经过观察证实，这一裂纹或者说接缝也恰恰与在一对弹模上的脊状突起或者说隆起的位置相符。而这弹模，被告人承认正是他的。由于子弹已被找到，司法官不愿再听取其他证词，立即宣布审判被告人——拒绝任何理由对被告保释。虽然，针对这一严厉做法，古德菲洛先生坚决反对，提出要求不论附加任何条件，他都愿充当被告的保证人。“查理老兄”的这种谦谦君子风度同他在腊特堡居住的整个期间所表现出来的和蔼友善以及豪爽侠义的举止的确一脉相承。以眼下的情势而言，这位备受尊敬的人完全由于他对被告人倾注了热切的同情心而忘乎所以，他似乎差不多忘记了，当他在主动请求为他年轻的朋友提出保释时，他自己根本拿不出任何一样价值一美元属于他的财产的东西。

将被告人收监看来已是情理中的事。在腊特堡所有居民的怒骂声中，在第二轮开庭时，彭尼菲瑟先生被带到审判席，当一连串间接证据（好像是被某些意外的令人诅咒的事实所断定，而这些证据，又是古德菲洛先生出于责任感和良知不得不在法庭上出示的）——在法官看来是如此完整，如此无懈可击，如此具有说服力。因此，陪审团没离开过座位一步，便作出了“一级谋杀罪”的判决。紧接着，宣布判处这倒霉的可怜虫以死刑，被告人随即被押送县监狱，等待无情的法律的严惩。

就在同时，“老好人查理”的高尚行为使他在腊特堡居民中成为美谈，更备受尊重，他的声名比过去任何时候都千倍地响亮。自然他也因此受到当地居民更为殷勤好客的接待，所以他这时必定好像逐渐改变了他那因贫困潦倒而逼迫他不得不养成吝啬节俭的习惯。他常常在家中举行规模不算大的聚会，每当他的心智和喜悦难以压抑之时——当然，他会有所收敛，稍许平静下来，不免会想到他那慷慨的、待他为上宾的故世的朋友的侄儿此刻正遭受着不幸和孤独。

一个晴朗的日子，这位心地高尚、受人尊敬的先生收到一封信，真是又惊又喜，信全文如下——

致查尔斯·古德菲洛阁下：

亲爱的古德菲洛先生——我们荣幸地通知你，大约两个月前，尊敬的客户巴拉巴斯·沙特沃尔思先生曾向我公司送交一项订单，现在，本公司遵从他的旨意，今天早晨，一箱特大号的马尔戈红葡萄酒将送到贵府，羚羊商标，蓝紫色封条。箱边已编号加印。

你忠实的

霍格斯·弗罗格斯

巴格斯公司　谨启

本市，18×× 年6月21日

再及——酒箱将用马车，在你收到这封信的当天到达贵舍。请向沙特沃尔思先生致意。

H．F．B.公司

实际情况是，自从沙特沃尔思先生故世后，古德菲洛先生已打消了接受沙特沃尔思先生在生前允诺过的赠给他一大箱马尔戈红葡萄酒的一切念头。因此，此刻，他认为托神的福，这是恩赐他的一种特别的报偿。他喜出望外，自然，在极度兴奋中，他决定邀请为数不少的朋友于次日到他家共饮，当场开启善良的、令人尊敬的沙特沃尔思先生的馈赠。在他寄发邀请信时，对善良的、可敬的沙特沃尔思先生，他只字未谈，其原因是，他确实想过此事，他最终决定还是不提及为好。他对任何人都没有说明——如果我没记错的话——他已收到一件礼物，马尔戈红葡萄酒，他只是告诉他的朋友来同他一起品尝某种质量堪称绝佳，香味极其纯正浓郁的名酒，是他两个月前向城里订购的，将于次日到货。常常令我困惑不解的是去想象这位“查理老兄”干吗会决意压根儿一点也不提到他所收到的是一位老朋友馈赠的礼酒，不过我从来没有能够真正地理解他对此事为何保持沉默的原因。虽然，他本来的确可以找到某些无可非议的，足以表明他具有高尚品德的理由。

到了次日，许多而且具有体面身份的客人纷纷来到古德菲洛先生家中。实际上，腊特堡的一半人几乎都到场了，——我本人也在其中——然而，令主人焦切不安的是，当由“查理老兄”特意提供的丰盛甚至可以说奢侈的晚宴使客人大开胃口，充分享用时，马尔戈红葡萄酒竟迟迟未到来。酒终于送到——装酒的箱奇大无比简直异乎寻常——当全体客人兴致正高时，大家一致建议，应该把酒箱放在桌上，当众把箱内的酒取出来。

话音刚落，便决定动手。我也帮忙，一眨眼工夫，我们把酒箱抬到桌面上，置于酒瓶和酒杯中间，手忙脚乱中，一些酒杯或酒瓶被损坏。“查理老兄”完全沉浸在极度兴奋之中，脸色通红，坐在餐桌上方那庄重的表情看起来有点儿滑稽可笑，他用酒瓶使劲地敲打桌面，要求客人“在取瓶仪式中少安毋躁”。

在一阵喧嚷之后，客人终于完全安静下来，正像与此类似的情况下常常会遇到的那样，全场恢复了异乎寻常的平静。人们要求我把酒箱盖打开，我当然欣然同意。我将一把凿子塞进去，用锄头轻轻敲了几下，突然间，箱顶迅急被掀掉，就在同时，被谋杀的沙特沃尔思先生的伤痕累累、血迹斑斑的几乎已发臭腐烂的尸体一下弹起以坐势面向主人。尸体凝视片刻，静止不动。那双正在腐烂的、失去光泽的眼睛充满悲愤，直直地盯着古德菲洛先生，慢慢地然而字字清楚，极富感染力地说出了一句话——“你就是凶手！”然后向酒箱一侧倒下去，似乎已十分满足，四肢一阵颤抖，伸直躺在餐桌上。

其后出现的情景真是难以描述。客人们惊慌未定便纷纷奔向房门和窗口，屋子里的许多强壮男人目睹这恐怖当即昏倒过去。不过，在一阵惊吓之后，大家的目光都一齐转向古德菲洛先生。如果我活上一千年，我也永远不会忘记当时他那幽灵似的苍白面孔上所出现的那种远非凡人能有的痛楚状，而这张面孔刚才还因为扬扬自得和酒醉而格外红润。有好几分钟，他木然地坐在那儿，像一尊大理石像，他的目光怅然呆滞，眼睛瞪得圆圆的，仿佛在向内凝视，审视自己那卑微可怜、残酷无情的灵魂。终于，这目光仿佛倏地一下，又转向现实世界，就在这时，他猛地从座位上一跃而起，沉沉地倒下，头和肩膀撞在餐桌上，恰好触到尸首，也就在这时，他才迫不及待、毫不隐讳地将他骇人听闻的谋杀罪行的详细经过供认出来，而正是这桩令人发指的谋杀使彭尼菲瑟先生被监禁而且注定要命归黄泉。

在如此开心的时刻，被迫供认出的谋杀手段，虽然确实如愿以偿，但实际却很简单。古德菲洛先生过度的坦率从一开始就使我反感，而且使我对他顿生疑心。彭尼菲瑟先生揍他时，我在场，他当时脸上所呈现的那种可怕的冷酷的表情，虽然很快就消失，已使我相信，如果可能，他所作出的要报复的诺言一定会实现，而且手段会极其残忍。因此，我做好准备，对“查理老兄”的报复伎俩拭目以待，而且我的出发点与腊特堡那些善良好心的公民所持有的观点大相径庭。我当时便觉察到，此案的一切犯罪证据无一不是直接或间接地由他本人所发现的。不过，使我真正清醒地认识到这一案件的内中原委的是由古德菲洛先生在马的尸体中发现了子弹这件事。我没有忘记——虽然腊特堡的居民没注意到此事——子弹射中马，进入马身体内时有一个洞，从马体内穿出时也还有另一个洞。我怀疑子弹在马尸体内的那个出口处是否是在发现之前就有的。我的明确判断是，这一出口处一定是发现者故意所为。那件有血迹的衬衫和围巾亦证实了我对子弹一事本身所作出的断定；因为血液检验结果表明是上等波尔多红葡萄酒液，根本不是什么血迹。当我联想到这所有的情况以及古德菲洛先生近来一反常态所表现出的好客大方以及经济开支，对他更加怀疑，不过，从没让这种怀疑表露在外，只是深藏在我的内心。

同时，我开始了私下寻找沙特沃尔思先生的尸体。基于以上考虑，在寻找中，我尽可能避开古德菲洛先生带领他那一帮人曾经走

《你就是凶手》插图 2

过的那些地方。若干天的搜寻终于有了结果，我发现了一口古井，井水已干涸，井口几乎全被竹丛所遮掩，就在井底，我发现了沙特沃尔思先生的尸体。

再说，凑巧的是我曾经听见这两个挚友之间的对话。当时，古德菲洛先生甜言蜜语诱骗他的东道主允诺送他一箱马戈尔葡萄酒。这件事使我顿时计上心来，而且立即采取行动，设法找到一块坚硬的鲸须，将它抻进尸体的喉咙，将尸体安放在一个古旧的酒箱内——小心地将尸体对折，于是鲸须也就在箱内对折起来。这样一来，我不得不用力压住酒箱盖，使之向下，并用钉子将箱盖固定好，我当然会预料到，一旦钉子被松开，酒盖必定会被掀开，尸体就会直立起来。

如此这般将酒箱固定后，我贴上标签、号码，正如前面所说到的那样写上地址，然后以同沙特沃尔思先生有生意往来的酒商名义，写了一封信，我吩咐仆人一看见我所发出的特定暗号，便使用手推车将酒箱送到古德菲洛先生寓所。至于之所以尸体能开口讲话这一意图，是因为我自信我的腹语术[①]能力准会派上用场，而其效果，我相信定会震惊犯下谋杀罪行的恶棍的良知。

诸位，说到这里，我相信没有什么值得我再说明白的了。彭尼菲瑟先生就地释放，继承了其叔父的遗产，从这件事的教训中颇受启发，从此弃旧图新，自那以后，生活过得美满幸福。

---

① 腹语术：一种说话发言的技巧，说话者嘴唇不动，声音仿佛来自他处。

莫格街谋杀案

王逢振　译

塞王唱什么歌，阿基里斯藏在女人中间时用什么名字，虽然是令人困惑的问题，却并非完全不可推断。

——托马斯·布朗爵士《瓮葬》

人们所说的分析性的精神特征，其本身很少能进行分析。我们只能根据它们的结果进行鉴别。我们了解到，同其他事物一样，精神特征对其拥有者而言，一旦非常富有，总是最愉快享受的一种源泉。正如强壮的人为他的体能而自豪，喜欢锻炼、运动他的肌肉，同样分析者也以进行解析的精神活动而为荣。甚至从最琐碎的工作中，只要能施展他的才能，分析者也会获得乐趣。他酷爱难解之谜、难解之题、难解之符号；他对每个问题的解决，无一不展现出某种程度的智慧，对常人理解来说，这智慧似有超自然的神奇。他的结论，由于通过其方法本身的精神实质而产生，事实上完全带有一种直觉的色彩。他反复解析的才能，可能在很大程度上得益于对数学的研究，尤其是高等数学的研究。这种数学因其只以逆推的方式运算，仿佛与众不同，被不恰当地称作分析数学。然而，运算本身并不是分析。例如一个下棋的人，他下这盘棋并不费心去考虑另外的棋局。因此下棋比赛，就其对人的精神特征的影响而言，在很大程度上便会被人误解。我现在不是写一篇论文，而是根据极其随意的一些观察，为一种有些奇特的叙述作序。因此，我想借此机会宣称，反映性才智的更高能力，通过朴实的盘棋游戏[①]而不是象棋[②]中精心无聊的一招一式，能够获得更确定更有用的训练。在象棋当中，棋子有不同而奇特的运动方式，具有不同而可以变化的价值，唯一复杂的地方便被错以为是深刻的地方（一种常见的错误）。下象棋时，注意力必须充分集中。如果注意力稍有放松，就会漏掉一着，造成失利或失败。棋子各种可能的移动不仅有多种功能，而且互相牵制，因此这种疏忽的可能也成倍地增加；十次中有九次，获胜者是精神更集中的一方，而不是更敏锐的一方。相反，在盘棋中，棋子的运动独特而很少变化，疏漏的可能减少，纯粹的注意力也就相对搁置不用，双方的优势都要靠更高的敏锐而获取。说得具体一些——让我们假定一局盘棋，其中棋子只剩下四个王，当然也不指望有什么疏忽。在这种情况下，双方势均力敌，显然胜利只能靠精巧敏锐的运子决定，靠强烈运用才智的结果决定。一个分析家如果失去了普通的机智，他就会随着对方的精神活动，使自己认同于对方，因此

① 盘棋游戏，二人对弈的一种棋，每方用 12 个类似中国象棋的圆子，玩法类似围棋。
② 象棋指国际象棋，二人对弈，每方有 16 子，一个王，一个王后，两个象，两个马，两个车，八个卒，每子移动有固定规则。

一瞥之下常常看到些单一的方法（有时确实是简单得荒唐可笑的方法），通过这些方法他就可能陷入错误，或匆匆作出错误的估计。

长期以来，惠斯特牌[①]以其对所谓运算能力的影响而著称；据说智力最高的人都对这种牌戏表现出无限的兴趣，但绝不玩象棋，认为象棋没有意思。毫无疑问，没有任何类似性质的东西，能对分析的才智产生如此巨大的作用。在基督教国度里，最佳的象棋弈手可能比一般的象棋好手高不了多少；但精通惠斯特牌却意味着在一切重要的心智斗争的事业方面具有获取成功的才能。我说精通，意思是说对这种游戏绝顶熟练，包括对赢得合法优势的一切原因的理解。这些原因不仅是多重性的，而且多种多样，常常潜存于普通理解极难达致的思想深处。集中精力观察就是要清楚地记住；就此而言，专心致志下棋的弈手也会把惠斯特牌打得很好；只要对霍伊尔的规则[②]（这些规则本身根据游戏的纯机械方法而定）有充分全面的理解。因此人们普遍认为，拥有强的记忆力并依照“那本书”的规则进行，便是玩好牌的全部要点。然而，分析家的技巧恰恰是在纯规则范围之外的问题上表现出来。他默默地进行一系列的观察和推断。或许他的同伴也同样如此；但在获得信息程度上的差别主要不在于推断的正确性，而在于观察的质量。必需的知识是要观察什么。我们的牌手绝不会作茧自缚，不会因为游戏就是目的，他便放弃从外部事物到牌局的推断。他会审视他牌友的面部表情，将它与每个对手的

① 类似桥牌的一种游戏。
② 《霍伊尔》，指一本关于牌戏和其他室内游戏规则的参考书，依爱德蒙·霍伊尔（1672—1769）而定名。

面部表情仔细比较。他考虑每个人手里分牌的方式；通过持牌者对每张牌的眼色，一张张王牌和王牌的点子进行算计。在打牌过程中，他注意每个人脸上的变化，从自信、惊讶、胜利或懊丧等表情的差异中，收集思考的材料。从合成一沓牌的方式中，他判断吃了这墩牌的人是否会照样再吃。根据牌摔到桌子上的神态，他辨认出什么牌是作假佯攻。随便或满不在意地说一句话；偶尔掉下或翻转一张牌，对它的掩饰是焦虑不安还是毫不介意；对墩牌的计算以及排列它们的顺序；窘迫、犹豫、急切或慌张——所有这一切，都对他明显的直觉认识显示出牌局的真情。头两三圈牌出过之后，他就知道每人手上有什么牌了，此后他胸有成竹地将牌放下，仿佛其他人都已将自己的牌面向他摊开。

分析的能力不应与单纯的机灵混淆；虽然分析家必须机灵，但机灵的人常常出人意料地不能分析。机灵通常以建构或结合的能力表现出来，颅相学家认为这种能力产生于一个独立的器官（我相信这是错误的），说它是一种原始的才能；这种能力常见于那些智力几乎接近白痴的人，因此在心理著述家中间已经引起普遍的注意。确实，机灵和分析能力之间存在着巨大差别，远比幻想和想象间的差别更大，但它们所属的性质严格说却非常相似。事实上，人们会发现，机灵常常是幻想性的，而真正的想象绝不会与分析悖逆。

• • •

下面的叙述，读者会觉得是对前面所提见解的一种译注。

18×× 年春天和夏天一段时间住在巴黎时，我在那里结识了 C. 奥古斯特 · 杜宾先生。这位年轻的绅士出身名门——实际上出身于一个显赫的家庭，但因种种不幸的事件，沦落到非常贫困的地步。贫困的重压使他失去了天性的活力，不再在世界上发奋自励，也不想重整家业。承蒙债权人的好意，他还拥有一点点残存的祖传遗产。靠着这点遗产的收入，他尽量节俭，维持最低的生活，无须操心生活的奢侈。实际上，书是他唯一的奢侈品，而在巴黎，书是很容易得到的。

我们第一次邂逅是在蒙玛特尔街一座昏暗的图书馆里，我们都在那里找同一本珍贵的名著，这使我们开始了密切的交往。我们不断见面。法国人只以自己为话题时总是非常坦诚，他也如此，坦诚地向我讲述了他的家庭小史。我对他的家庭史深感兴趣。而且，我对他读书的渊博也感到惊讶。他的狂热以及他想象力的生动活泼，使我觉得自己的内心也焕发出激情。想想我当时在巴黎追求的一些东西，我觉得与这样一个人交往对我是无价之宝。于是我向他坦率地吐露了这种感想。最后我们商定，我在巴黎期间我们俩住在一起。由于我的物质条件不像他那样拮据，他答应由我付房租，由我买些家具，将住处布置成适合我们共同气质的幻想阴郁的风格。我们租的房子位于圣日耳曼旧郊区的一个荒僻之处，那是一座经过风雨剥蚀的风格奇特的旧宅，破落得像要倒了似的，由于迷信长期无人居住，我们也没有打听迷信什么。

倘若外界知道我们在这个地方的日常生活，一定会把我们当成疯子——虽然也许是无伤害性的疯子。我们过着完全隐居的生活，不接待任何人访问。事实上，我们隐居的地点完全保密，连从前的熟人也不告诉；有好多年，杜宾停止了与巴黎的任何人交往。只有我们两个人生活在一起。

我的朋友有一种怪诞的爱好（我还能叫它什么呢？），他迷恋黑夜，而且为了黑夜而迷恋黑夜。我不知不觉地染上了这种怪癖，其实我也不知不觉地染上了他的其他怪癖。我追随他的狂想，完全放弃了自己。夜神不会总是与我们同住，但我们可以假造她的存在。天刚要发亮，我们就把这座古宅的大百叶窗关上，点上一对香味浓烈的细长蜡烛，只让它们发射出苍白微弱的烛光。通过这些方法，我们便让自己的灵魂在梦境中奔忙——读书，写作，谈话，直到时钟警告我们，真正的黑夜已经来临。这时我们便跑到街上，互相挽着胳膊，继续谈论白天的话题，或者四处漫游直到深夜，在人口密集的市区，从杂乱的灯光和阴影中，寻求静默观察所提供的无限的精神刺激。

每当这种时候，我就忍不住要观察并赞扬杜宾的奇特分析能力（虽然从他丰富的想象中我早已预感到他这种能力）。他似乎也极愿意运用这种能力——即使不完全要显示出来——他毫不犹豫地承认这样做对他产生的乐趣。他咯咯地低声笑着对我夸口说，在他看来，大部分人的内心都对他敞着一扇窗口。我也倾向于同意这种说法，因为他对我自己内心的深切了解便是直接而颇为惊人的证据。每当他进行分析时，他的态度便显得冷淡而费解，眼神发呆，平时洪亮的男高音变得尖锐刺耳，听起来像在发怒，但说话却镇静而非常清晰。看到他这种心态时，我常常在沉思中想到古代关于灵魂由两部分构成的哲学，也常常自我取乐地幻想一个双重性的杜宾——既有创造性又有分散性。

千万不要根据我上面说的话认为我在讲什么神秘故事，或者写什么传奇小说。我在这个法国人身上所作的描写，只不过表现了一种兴奋的或者病态的智力的结果。但对在此期间他的议论的特点，最好还是用实例来说明。

一天夜里，我们在皇宫附近一条肮脏的长街上闲逛。我们两个人都明显地陷入沉思，至少有十五分钟谁都没说一句话。突然，杜宾说出这样的话来：

“他是个矮小的家伙，真的，要是让他去万象剧院演通俗戏一定更好。”

“那当然。”我随声附和。由于我过多地陷入沉思，起初并没有注意说话者已经介入我的沉思的神态。过了一会儿，我回过味儿来，感到非常惊讶。

“杜宾，”我严肃地说，“我真无法理解。坦诚地说，我感到惊奇，几乎难以相信自己的感觉。怎么可能你竟知道我心里想的是——”说到这里我把话打住，想确实弄清他是否真正知道我刚才想的是谁。

“——你在想商蒂利，”他说，“你为什么不说了？你刚才心里在说他的小个子不适合演悲剧。”

这确实是我刚才心里考虑的问题。商蒂利曾是圣·丹尼斯街上的一个修鞋匠，由于酷爱演戏，便企图在克莱比雍的所谓悲剧中扮演克尔科斯的角色，尽管他费尽心机，结果却备受讥讽，弄得声名狼藉。

“看在上天的分上，告诉我，”我惊叫道，“你用什么方法——如果有什么方法——使你能了解我心里想的东西。”实际上，我当时心里的惊讶，比我想显露出来的更甚。

“真正使你觉得这个修鞋底的人太矮，不适合演克尔科斯之类角色的，完全是那个卖水果的人。”他回答说。

“卖水果的人！——你真让我吃惊——我根本不认识什么卖水果的人。”

“就是我们进这条街时撞着你的那个人——大约十五分钟以前。”

现在我想起来了，确实有个卖水果的，头上顶着一大篮子苹果，在我们从 C 街走进现在站着的大道上遇着他时，一不小心差点把我撞倒。可是这事与商蒂利有什么关系，我无论如何也不明白。

杜宾没有一点骗我的意思。“我来给你解释，”他说，“然后你就会明白所有的一切。我们先回忆一下你的思路，从我对你说话的那一刻回忆到我们碰上水果商。回忆中关键的顺序是这样的：商蒂利、猎户星座、尼古拉博士、伊壁鸠鲁、切割术、街上的石头、水果商。”

在一生的某个时期，很多人都喜欢回忆自己思想达成某些特殊结论的过程。这种事充满了意趣；第一次试着这样做的人，会对始点和终点之间明显存在的巨大差距和不连贯性感到惊奇。那么，我听到这个法国人说出他刚才说过的话之后，我会是多么惊奇呢？我当时不能不承认他说的是事实。他接着说：

“如果我记得不错，就在我们离开 C 街之前，我们一直在谈马。这是我们谈的最后一个话题。我们转到这条街上时，一个卖水果的人，头上顶着一大篮子苹果，匆匆从我们身边擦过，把你撞到一堆铺路用的石头上——那堆石头堆集在正在修补的人行道上。你一脚踩在不稳的石头上，滑了下来，有点儿扭伤了踝骨。你显出恼怒或生气的样子，嘟囔了几句，回头看了看那堆石头，然后又默默地往前走了。我不太注意你做些什么；但观察最近已变成我必不可少的一种东西。

“你的眼睛盯着地上——带着有些生气的表情，扫视地面上的洞穴和凹沟——这使我看出你仍在想那些石头。一直到我们走到那个名叫拉马丁的小巷，那里的路已经铺好，采用实验的方法，使石块交叉咬合在一起。到了那里你的表情露出了喜色。看见你的嘴唇微动，我毫不怀疑你在嘟囔‘切割术’一词，这个术语用于这种铺路法极具感情的色彩。我知道，你对自己说‘切割术’时，必然想到了原子，因此也必然想到了伊壁鸠鲁的理论。而且，由于不久前我们讨论这个问题时，我向你提过那个高贵的希腊人，说到他那些模糊的猜想多么独特而又多么不被注意地在最近的星云宇宙论中得到了确认，所以我觉得你不可避免地会抬眼仰望猎户星座上的巨大星云，当然我也期望你会这样做。你确实向天上看了，于是我断定我正确地抓住了你的思路。不过，在昨天《缪斯神庙》上发表的那篇关于商蒂利的尖刻文章里，讽刺作者以羞辱的笔调挖苦这个修鞋匠，含沙射影地说他穿上悲剧演员的厚底靴就改变了名称，还在文章里引用了一行我们经常谈到的拉丁诗。我说的这行诗是：

毁灭旧的才有新生。

“我告诉你这行诗是指猎户星座的，还告诉你从前‘Orion’(猎户星座)被写作‘Urion’。根据你对这种解释的尖刻反应，我知道你不会忘掉的。因此非常清楚，你不会不把对猎户星座和商蒂利的两种想法联系起来。根据你唇边掠过的微笑，我看出你确实把两种想法联系了起来。你想到那个修鞋匠被当成了祭品。到此为止，你一直弯着腰行走。可是现在我见你完全站直了身子，于是我断定你在想商蒂利的矮小身材。这时我打断你的思考说，事实上，由于他是个矮小的家伙——那个商蒂利——要是让他去万象剧院演通俗戏一定更好。”

谈过这事后不久，我们翻看一份晚上出版的《法制报》，下面一段报道引起了我们的注意。

离奇的谋杀。——今天凌晨，大约三点钟，圣·洛什区的居民被一连串可怕的尖叫声惊醒。声音显然是从莫格街一座房子的四楼上传出来的，据说那座房子只住着一家人，莱斯巴尼太太和她的女儿嘉弥儿·莱斯巴尼小姐。由于想以通常的方法进去的努力毫无结果，拖延了一会儿之后，便用撬棍把门打开，八个或十个邻居由两个警察陪着进了房子。这时呼喊声已经停止。但是，这伙人刚冲上第一段楼梯时，清楚地听到两个或几个人粗声粗气地愤怒争吵，声音好像是从房子的上部传下来的。他们跑上第二个楼梯平台时，争吵声已经停止，整个房子一片静寂。这伙人散开，急忙一个房间一个房间地搜索。等到搜到四楼后面的一个大卧室时（由于门从里面反锁上了，不得不砸开），那里的景象不仅使在场的每个人感到惊奇，更使每个人感到恐怖。

房间里乱到了极点——家具打碎了，乱抛在地上。只有一张床架子，床垫子已被移开，扔到地板中央。一把椅子上放着把剃刀，刀上沾着血。壁炉边有粗粗的长长的两三绺灰色的人发，上面也带着血，好像是连根拔下来的。地板上发现有四枚古代的法国金币，一只黄玉耳环，三把大的银汤匙，三把阿尔及尔产的中型金属匙，还有两个袋子，里面装着大约四千个金法郎。有个墙角放着一张书桌，抽屉已被打开，虽然里面仍有许多东西，但显然遭过搜劫。在床垫子下面（不是在床架子下面）还发现一个铁的小保险箱。保险箱开着，钥匙仍插在箱门上。箱子里除了几封旧信和其他一些不重要的文件，什么都没有。

这里看不到任何莱斯巴尼太太的痕迹。但发现壁炉里有过多的烟灰，于是便搜索烟囱，（说起来可怕！）莱斯巴尼小姐的尸体，头朝下，从烟囱里被拽了出来；尸体硬是从狭窄的烟囱洞道里往上塞了好远。尸体还很热，仔细察看，发现许多地方皮肤擦伤，无疑是往上搡时的暴力造成的。尸体的脸上有许多严重的抓伤，咽喉处有黑紫的瘀血块和深深的指甲印子，好像死者是被活活掐死的。

彻底搜查了房子的每一部分之后，再没有发现什么。于是人们便走到房子后面铺过地面的小院，那里躺着老太太的尸体。她的喉咙完全被割断了，当人们试图把她扶起来时，头竟掉了下来。她的躯体和她的头一样，没有一处好的地方，非常可怕——几乎没有什么人模样了。

关于这个可怕的神秘案，我们相信，迄今还没有一点线索。

第二天的报纸又补充了下面一些详细情况。

莫格街的悲剧。关于这一极其惊人而可怕的事件（“事件”一词当时在法国还没有轻浮的含意），许多人已受到审问，但迄今尚无任何明显的线索。下面是证人提供的一些主要的证词。

洗衣服的女人鲍丽娜·杜布尔供称，她认识这两个死者已经三年，这期间她一直为她们洗衣服。老太太和她的女儿似乎很和睦——彼此很有感情。她们付钱非常及时。说不清她们的生活方式或生活手段。相信莱斯巴尼太太靠算命为生。据说有些积蓄。不论去取衣服还是送衣服从来没碰到过别人，肯定她们没雇用人。好像除了四楼之外房子的其他地方都没有家具。

烟商彼埃尔·莫洛供称，差不多四年了，他经常卖给莱斯巴尼太太一些烟叶和鼻烟，数量不大。他就生活在附近，而且一直住在那里。死者和她的女儿在发现尸体的房子里住了六年多了。从前这房子里住的是个珠宝商，他把上面的房间转租给各种各样的人。房子是莱斯巴尼太太的财产。她对房客滥用房间感到不满，便自己搬了进去，不再出租任何部分。老太太有些孩子气。证人六年来见过她女儿六次。两人过着一种完全退隐的生活——据说很有钱。听邻居们说莱斯巴尼太太给人算命——不相信这是真的。除了老太太和她女儿之外，从没见什么人进过她家的门，有个搬运工去过一两次，还有一个医生去过大约八次或十次。

许多其他人，邻居们，提供了大致相同的证词，谁也不知道莱斯巴尼太太和她女儿有没有活着的亲戚。房子前面窗户上的百叶窗很少打开，后面的百叶窗总是关着，只有四楼后面那个大房间例外。这是座很好的房子——并不是很旧。

警察伊西多尔·穆塞供称，大约凌晨三点钟他被叫到这座房子来，当时门口有三十个人，正在设法进去。最后是用刺刀撬开的——不是用的撬棍。因为是双扇门或折扇门，上下都没有门闩，所以没费什么事就把门打开了。尖叫声一直不断，直到强行把门打开——尖叫声突然停了。它们好像是某个人（或某些人）愤怒的吼叫——声音很高，拖得很长，不是短而急促的声音。证人带头走上楼梯。走到第一个楼梯平台处，听到两个声音愤怒地高声争吵——一个声音粗哑，另一个很尖——一种非常奇怪的声音。能听清前一个说的一些话，那是一个法国人说的，肯定那不是一个女人的声音，清楚地听到说“神圣”和“魔鬼”。尖锐的声音是个外国人的声音，说不清是男人还是女人的声音，不知道说的是什么，但相信说的是西班牙语。关于房间和尸体的情形，这个证人的描述与昨天报纸上描述的一样。

一个做银匠的邻居亨利·杜瓦尔供称，他是出事后那些首先进入房子的人之一。他基本上进一步证实了穆塞的证词。他们刚一打开门进去，立刻又把门关上了，以防外面的人群进去，因为虽然那么晚了，但很快聚集了一大群人。这个证人认为，那尖锐的声音是个意大利人的声音，肯定说的不是法语，不能断定是男人的声音。有可能是个女人的。他不懂意大利语，听不清说的什么话，但根据语调确信说话者是个意大利人。这个证人认识莱斯巴尼太太和她的女儿，常常与她们俩说话，保证尖锐的声音不是死者中任何一个人的声音。

——餐馆老板奥登海默。这个证人是自愿做证的。由于不会说法语，他是通过翻译讯问的。他原是阿姆斯特丹人，路过那座房子时听到了尖叫声。尖叫声持续了好几分钟——可能有十分钟。声音又高又长——可怕而悲惨。他是进入房子的人之一。在各个方面他都证实了前面的证词，但有一点不同。他肯定那尖锐的声音是个男人的声音——而且是个法国人的声音。

听不清说了些什么，声音又急又高——很不均匀——说话时显然又怕又气。声音很刺耳——确切说不是尖锐而是刺耳，不能说是尖锐的声音。粗哑的声音反复说“神圣”和“魔鬼”，还说了一次“我的上帝”。

德洛兰街米格诺父子公司的老儒勒·米格诺——一位银行家。他做证说，莱斯巴尼太太有些财产。那年春天——(八年前)在他的银行里开了一个存款账户。常去存些小笔的款子。她从未取过钱，直到她死的前三天，才亲自来取了四千法郎。这笔钱以金币支付，由一个职员带钱送她回去的。

米格诺父子公司的职员阿道夫·勒·彭供称，莱斯巴尼太太取钱那天，大约中午，他带着四千法郎送她回家，钱放在两个袋子里。门打开时，莱斯巴尼小姐出现在门口，从他手里接过一个袋子，另一个袋子被老太太接了过去。于是他躬身施礼，告辞而去。当时他在街上没看见任何人。那是一条小街——非常僻静。

裁缝威廉·伯德供称，他是进入房子的人之一。他是个英国人，在巴黎住了两年了。他是首先上楼的人之一，听到了争吵的声音。粗哑的声音是个法国人的声音。他听到了一些话，但现在一点都记不得了，清楚地听到了“神圣”和“我的上帝”。当时有一种像是好几个人争斗的声音——一种抓挠扭打的声音。尖锐的声音很高——比粗哑的声音更高，肯定那不是一个英国人的声音，好像是个德国人的声音，有可能是个女人的声音。但他不懂德语。

前面提到的证人有四个再次受到讯问，他们供称，人们到达楼上时，发现莱斯巴尼小姐尸体的那间卧室的门从里面反锁着。一片寂静——没有呻吟声，也没有其他任何声音。强行把门打开时没看见一个人。卧室前后房间的窗户全都关着，从里面拴牢。两个房间之间有一道门关着，但没有锁上。前间通走廊的门锁着，钥匙从里面插着。四楼房子前部有一个小房间，位于走廊的尽头，房门敞开。这间房里堆满了旧床和箱子之类的东西。这些东西都被小心地搬开进行了搜查。房间的所有部分，没有一寸地方未被仔细地搜查过，烟囱也上上下下用扫帚扫过。房子是带阁楼的四层楼房。房顶上有一个活动天窗，已被牢牢地钉死——看上去多年都未开过。关于从听到争吵声到把卧室门打开过了多长时间，各个证人的说法不一。有人说短到三分钟——有人说长到五分钟。门是很费了些周折才打开的。

企业家阿尔米佐·加西奥供称，他住在莫格街，原籍西班牙。他是进房子的人之一，但没有上楼。他有些神经过敏，像是受刺激的后果。他听到了争吵声。粗哑的声音是个法国人的声音，听不清他说了些什么。尖锐的声音是个英国人的——这点是肯定的。他不懂英语，但可根据声调推断出来。

糖果商阿尔贝托·蒙塔尼供称，他是首先上楼的人之一，听到了争吵的声音。粗哑的是个法国人的声音，听清了几句话，说话人像是在规劝。不明白尖锐的声音说的是什么，话说得又急又不平静，觉得是个俄国人的声音。他也证实了普遍的证词。他是个意大利人，从未与真正的俄国人交谈过。

重新传唤几个证人证明，四楼上所有房间的烟囱都太窄，容不得一个人的身体出入。“扫帚”指圆柱形的扫刷，即扫烟囱的人用的那种。房子里的每一个烟道都用这种扫刷上下扫过。房子后面没有通道，人们上楼时不可能有人下去。莱斯巴尼小姐的尸体紧紧地卡在烟囱里，四五个人合起来用劲才把她拽下来。

医生保罗·杜马供称，拂晓时他被召去查验尸体。那时两具尸体都在发现莱斯巴尼小姐的那间卧室里，放在床架上的麻布上。年轻小姐的尸体有许多瘀血肿块和擦伤，这种现象显然是使劲把她塞进烟囱造成的。咽喉处伤痕突出。紧挨着下巴下面有几处很深的抓伤，还有一串青紫色的斑点，显然是手指头的印子。死灰色的脸非常可怕，眼珠子凸了出来。舌头有一部分被咬断了。胸口处有一大片瘀血，明显是用膝盖顶的。按照杜马先生的看法，莱斯巴尼小姐是被人掐死的，不知道是一个人还是几个人干的。她母亲的尸体断肢残臂，非常可怕。右腿和右臂的所有骨头差不多都碎了，左胫骨以及左肋骨断裂。整个尸体没有一块好的地方，颜色也变了，惨不忍睹。难以说明这些伤是怎么造成的。一根重木棒，一个大铁棍——或者一把椅子——不论什么又大又重的钝器，只要被一个强壮的男人抡起来，都会造成这样的结果。任何女人不论用什么武器也不会造成这样的伤害。死者的头——当证人看见时——已经完全与身体分开，而且已遭严重破坏。咽喉明显是用非常锐利的器具割断的，可能用的是一把剃刀。

外科医生亚历山大·艾田被召来与杜马医生一起验看尸体。他的证词和看法与杜马先生的一致。

虽然还讯问了其他几个人，但没有获得任何重要的进展。如此神秘的谋杀，其具体细节如此复杂费解的谋杀，在巴黎前所未有——即使真的有过什么谋杀。警方一筹莫展——此类事件中少有的现象。目前仍然没有丝毫明显的线索。

报纸的晚刊报道说，圣·洛什区的巨大骚动仍在继续——发案的房子又被仔细搜查了一遍，对证人进行了新的讯问，但仍无任何线索。不过结束语中提到，阿道夫·勒·彭已被捕入狱——虽然除了已经详列的事实之外，没有任何东西能证明他有罪。

杜宾对这事的发展似乎有奇特的兴趣——至少我根据他的态度认为如此，因为他不做任何评论。直到报道勒·彭入狱之后，他才问我对这谋杀案的看法。

我只能同意全巴黎的看法，认为这是个难解的神秘案。我看不出有任何方法能查清这起谋杀。

“我们不应该根据这种表面的审查来判断有没有方法，”杜宾说，“巴黎的警察虽有不少机敏的美誉，其实只不过是些小聪明而已。除了目前的方法，他们没有任何其他的破案方法。他们采取一系列的措施，但这些措施常常错用于所指的对象。这使我们想到茹尔丹先生的故事——他要他的睡衣，乃是为了更好地欣赏音乐。他们获得的结果虽然也常常令人惊讶，但大部分都产生于简单的勤勉和敏捷。如果这些品质不能发生作用，他们便无所作为。例如维多克这个人既善于猜想又不屈不挠，但因缺乏受过教育的思想，所以他不断因过细的调查而发生错误。他因过于接近对象而缩小了他的眼界。他也许可以非常清楚地看到一两点，但这样做时必然失去对整个事件的把握，因此有陷得过深之说。真理并非永远处于井底。事实上，越是重要的知识，我越相信，一定在表面上显现出来。深度在于我们寻求知识的山谷，而不在我们找到知识的山顶。产生这种错误的方式和根源，在对天体的思考中可以得到很好的说明。瞥视一颗星星——斜着看它，将视网膜的外边部分对着它（比里边部分更易接受微光的影响），就是为了清晰地观看这颗星星——就是为了最好地欣赏它的光芒——这种光芒依照我们把视线完全转向它的程度而逐渐变暗。在后一种情况下，实际有更多的光线照射到眼上，但在前一种情况下，却有更好的综合能力。由于不适当的深刻我们会使思想复杂而模糊，而过于持久、过于集中、过于直接地死盯着去看金星，很可能使金星本身也会消失。

“至于说这次谋杀，我们不妨先亲自考察一下，然后再对它们提出看法。一种探索会给我们带来乐趣（我觉得这样措辞有些奇怪，但什么也没说）。此外，勒·彭曾帮过我一次，对此我至今感激。我们去亲自看看那座房子。我认识警察局长 G××，不难获得必需的许可。”

得到准许后，我们立即前往莫格街。这是介于瑞舍利奥街和圣·洛什街之间的最糟糕的小街之一。这个区离我们居住的地方很远，将近傍晚我们才到达那里。那座房子一下子就找到了，因为门前仍然有许多人，怀着漫无目的的好奇心，从路的对面向关着的百叶窗仰望。这是一座普通的巴黎住宅，有一个大门，门的一边是个镶了玻璃的门房，门房窗户上有个活动的格子，表明这是看门人待的地方。我们进去之前，先沿街走了一段，拐进一条胡同，然后又绕到房子的后面——与此同时，杜宾仔细审视这座房子和四周的邻居，对细枝末节格外注意，但我却看不出有什么值得注意的地方。

我们沿原路又回到房子前面，按了门铃，出示了我们的证件，在那里负责的警察便让我们进去了。我们走到楼上——走进发现莱斯巴尼小姐尸体的那间卧室，两个死者的尸体仍然放在那里。房子里混乱的情形，照例保持不动。我看不出有任何地方与《法制报》的报道不同。杜宾仔细研究每一件东西——连受害者的尸体也不放过。接着我们去了其他房间，又去了院子里；一个警察一直陪着我们。调查研究一直持续到天黑，然后我们离开了那里。回家的路上，我的同伴到一家日报社的办公室里去了一会儿。

我说过，我朋友的古怪念头多种多样，我只能尽量去理解它们——因为没有对称的英文措辞。现在，正是他的古怪念头，使他一直到第二天中午都不谈谋杀的问题。然后他突然问我是否在凶杀现场观察到什么奇特的东西。

他强调“奇特”的态度似有某种含义，这使我感到震撼，但又不知为什么。

“没有，没有任何奇特的东西，”我说，“无论如何不比我俩在报上看到的报道有更多的东西。”

“《法制报》，”他说，“恐怕还没有触及这一少有的惨案的本质。不过我们可以不管报纸上那些无聊的意见。在我看来，这一奇案被认为无法解开的原因，正是应该使人觉得它容易解开的原因——我指的是过分夸大了它的表面特征。警察感到困惑，因为表面上看不出动机——不是说谋杀本身的动机，而是说谋杀凶残的动机。他们感到无法解释，也是因为从表面上看一些情况不符合常情：人们听到了争吵声，但除了被杀的莱斯巴尼小姐之外楼上未发现任何人。而且楼上没有其他出口，若有人出去不可能不被上楼的人看见——这些情况从表面上看不可能自圆其说。房间里极端混乱，尸体被头朝下塞进烟囱，对老太太尸体的可怕的肢解——所有这些考虑，以及刚刚提到的那些和无须再提的其他考虑，由于把自恃的聪明完全用错了地方，足以使政府警察的能力陷于瘫痪。他们犯了严重而普通的错误，把异常的东西与深奥的东西混淆了起来。但正是根据这些偏离普通层面的情况，理性才在寻求真相中找到它的解决方法——如果有什么方法的话。在我们现在正进行的调查中，不应该问‘发生了什么’，而应该问‘发生了什么以前从未发生的事情’。事实上，我解破或已经解破这个疑案的容易程度，与警察眼中难以解破的程度成正比。”

我凝视着他，惊讶得目瞪口呆。

“我现在正在等，”他继续说，眼睛望着我们住室的门——“我现在正在等一个人，他也许不是凶杀的罪犯，但肯定在某种程度上卷入了犯罪活动。就最严重的犯罪部分而言，他可能并不知情。我希望我的设想是正确的，因为我把整个解谜的期望，都寄托在这种设想上面。我在这里等这个人——就在这个房间里，每一刻都在等他。诚然，他也许不会来，但他很可能会来。他要是来了，必须把他扣住。手枪在这里，万一需要时我们俩都知道如何使用。”

我接过手枪，几乎不知道我做了什么，也不相信我听到的东西，但杜宾却继续说个不停，简直像是在自言自语。我曾说过他在这种时候那种莫名其妙的态度。他的话是说给我一个人听的，但尽管声音不高，所用的语调却像是说给远处某个人听的。他眼神发呆，只盯着墙看。

“人们在楼梯上听到的争吵声，”他说，“不是两个被害女人的声音，这已被证人充分证实。因此我们无须怀疑是否老太太先把女儿杀死然后自杀。我说这点主要是为了说明我的方法，因为莱斯巴尼太太的力量，根本不可能把女儿的尸体像发现的那样塞进烟囱，而她本人受伤的性质，也完全排除了自杀的看法。因此，凶杀是由第三者实施的，而这第三者的声音，就是人们听到的争吵声。现在我要注意的——不是关于这声音的全部证词——而是证词中特殊的东西。你是否在证词中看出什么特殊的东西？”

我注意到，虽然所有的证人一致认为粗哑的声音是个法国人的声音，但说到那个尖锐的声音，或者其中一个人所说的刺耳的声音，却有很大的分歧。

“那是证词本身，”杜宾说，“但不是证词中特殊的东西。你还未看出任何与众不同的东西。然而确实有值得注意的东西。正如你注意到的，证人对粗哑的声音意见相同，他们在这一点上完全一致。但是，关于那个尖锐的声音，其独特之处在于——不是他们不一致——而是当一个意大利人、一个英国人、一个西班牙人和一个法国人试图对它描述时，个个都说它像个外国人的声音。每个人都肯定那不是他本国的声音。每个人都觉得它不是自己熟悉其语言的任何一国人的声音，而是他不懂其语言的某国人的声音。法国人说它是个西班牙人的声音，‘如果他熟悉西班牙语就可以听清某些话’。荷兰人坚持那是个法国人的声音，但我们发现报纸上的报道说‘由于不会说法语，他是通过翻译讯问的’。英国人认为那是个德国人的声音，而他‘不懂德语’。西班牙人‘肯定’那是个英国人的声音，但完全是‘根据声调推断出来’，‘因为他不懂英语’。意大利人相信那是个俄国人的声音，但‘从未与真正的俄国人交谈过’。另外，第二个法国人与第一个法国人的证词也不同：他肯定那是个意大利人的声音，但由于不懂那种语言，他也像西班牙人一样，‘是根据语调确定的’。那声音多么奇怪反常呀！对它竟然能得出这样的证词！——甚至欧洲五大国的居民连一点熟悉的音调都听不出来！你会说那可能是一个亚洲人的声音——或一个非洲人的声音，但不论亚洲人还是非洲人在巴黎都不多。不过我不否定你的推断，我只想请你注意三点：有个证人说这声音‘刺耳而不是粗哑’。另外两个人说它‘急促而不均匀’。没有一个证人提到能辨清说了什么话——或像什么话的声音。”

“我不知道，”杜宾接着说，“到现在为止我给你自己的理解造成了什么印象，但我毫不犹豫地说，根据这部分证词——关于粗哑和尖锐声音部分的证词——合理的推断本身便足以形成一种怀疑，为神秘案件调查的进展指出方向。我说了‘合理的推断’，但我的意思并未因此充分表达出来。我想说的意思是，这种推断是完全正确的推断，而怀疑作为唯一的结果必然由推断产生。不过，怀疑究竟是什么我现在还不想说。我只希望你记住，就我自己而言，怀疑足可以对我在那卧室里的调查提供一种确定的方式——一种明确的倾向。

“现在我们假想又回到那间卧室。我们先寻找什么？自然是凶手逃出去所用的方法。毋庸讳言，你我都不相信怪诞的超自然事件。莱斯巴尼太太和小姐绝不是被妖精所杀。凶手是有形的人，也是以有形的方式逃跑的。那么怎样逃的呢？幸好关于这点只有一种推理的方式，而这方式必然使我们得出一种确定的结论。让我们一个一个地仔细考察一下可能的逃跑方式。非常清楚，人们上楼时，凶手正在那个发现了莱斯巴尼小姐的房间里，起码在与之相连的那个房间里，因此我们只需从这两个房间寻找出口。警察已经把地板、顶棚和墙砖彻底查过，任何秘密的出口都不可能逃过他们警惕的眼睛。但是我信不过他们的眼睛，所以又用我自己的眼睛仔细观察。确实没有任何秘密出口。房间通走廊的两个门都牢牢地锁着，钥匙还插在里面。于是我们转向烟囱。烟囱虽然和普通烟囱一样宽，在壁炉上面有八或十英尺之高，但整个宽度容不下一只大猫的身体。根据已经说过的情况，绝对不可能有出口逃走，因此我们只剩下窗户需要研究。从前面房间的窗户逃走，任何人都会被街上的人群看见，所以凶手一定是从后面房间的窗户出去的。像我们这样以如此明确的方式得出的结论，作为推理者我们就不会根据表面上的不可能性而对它否定，我们唯一要做的是证明这些表面上的'不可能性'实际上并不是不可能的。

"卧室有两个窗户。其中一个没有家具遮挡，整个可以看见。另一个的下部被床头遮住，床架子又重又笨，紧紧顶着窗户。前面一个窗户从里面牢牢地拴住，就是有人用最大的力气也难以打开。窗框子左边有个大钻孔，里面钉着一根粗壮的大钉子，差不多钉到头了。观察另一个窗户，发现也有一根类似的钉子用类似的方式钉着；要想把框格窗的下扇[①]掀起来也只能是徒劳，于是警察确信，出口不可能在这些窗子上面，因此觉得拔下钉子打开窗户也是多余之举。

"我自己的调查多少更特殊一些，这是由于我刚刚谈过的原因——因为我知道，正是在这里，所有表面上的不可能，一定都可以证明实际上是可能的。

"我开始这样考虑——由果及因。凶手一定是从两个窗子中的一

① 框格窗是西方常见的一种窗子，分上下两部分，一般打开窗子时是将下半部分推到上面，由框上的卡子卡住。

个逃走的。如果是这样，他们不可能从里面把窗框格重新钉牢。因为发现它们是牢牢地钉住的——由于这非常明显，所以警察的调查便到此为止。然而窗框格确实是牢牢地钉住了，那么窗框格一定有自己钉起来的能力，这是不可回避的结论。我走到那个无遮挡的窗户，有些困难地把钉子拔出，试图把下扇掀起。正如我预料的那样，用尽了力气也掀不起来。现在我明白了，窗子一定装有隐蔽的弹簧。如果我的想法进一步得到证实，会使我确信我的前提至少是正确的，不论关于钉子的情况还显得多么神秘。经过仔细寻找，很快就找到了隐蔽的弹簧。我按按弹簧，由于对自己的发现心满意足，便忍着未把窗户打开。

“现在我把钉子又放回原处，仔细地观察它。一个人从这个窗子出去可以重新把它关上，弹簧也会复位——但钉子不可能重新钉上。这结论非常明显，于是我的调查范围再次缩小。凶犯一定是从另一个窗子逃走的。那么，假定每个窗框格上的弹簧一样——这是可能的——所用的钉子一定有某种区别，至少钉子的钉法不同。于是我踩在床架子的麻布上，从床头板上面仔细观察第二个窗户。我把手从床头板后面伸下去，立刻摸到了弹簧。我按按它，觉得和我想象的一样，与另一个毫无不同。于是我观察钉子。钉子和另一个一样粗实，表面看钉法也完全相同——几乎钉到头了。

“你会说我陷入了困境。但是，你如果这样想，你就误解了归纳法的性质。坦率地说，我至今还没有‘出过差错’。线索一刻都没有中断，任何环节都没有错误，我已经追溯到秘密的最后结果——这结果就是那钉子。我说了，这钉子的外观与另一个窗户上的钉子完全相同。但是，若与在这一点上使线索终止的考虑相比，那事实便毫无价值（尽管它看上去是结论性的）。因此我说：‘那钉子一定有问题。’我摸了摸它，大约有四分之一英寸长的钉子头掉在了我的手里。其余的钉子还在钻孔里，已经断了。断痕是旧的（因为边上生了锈），显然是用锤子砸断的，因为钉头有一部分砸进了下扇窗格的顶部。于是我把钉头部分小心地重新放到我取下它的那个断口处，看上去完全像一个完整的钉子——看不出一点裂痕。我按下弹簧，轻轻地把下扇窗子往上推了几英寸，钉头也随着上移，仍然嵌在那里。我把窗户关上，钉子又成了完整无缺的样子。

“至此，谜底已经揭开。凶手是从床头处的窗子逃走的。他出去后窗子自动落下（或有意关上的），弹簧使它恢复了原状；正是这弹簧的定位作用被警察错以为钉子还在钉着——于是便认为不必再进一步地调查。

“接下来是如何下去的问题。关于这一点，我和你绕着房子走时就有了满意的答案。离那个窗户大约五英尺半远的地方有一根避雷针。任何人都不可能从避雷针够着窗户，更不要说进去了。但是，我发现四楼的百叶窗属于特殊的一种，巴黎的木工称作‘格子窗板’——这种百叶窗今天已很少用了，但在里昂和波尔多一些很古老的房子上还常常见到。它们的样子像个普通的门（像单扇门，不是折扇门），只是上半部分做成小格子或镂成花格——因此足可以供人很好地下手握住。就目前的实际看，这些百叶窗足有三英尺半宽。

我们从房子后面看它们时，两个百叶窗都半开着——就是说，它们开得正好和墙形成直角。可能警察也和我一样，观察过房子的背面。但是，即使他们这样做了，在观察格子窗板的宽度时（他们一定看了），他们也没注意有这么大的宽度。无论如何，他们对它没有认真地进行考虑。实际上，因为他们已经满足于这部分不可能有出口的结论，自然他们在这里的检查也就不那么仔细。但是，我觉得非常清楚的是，床头那个窗子的百叶窗如果完全打开贴住后墙，就会达到离避雷针不过两英尺的地方。同样清楚的是，如果运用极不寻常的灵活性和勇气，从避雷针进入窗子也可以实现。——把手伸出两英尺半的距离（我们现在假定窗户是充分打开的），窃贼就可以牢牢抓住窗板格子。然后松开抓着的避雷针，双脚使劲抵住墙，勇敢地从墙上一跳，他就可以使百叶窗转得关上。假如我们想象当时窗户正开着，他很可能就可以荡进屋里。

“我希望你要特别记住，我曾说过，在一次如此危险、如此困难的行动中，极不寻常的灵活性必不可少。我的计划是向你说明，第一，这件事可能已经完成——但是，第二，也是主要的，我希望影响你对‘极不寻常’的理解——即能够完成这事的那种机敏灵巧几乎具有超自然的特性。

“无疑，你会用法律的语言说，‘为了证明自己有理由’，我宁可低估这事所需的灵活性，也不能坚持对它做充分的估计。这可能是法律上的惯例，但却不是运用推理。我最终的目标只是真理。我当下的目的是使你把我刚才说的极不寻常的灵活性，与非常奇特的尖叫声（或刺耳声）和不均匀的声音放在一起对照比较。关于那些声音是哪国语言没有任何两个证人形成一致的意见，那些声音的音节划分也没有任何一个能分辨出来。”

听了杜宾这番话以后，我的脑际掠过了一种关于他的意思的模糊的、尚未完全成形的看法。我似乎接近于理解，却又没有理解的能力——正如人们有时就要想起某件事，可最终还是想不起来。我的朋友接着他的话继续说下去。

“你会发现，”他说，“我已经从逃出的问题转到了进去的问题。我的意思是说，不论逃出还是进入，两者都是以同样的方式在同样的地方实现的。现在让我们再回到室内。调查一下这里的外观情形。据说书桌的抽屉被搜劫过，虽然许多首饰之类的东西仍放在里面。这里的结论是荒谬的。它只是一种猜测——一种愚蠢的猜测——如此而已。我们怎么知道抽屉里发现的东西不是原来放在抽屉里的全部东西呢？莱斯巴尼太太和她的女儿过着一种极度退隐的生活——不接待客人，很少出去——用不着经常更换衣饰。抽屉里发现的那些东西，起码也是这两个女人可能拥有的一些最好的东西。如果有贼偷过，为什么不把最好的拿走——为什么不把所有的都拿走？简言之，为什么抛开四千金法郎不拿而拿一捆麻布来拖累自己？金法郎确实未拿。几乎银行家米格诺提到的全部钱数，被发现装在袋子里放在地板上。因此我希望你从思想中抛开关于动机的错误想法，那是警察根据证人说及钱送到门口那部分证词在脑子里产生的想法。比这（钱送到门口，收钱人三天内被杀）奇怪十倍的巧合，我们一生中时时都在发生，但却没有引起片刻的注意。一般说，巧合是那类人思考的巨大障碍，他们所受的教育使他们对或然性理论一无所知——然而人类最辉煌的研究对象，却要依靠或然性理论才能作出最辉煌的解释。就目前的案件而言，如果金法郎不见了，那么三天前送钱的事实就不仅仅是一种巧合，它就会证实关于动机的想法。但就目前这个案件的实际情况而言，如果我们假定暴行的动机是为了金子，我们一定会认为罪犯是个白痴，因为他如此犹豫不定，竟然完全抛弃了他的金子和他的动机。

“请你牢牢记住我让你注意的几点——那个奇怪的声音，那种非同寻常的灵活性，以及在如此残酷异常的凶杀案中竟惊人地没有动机——让我们来看看残杀本身的情况。一个女人被人用手的力量掐死，头朝下塞进了烟囱。普通的凶手绝不会采取这样的杀人方式，更不会这样来处理死者。你会承认，像这样把尸体塞进烟囱实在是太过分了——与人类行为的一般观念毫无共同之处，即使行为者是最卑鄙的人也不至如此。你再想想，能够把尸体这样紧紧地塞进狭窄的烟道，几个人的力量合起来才勉强拽下来，那是一种多么大的力量啊！

“现在再看看关于使用了一种非常奇特的力量的其他迹象。壁炉上有一粗绺一粗绺——绺很粗——的灰色人发，这些头发是连根拔下来的。你知道，即使这样从头上一起拔下二三十根头发也需要很大的力量。你我都看见了那些头发。头发根上（一个可怕的景象！）连着小片的头皮肉——确切地表明了所用的巨大力量，也许一次足以连根拔下五十万根头发。老太太的咽喉不只是被割断了，而且连脑袋也整个割了下来，所用工具竟只是一把剃刀。我希望你也注意这些兽性般残暴的行为。我不是说莱斯巴尼太太身上的瘀血肿块。杜马先生和他的助手艾田先生已经说了它们是由某种钝器造成的，就此而言这两位绅士非常正确。这钝器显然是院里石铺的地面，受害者从床头那个窗子摔在了地上。这种想法不论现在看上去多么简单，但因警察忽视了百叶窗的宽度，所以他们便想不到这点——因为，他们的认识已经被钉子的情形牢牢地固定，根本不相信窗子曾经开过。

"除了所有这些之外，如果现在你已经适当地考虑过卧室里异常混乱的情况，我们就可以把种种想法加以综合，包括令人惊讶的灵活性，超人的力量，兽性的暴行，没有动机的屠杀，绝对背离人性的恐怖的怪事，以及许多国家的人都觉得是外国口音、没有清晰可懂的音节的声音。那么，综合产生出什么结果呢？我对你的想象造成了什么影响呢？"

杜宾问我问题时我觉得汗毛直竖。"这事是一个疯子干的，"我说，"某个发狂的疯子，从附近一家疗养院里逃了出来。"

"在某些方面，"他答道，"你的想法并不是毫不相关。但是疯人的声音，即使在他们突然强烈发作时，也绝不会像在楼梯上听到的那种奇怪的声音。疯子是某个国家的人，不论他们说的话多么不连贯，他们的语言也总有连贯的音节。再说，疯人的头发也不是现在我手里拿的这种头发。我从莱斯巴尼太太紧握的手里拽出了这绺头发。告诉我这是什么头发?"

"杜宾!"我说，完全失去了自信。"这头发太特殊了——这不是人的头发。"

"我并没说这是人的头发，"他说，"但是，在决定这点之前，我希望你看看我画在这张纸上的小小的草图。这是根据某些证词的描述而画的摹真图，一部分是莱斯巴尼小姐的咽喉上'有黑紫的瘀血块和深深的指甲印子'，另一部分是(杜马先生和艾田先生提供的)'一串青紫色的斑点，显然是手指头的印子'。"

"你会看出，"我的朋友继续说，一边把图摊在面前的桌子上。"这张图可以说明当时抓得很紧很牢，一点脱手的迹象都没有。每一个手指——可能直到受害者死去——都牢牢地抓着一开始抓住的地方。现在，同时把你所有的手指分别放在你看到的指印上，试试看。"

我试了试，根本对不上。

"可能我们这样试不合适，"他说，"纸是摊在平面上的，而人的脖子是圆柱形的。这里有一段木头，粗细和脖子差不多。把图纸卷在上面，再试一次。"

我又试了一次，但明显比刚才更难对上。

"这不是人的指痕。"我说。

"现在，"杜宾说，"读读居维叶这段话。"

这段话写东印度群岛上的褐色大猩猩，既有详细的剖析也有一般的描述。大家都清楚地知道，这些哺乳动物身材魁梧，力量巨大，灵活敏捷，野蛮凶猛，而且喜欢模仿。于是我一下子明白了整个这次凶杀的恐怖性。

“这里对足趾的描写，”我读完之后说，“与这图上画的完全一致，我看得出，除了大猩猩之外，这里提到的其他同类动物，都不可能抓出你画的那些指印。这撮褐色毛的特征，也与居维叶描写的那动物的毛一致。不过，我还是不能理解这一可怕神秘案的细节。再说，人们听到有两个声音在争吵，而其中一个又肯定是个法国人的声音。”

“不错，而且你还会记得，几乎所有的证人一致认为这声音说了一句话——这就是，‘我的上帝！’在当时的情况下，其中一个证人（糖果商蒙塔尼）正确地指出，这声音带有警告或规劝的意思。于是根据警告或规劝这两个词，我确立了我充分解开此谜的信心。有个法国人知道这次凶杀。很可能——绝不是或许——他是无罪的，并没有参与发生的这件血案。大猩猩可能从他家里跑了出来，他一直追到那间卧室，但在后来出现的令人不安的情况下，他根本不可能再把它捉住，到现在还没有捉住，我不想再继续这些猜测——我只能称之为猜测——因为它们所依据的种种思考还不够深刻，我自己的智力还难以判断，我也不可能妄称能使它们为另一个人理解。因此我们将把它们称作猜测，并以猜测来谈论它们。假定所说的法国人像我想象的那样，确实在这次凶杀中无罪，那么昨晚我们回来的路上我留给《世界报》(一家专登航运消息、海员特别喜欢的报纸)的这则广告，将会把他带到我们这里。”

他递给我一张报纸，我读到下面一则广告：

> 招领启事——本月 × 日凌晨（凶杀案发生那天凌晨），在布隆涅树林中捕得一只极大的褐色猩猩，属勃尔尼种。失者（据查是一条马耳他船上的海员）如能提供足够的证明并付一些捕捉和留养的费用，便可将动物领回。请到圣日耳曼旧郊区 × 街 × 号四楼接洽。

“你怎么能知道那人是个水手，而且是一条马耳他船上的呢？”我问。

“我并不知道，”杜宾说，“对这点我并无把握。不过，这里有一小条丝带，从它的形状和油渍渍的外观看，显然是用来扎头发的，而水手们都喜欢把头发扎成长长的辫子。此外，这种结子除了水手很少有人会打，而且是马耳他人特有的打法。我在避雷针下面捡了这条带子。它不可能是死去的两个女人的。再说，即使我从这条丝带所作的归纳是错误的，那个法国人不是马耳他船上的海员，我在广告上说的话也不会造成什么伤害。假如我错了，他也只是觉得我因某种情况产生了误解，而不会去追究为什么错了。但如果我是对的，我就找到了重要的关键。那个法国人虽然知道在这次凶杀中无罪，但他肯定会对回答这则广告犹豫不决——犹豫要不要来领这只猩猩。他会这样推想：‘我是无罪的；我很穷；我的猩猩很值钱——对我这样的人它本身就是一笔财产——我为什么因为无根据的畏惧而失去它呢？它现在找到了，伸手就可以领回来。它是在布隆涅树林里找到的——离凶杀的地方很远。谁能怀疑一只野兽会做出那样的事来？警察们不知所措——他们找不到一点线索。即使他们追溯到这只动物，也不可能证明我知道凶杀的事，或因为我知道而说我有罪。最重要的是有人知道我了，登广告的人指出了我是动物的主人。我不知道他究竟了解到什么程度，但如果我不去认领如此值钱的一笔财产，而人们又知道它是我的，那么我至少会使这只动物受到怀疑。我的方针是既不给自己招致嫌疑，也不给这动物招致嫌疑。我得回答这则广告，领回大猩猩，把它藏起来，直到这事过去。’”

就在这时，我听到有人上楼的声音。

“准备好你的手枪，”杜宾说，“但没有我的信号，不要用它，也不要露出它来。”

房子的前门是开着的，来者没按门铃便进来了，而且已经走上楼梯。不过，现在他似乎犹豫起来。因为我们随即听见他又下去了。我们又听到他上来时，杜宾迅速移到了门口。这次他没有再下去，而是坚定地走上楼，敲起我们住室的门来。

“请进。”杜宾以一种欢快亲切的调子说。

进来一个人，明显是个水手——又高又壮，肌肉发达。虽有某种胆大妄为的表情，却并不完全令人生厌。他的脸晒得黝黑，一多半被络腮胡子遮住了。他带着一根粗大的橡木棍，但似乎并无另外的武装。他很窘地鞠了鞠躬，用法语向我们问了“晚安”，口音虽然有些软滑，但仍然清楚地表明他最初是巴黎人。

“请坐，朋友，”杜宾说，“我想你是为大猩猩来的。说实在的，你有这么个猩猩我都快嫉妒了。一个出奇漂亮的动物，肯定非常值钱。你觉得这猩猩几岁了？”

那水手长长地吸了一口气，仿佛释去了不堪忍受的重负，然后以肯定的语调回答：

“我说不好——不过它最多只有四五岁。它在你这里吗？”

“噢，没有；我们没有便利的设施把它养在这里。它在杜布尔街上的马房里，就在附近，你可以早上来领它。当然，你准备证明这是你的财产，对吧？”

“那当然，先生。”

“我还真舍不得让它走。”杜宾说。

“我绝不想让你这样白麻烦一场，先生，”那人说，“绝不能那么想。我非常愿意为你找到这动物付一笔酬金——就是说，一切都得合乎情理。”

“很好，”我的朋友答道，“那非常公平，肯定是的。让我想想——我该要些什么。啊！我告诉你，我要的报酬是这样的：你把你对莫格街凶杀案所知道的一切原原本本地告诉我。”

杜宾说最后一句话时声调很低，非常镇定。然后他以同样镇定的态度走到门口，锁上门，将钥匙放进自己的口袋。接着他从怀里掏出手枪，不慌不忙地把它放到桌上。

水手的脸涨得通红，仿佛憋闷得喘不过气来而挣扎。他跳起身抓住他的棍子，但马上又跌坐在位子上，剧烈地颤抖，脸色像死人一样。他不说一句话。我从心底里可怜他。

“我的朋友，”杜宾以和气的声调说，“你没有必要使自己感到惊恐——真的没有必要。我们没有任何伤害你的意思。我以一个绅士和一个法国人的荣誉保证，我们绝不想伤害你。我非常清楚地知道，你在莫格街凶杀案中是无罪的。然而若否认你在某种程度上卷了进去，那也是行不通的。从我已经说过的话里，你一定知道我是有办法了解这件事的——我的办法你是做梦也不会想到的。现在事情就是这样，你做的一切都是你无法避免的事情——肯定地说，你没做任何使你有罪的事情。当你可以安然地偷窃时，你甚至没犯偷窃罪。你没有任何要隐瞒的事情，你没有理由隐瞒。另一方面，根据荣誉的每一项原则，你也有义务承认你所知道的一切。一个无辜的人被指控涉嫌那桩罪案现在已遭监禁，而你能指出那桩罪案的真正凶手是谁。”

杜宾说完这些话时，水手在很大程度上恢复了常态，但他开始时的勇蛮神态却已消失。

“救救我吧，上帝，”他稍微停了一下说，“我愿意告诉你们我对此事所知道的一切——不过连一半我说的话我也不指望你们相信——只有我是个傻瓜才指望你们相信。虽然我确实是无辜的，但我愿意和盘托出，即使我因此而死去。”

他说的大体上是这样的：他前不久曾航海到东印度的阿奇波利戈去过一次。他和一伙人在勃尔尼奥登陆，消遣外出时走进了腹地。他和一个同伴一起捕获了这只大猩猩。他的同伴死了，这只动物便归他一人所有。在返航途中，他的猩猩非常凶暴，难以驾驭，给他带来了很大麻烦，但最终他还是成功地把它带回到巴黎，收养在自己家里。为了避免邻人们的好奇心令他不快，他小心地把它隐蔽起来，直到它脚上的伤长好，那伤是上船时被铁片划破的。他最终的计划是把它卖掉。

那天夜里，或者说就是发生凶杀案的那天凌晨，他在一个水手家玩乐之后回到家里时，发现那猩猩占据了他的寝室——从隔壁小屋里跑出来，破门而入，而他觉得它一直被安全地关在那里。猩猩站在一面镜子前，手持剃刀，满脸皂沫，试图做刮脸的动作，无疑以前它从小房间的钥匙孔里看过它主人刮脸。看见这么凶暴的一个动物手里拿着这么危险的一件武器，而且还用得这么顺手，水手惊恐得愣了好一阵子，不知道如何是好。不过，他已习惯用鞭子使野兽平静下来，甚至它最凶的时候也能用鞭子使它平静，于是他便拿起了鞭子。一看见他拿起鞭子，猩猩立刻跳到寝室门外，跑下楼梯，不幸楼下正好有个窗子开着，它便穿过窗子跑到了街上。

那个法国人绝望地追了下去。猩猩手里拿着剃刀，不时停下来，回头看看追它的人，向他做各种姿态，等到追它的人快追上时，它又向前跑了。这样的追赶持续了很长时间。街上一片寂静，因为已经接近凌晨三点。在穿过莫格街后面一条胡同时，逃跑的猩猩被一道光线吸引住了，那光线是从莱斯巴尼太太家四楼卧室开着的窗口射出来的。它一下子蹿到房子跟前，看到那根避雷针，以难以想象的敏捷爬了上去，抓住一直开到后墙的百叶窗，以它自己的方式，直接就荡到了床头上面，整个动作不到一分钟。就在它进屋时，百叶窗又被踢开，恢复了原样。

与此同时，水手又高兴又茫然。他现在极有希望把猩猩捉住了，因为它很难逃出它冒险跳进的陷阱，它只能通过那根避雷针杆下来，等它下来时便可以把它截住。另一方面，他又非常担心，说不定它在屋里会惹什么乱子。这担心促使他继续去追那猩猩。爬上避雷针没有任何困难，尤其他是个水手。但当他爬到窗子那么高时，因为窗子在他左边很远的地方，他的职业特长也就没有用了。他最多只能探着身子，看看房间里面的情况。这一看不要紧，他吓得差点松了手摔下来。这就是夜里人们听到的那些可怕的尖叫声，把莫格街的居民都从睡梦中惊醒了。莱斯巴尼太太和她女儿穿着睡衣，显然一直在忙着整理前面提到的那个铁保险柜里的文件，柜子已被推到屋子中央。柜子是开着的，里面的东西放在它旁边的地板上。受害者一定是背对窗户坐着，从猩猩进去到发出尖叫声这段时间，很可能猩猩未被马上看见。自然百叶窗的拍打声也被当成风刮的了。

水手往里看时，这只庞大的动物已经抓住莱斯巴尼太太的头发（头发散着，因为她刚刚梳过），挥动剃刀在她脸上乱刮，模仿理发师的动作。女儿倒在地上，一动不动，她已经晕了过去。老太太的呼叫和挣扎（这期间头发被从头上连皮带肉撕了下来），使猩猩本来可能是和平的目的变成了狂怒的报复。它的肌肉发达的胳膊用力地一刮，差一点把她的脑袋割了下来。猩猩一看见血，怒火更旺，变成了疯狂。它咬着牙，眼里冒着火光，扑到了女孩的身上，可怕的

《莫格街谋杀案》插图

前肢掐住了她的咽喉，死死抓住不放，直到她死了过去。这时它游弋野蛮的眼睛落在了床头，正好瞥见它主人那吓得僵死的面孔。由于还记得可怕的鞭打，这野兽的愤怒顷刻变成了恐惧。它自知该受惩罚，于是急欲掩蔽自己的血腥行为，神经极度紧张地在房间里乱蹦。它一边蹦一边乱砸乱扔家具，把床垫也从床架子上拽了下来。最后，它先是抓起女儿的尸体，把它塞进了烟囱——就像发现时那样，然后又抓起老太太的尸体，一下子从窗子里头冲下扔了出去。

就在猩猩抓着尸体走近窗户时，水手在避雷针杆上吓呆了，他简直是滑下来的而不是爬下来的。他赶紧跑回家去——害怕这屠杀带来的后果。恐惧之中，宁愿不考虑这猩猩的命运如何。人们在楼梯上听到的那些话，是这个法国人惊恐的呼叫声，掺杂着那头野兽残忍的哇哇声。

我几乎没有什么东西要补充了。猩猩肯定是在人们破门之际，沿避雷针逃出了房间。它肯定是在出来之后又把窗子关上了。后来猩猩又被水手本人捉住，卖给植物公园，得了一大笔钱。根据我们在警察局长办公室对真相的叙述（以及杜宾的一些评论），勒·彭立即获释。这位警官不论多么佩服我的朋友，却不能完全掩盖他对此事发生转折的懊丧，不得不大言不惭地嘲讽说，各人还是管好自己的事为好。

“让他们说吧，”杜宾说，他觉得没必要回答。“让他说吧，这会使他心里好受一些。已经在他的城堡里把他打败，我非常满意了。然而，他在解决这件神秘案上的失败，绝不是因为这案子像他想的那么离奇；事实上，我们的警察局长朋友多少有些过于狡黠，因而便不够深刻。他的智慧中缺少精髓，全都是脑袋而没有躯体，就像拉维尔娜女神的画像——或者说，最多也只有脑袋和肩膀，像鳕鱼似的。但他毕竟是个好人。我特别喜欢他善于颠倒的惊人之举，这使他赢得了天才的声誉。我说的是他行事的方法，即‘否认存在的事实，解释不存在的事实’。”

玛丽·罗瑞神秘案 *

——续《莫格街谋杀案》

王逢振　译

有一系列与真实事件相似的理想事件，但它们很少一致。人与环境一般都改变理想的事件，因此它们看上去并不完美，同样它们的后果也不完美。改革也是如此，路德教的出现代替了新教。

——诺瓦利斯[①]《古典精神》

对于性质奇特的巧合，对于奇特得只作为巧合便无法理解的巧合，甚至在最沉静的思想家当中，也很少有人不被惊得茫然而陷入

---

* 《玛丽·罗瑞神秘案》最初出版时，这条脚注被认为没有必要；但这篇故事所依据的悲剧已经发生了好几年，因此有必要加以注释，并对整个构思略加解释。几年前，一个名叫玛丽·塞西丽亚·罗杰斯的女孩在纽约近郊被杀；虽然她的死引起了强烈而持久的轰动，但在这篇文章写出并发表（1842年11月发表）之前，有关这个神秘案的侦破工作毫无进展。因此，作者假借描写一个巴黎姑娘的命运，详细描写了与玛丽·罗杰斯这一真实凶杀案相似的基本事实。于是，以小说为根据的一切论点都适用于真相：对真相的调查便成了目的。

《玛丽·罗瑞神秘案》是在远离凶杀场景的情况下创作的，除了报上提供的情况之外没有其他的调查方式。因此作者缺少许多他本来可以运用的材料，如果他出现在现场或访问过出事地点他会有更多的材料的。然而值得注意的是，两个人的供词（其中一个是故事中的德鲁克夫人）在出版之后很久，充分证实了总的结论，不只是总的结论，而且还证实了所有假设的主要细节，而总的结论正是通过这些假设的细节得出的。

① 诺瓦利斯是冯·哈登堡的笔名。

对超自然事件的半信半疑状态。这样的情绪——因为我说的半信半疑不可能有充分的“思想”力量——这样的情绪很少能彻底抑制，除非运用机遇的原则，或者运用专门术语“或然率的运算”的原则，这种或然率的运算本质上是纯数学性的；因此，我们把科学里最严格精确中的反常性，运用于思索中最难理解的模糊性和精神性。

若按时间顺序，我现在吁请公众注意的细节，可以说是一系列难以理解的“巧合”的第一分支，而前不久在纽约发生的玛丽·塞西丽亚·罗杰斯的凶杀案，读者可以认作是第二分支或结论性的分支。

大约一年前，在一篇题名《莫格街谋杀案》的文章里，我曾努力描写我的朋友 C. 奥古斯特·杜宾骑士非凡的智力特征，当时我丝毫没有想到会再写这种主题。这种性格的描写形成了我的构思；而这种构思在大量证明杜宾特性的杂乱事件中得到了彻底实现。我本来还可以引用其他的例子，但我不应该再作更多的证明。然而，前不久发生的事件，其惊人的发展，使我惊讶得不得不谈及更多的细节，因为这些细节带有逼供的色彩。既然听到最近人们的议论，若是对我早就听到看到的东西保持沉默，那就真的有些奇怪了。

莱斯巴尼太太和她女儿之死的悲剧案件刚刚结束，杜宾立刻把整个事件抛在脑后，重又陷入沉思幻想的旧习惯之中。他整天像走火入魔似的，我也染上了这种情绪；我们继续住在圣日耳曼旧郊区的房子里，奢谈未来，安于现在，将周围的世界织入梦幻。

但这些梦幻并非完全不受干扰。人们很容易想象，在莫格街那场悲剧中，我朋友所扮演的角色，肯定给巴黎警察的想象力留下了深刻的印象。由于私下的传播，杜宾成了家喻户晓的名字。他用以解破神秘案件的那些归纳法的简单性质，除了对我之外从未向任何人解释，甚至对警察局长也未解释，因此那件事被视为奇迹，或他的分析能力被信为他的直觉，当然会毫不令人惊奇。本来他的坦诚可以使每一个询问者打消这种偏见；但他懒散的性情使他绝不想再提他早已失去兴趣的话题。结果他发现自己成了政治眼光注意的目标；巴黎警察局的不少案子都试图让他来帮忙。最著名的案子之一，是一个名叫玛丽·罗瑞的年轻姑娘被杀的案子。

这个案子发生在莫格街血案之后大约两年。玛丽的姓和教名，由于像不幸的“雪茄女郎”的姓名，立刻会引起人们的注意。她是寡妇艾丝黛尔·罗瑞的独生女儿。她幼年丧父，从她父亲去世之时直到构成我们叙述主题的谋杀发生前18个月，一直和母亲一起住在圣·安德烈大街[①]；母亲在那里经营一家膳宿公寓，玛丽帮着操持。她们一直这样过着，直到女儿长至22岁。这时，一个卖香料的商人看上了玛丽的绝顶美貌。此人名叫勒·布朗[②]，他在皇宫地下室的商店里开了一间门面，顾客主要是寄住在那个邻家的一些疯狂的冒险者。他知道漂亮的玛丽在他店里出现会带来什么好处；于是他以丰厚的条件请她来当店员，尽管母亲有些犹豫，女儿还是热切地接受了。

香料商的期望变成了现实，而且由于这位青年女子的魅力，他的店铺很快便声名狼藉。她在店里工作了大约一年之际，突然从店

---

① 暗指纽约的纳骚街。

② 暗指安德森。

里消失，这使她的崇拜者陷入一片混乱。勒·布朗无法对她的旷工作出解释，而罗瑞太太则因焦虑和恐惧而心烦意乱，公共报纸立刻选定了这个题材，警察也准备进行认真的调查。就在这时，过了一个星期之后，在一个晴朗的早晨，玛丽又照常出现在香料店的柜台旁边，她身体健康，只是神色略显悲哀。除了私交性的询问之外，自然一切询问都立刻遭到回绝。勒·布朗像以前一样宣称他一无所知。玛丽和她母亲不管问什么，一律都说上个星期是在乡下一个亲戚家度过的。于是这事渐渐销声匿迹，基本上已被淡忘；因为女孩为摆脱出于好奇心的无礼，很快辞去了香料店的工作，回到圣·安德烈大街她母亲处居住。

她这次回家后大约五个月，她的朋友吃惊地发现她又第二次突然失踪了。三天过去，没有听到她的一点消息。第四天，发现她的尸体漂浮在塞纳河[①]上，在圣·安德烈街区对面岸边，离偏僻的鲁尔闸区[②]不远。

这次谋杀的凶残（因为很快证明是谋杀的），受害者的年轻美丽，尤其是她以前的不良名声，在敏感的巴黎人心中一齐激起了强烈的兴趣。我想不起任何类似的事件产生过如此普遍、如此强烈的后果。有好几个星期，人们都在讨论这一吸引人的话题，甚至把当时重大的政治话题也抛在了脑后。警察局长作了非同寻常的努力；当然，整个巴黎的警力也充分调动了起来。

① 暗指哈德孙河。
② 暗指威豪肯。

刚发现尸体时，人们以为凶手躲避不了多久，因为调查已立即着手进行。可是还不到一个星期，人们便觉得必须悬赏缉拿；然而甚至那时，悬赏也只出到一千法郎。与此同时，调查在加紧进行，虽然调查并非总能得出判断；许多人受到讯问，但一无所获。这时，因为丝毫没有神秘案的线索，公众的议论与日俱增。第十天头上，人们觉得应该把最初悬赏的金额增加一倍；结果，第二个星期过去了仍然毫无发现。巴黎一向存在的对警察的偏见，几度酿成了严重的发泄寻衅，于是警察局长自己主动提出，“证出凶手者”获奖两万法郎，或者，如果凶手不止一人，“只要证出其中任何一个凶手”便可获两万法郎。在提出这一悬赏的公告中，对任何投案自首供出其同伙的同案犯，还提出完全赦罪的保证；此外，凡出现这一公告的地方，还附有市民委员会的民间布告，提出在警察局长的悬赏之上，另外增加一万法郎。这样整个悬赏金额已不下三万法郎了，如果考虑到女孩子的贫困境况，考虑到大城市里经常发生类似的凶杀，那么这笔赏金一定会被视为是一个超常的数目。

现在，没有任何人怀疑，这件凶杀案的秘密很快会真相大白。但是，尽管有一两次也抓了几个嫌疑犯，以为有了些头绪，而结果却得不到任何能指控嫌疑犯有罪的证据，只好立刻将他们释放。说来有些奇怪，尸体发现后过了三个星期，三个星期又毫无线索，这个如此搅动人心的事件才风传到杜宾和我的耳朵里。由于我们两人都专心致志地从事自己的研究，差不多一个月的时间谁也没有出门，也没有接待客人，甚至没有看报，最多也只是浏览一家日报上的重要政治文章。第一次告诉我们这一凶杀消息的是警察局长G先生本人。他在18××年7月13日午饭后不久来访问我们，一直和我们谈到深夜才走。他为自己做了各种努力找不出凶手而感到气恼。他以巴黎人特有的那种神气说，他的声誉正处于危机之中。甚至他的荣誉也受到影响。公众的眼睛正盯着他；只要使解破这件神秘案有所进展，没有他不愿意作出的牺牲。他最后说了一些有点滑稽的恭维话，愿意把杜宾的“机智”称作什么什么，还直接向他提出了肯定是非常优厚的酬谢条件——条件的详情我觉得不便披露，反正与我叙述的主题也没什么关系。

我的朋友尽力驳斥了他的恭维，但马上接受了他提的条件，虽然这种条件的种种好处都是暂时性的。这点谈定之后，警察局长立刻开始阐述他自己的看法，中间夹杂着对证据的漫长评论；而对他谈的证据我们还一无所知。他谈的很多，无疑也很有学问；这中间我冒昧地作了一次非正式的暗示，因为夜已渐渐深了。杜宾稳稳坐在他习惯了的扶手椅上，好像在洗耳恭听。整个谈话中间他一直戴着眼镜；我偶然往绿色玻璃镜片后面瞥了一眼，发现他竟然沉沉地睡着了，这实在也是因为默默地听了七八个钟头乏味的谈话的缘故。直到这时，警察局长才告辞而去。

第二天早上，我在警察局拿到了关于所获证据的全部报告，又到各家报社收集了登载这一惨案确切消息的每一份报纸，自始至终一份不漏。除去肯定不能成立的部分之外，整个材料是这样的：

18××年6月22日，星期日，大约上午九点，玛丽·罗瑞离开她母亲在圣·安德烈街的住宅。出去的时候，她告诉一位名叫雅克·圣·于斯达什[①]的先生——而且只告诉他一个人——说她想去和一位姨妈一起度过星期天，这位姨妈住在木筏街。木筏街是个又短又窄但人口稠密的街道，离河岸不远，如果尽量抄近路离罗瑞太太的膳宿公寓大约两英里的样子。于斯达什是玛丽已经首肯的求婚人，在膳宿公寓里吃住。他约定晚上去接他的未婚妻，然后陪她回家。可是那天下午下起了大雨，他想她会在她姨妈家过夜（她以前遇到类似情况就这样做过），所以便觉得不一定要守约。天黑了下来，罗瑞太太（年迈体弱，七十岁了）担心地说，她可能永远再见不到玛丽；但是当时这话并没有引起什么注意。

星期一查明，这女孩并没到木筏街去；由于直到天黑仍无她的消息，这才迟迟着手在城里和城周围一些地方寻找。然而直到她失踪的第四天，才有了关于她的确切的消息。这天（6月25日，星期三），一位名叫鲍崴[②]的先生和他一个朋友，在圣·安德烈街对面塞纳河边鲁尔闸区附近寻找玛丽时，得知几个渔夫在河上发现了一具漂浮的女尸，刚刚捞到岸上。鲍崴乍看见尸体时犹豫了一下，然后才辨明那是卖香料姑娘的尸体。他的朋友却更快地辨认了出来。

尸首的脸上弥漫着黑血，有些从嘴里流了出来。嘴上没有白沫，不像只是淹死的那样。细胞组织没有变色。咽喉周围有瘀血和指印。两只胳膊弯着放在胸上，已经僵硬。右手紧握；左手半开。左

---

① 暗指佩恩。
② 指克洛米林。

手腕上有两圈擦伤，显然是绳子捆的，或一条绳子绕了不止一圈。右手腕的一部分也有严重的擦伤，整条胳膊尤其肩胛处伤得更重。渔夫把尸体捞上岸时也用绳子拴过，但这些擦伤绝不是捞她时留下的。脖子上的肌肉肿得厉害。没有明显的刀伤，也没有打击造成的伤痕。绕着脖子紧紧勒着一根带子，紧得全吃进肉里看不见了，只有左耳下面的死结还露在外面。单是这根带子就足以致人死命。医生的证词以确信的态度谈到死者的贞操品格，说她曾遭到野蛮的强暴。尸体被发现时没有什么大的改变，她的朋友不难辨认出她来。

衣服许多地方撕破了，未撕破的部分也很零乱。外衣上撕开一条口子，约有一英尺宽，从下摆往上撕到腰部，但没有把布条撕下来。布条在腰上绕了三遭，然后在腰后系牢。紧贴外衣的是薄纱内衣；内衣上有一条十八英寸宽的口子，那里的纱布完全被撕了下去——撕得很均匀，也很细心。那条纱布松松地绕在脖子上，但打了死结。在这薄纱布条和外衣的布条上拴着一根女帽的帽带，女帽还连着帽带。拴帽带的结子不是女人结的，而是一个活结或水手结的那种。

尸体判明之后，没有像通常那样送到停尸间（这种程序是多余的），而是匆匆埋葬在离捞上岸处不远的地方。经过鲍崴的努力，这事被尽量压了下来，尽可能不去张扬；过了好几天，都没有引起什么公众的反应。然而，一家周报[1]终于披露了这件新闻；于是尸体被挖出来重新检验；但除了已经说过的之外一无所获。不过，这次衣服送交给了死者的母亲和朋友。他们全都证实那是女孩离家时穿

① 指《纽约信使报》。

的衣服。

与此同时，骚动的情绪不断高涨。有几个人被捕，接着又释放了。最有嫌疑的是圣·于斯达什；起初他无法明确说明玛丽离家那个星期天他在什么地方。可是后来他向警察局长G先生提交了一份宣誓书，对那天每一小时的活动作出了令人满意的说明。时间一天天过去，一直毫无发现，于是矛盾的谣言到处传播，新闻记者们也忙于各种各样的“意见”。在这些意见中，最引人注意的一种是说玛丽·罗瑞仍然活着——塞纳河上发现的尸体是另外某个不幸者的尸体。我想应当把提到这种意见的一些段落提供给读者。这些段落是从《明星报》[①]上逐字翻译出来的，总的说来这是一家办得颇有才气的报纸。

“罗瑞小姐于18××年6月22日星期日上午离开她母亲家，表面上的目的是去看她住在木筏街的姨妈或其他某个亲戚。从那时起，没有一个人被证明看见过她。一直没有她的踪迹和消息。……无论如何，迄今没有一个人站出来，说那天她离开母亲家以后看见过她。……现在，虽然我们没有证据说明6月22日星期日九点以后玛丽·罗瑞仍然活在世上，但我们有证据表明直到那天九点她还活着。星期三中午12点钟，在鲁尔闸区岸边发现漂来一具女尸。即使我们假定玛丽·罗瑞是在她离家后三小时之内被抛进河里的，这距她离开家的时间也

① 指纽约《乔纳森兄弟报》，由H. 哈斯丁斯·韦尔德主编。

只有三天——三天差一个小时。但是，如果她系遭人所害，那么凶杀也不可能干得这么迅速，使凶手能够在午夜之前就将尸体抛进河里。倘若以为能干得这么快那就太愚蠢了。那些犯有如此可怕罪行的人都喜欢黑夜而不喜欢白天。……于是我们明白，如果在河里发现的尸体是玛丽·罗瑞的，她在河里只有两天半的时间，至多不过三天。所有的经验都已表明，淹死的尸体，或者因暴力致死立即抛进水里的尸体，需要六到十天才能充分解体浮上水面。甚至用火炮轰击尸体，他至少也要在水下沉了五六天才会浮上来，而且如果不管他他还会再沉下去。于是我们会问，在这个案件里，究竟是什么使他离开了自然的常规？……如果杀死的尸体在岸上保留到星期二晚上，凶手的某些痕迹便会在岸上被人发现。另外值得怀疑的是，即使死了两天之后被扔下水去，尸体是否会如此快地漂浮上来？此外，任何坏人干了这样一种杀人勾当之后，绝不可能不在尸体上系上沉重的坠物就抛下水去，因为这样一种预防措施很容易做到。

编辑在这里接着论证说，尸体在水里肯定“不止三天，至少有个五六天”，因为它已经腐烂，鲍崴费了半天工夫才辨识出来。但这后一点受到全面反驳。我继续翻译下去：

那么，鲍崴说他肯定那是玛丽·罗瑞的尸体有什么事实根据呢？他翻起外衣袖子，说他发现了足以使他证明的记号。公众一般认为那些记号是某种疤痕。他摸摸那只胳膊，觉得上面有毛——我们认为这像随便想象一样靠不住——就像在袖子里发现一只胳膊一样不能说明问题。鲍崴先生那天夜里没有回来，但星期三晚上七点曾捎话给罗瑞太太，说关于她女儿的调查仍在进行。即使我们认为罗瑞太太年纪大了，过于悲伤，不能亲自去到河边（这考虑已有些不近情理），但如果真的认为那尸体是玛丽的话，肯定会有人觉得值得到河边去参加调查。然而一个人都没去。圣·安德烈街上没有人谈论这件事，也没有人听到这件事，甚至同一座楼里的房客也一无所知。玛丽的情人和未婚夫于斯达什，虽然在他母亲家里搭伙吃饭，但他供称直到第二天早晨鲍崴先生到他房间里告诉他之后，他才知道发现了他未婚妻的尸体。对于这样一条新闻，使我们惊讶的是反应竟如此冷淡。

报纸以这种方式力图造成这样的印象：玛丽的亲戚们态度冷淡，与他们相信那是她的尸体的想法前后矛盾。报纸的整个含义是：玛丽由于受到失去贞洁的指责，在朋友们的默许之下离开了城市；这些朋友在塞纳河上发现了一具尸体，有些像玛丽的样子，他们便利用这个机会，给公众造成他们相信她死了的印象。但《明星报》又犯了过于匆忙的错误。事实清楚地表明，那种想象的冷淡并不存在；老太太极其虚弱，受到刺激后什么事都不能做了；于斯达什听到这消息后决不是反应冷淡，而是悲伤得精神错乱，甚至痛苦到发疯的地步；以至鲍威先生不得不让一个朋友和亲戚照看他，防止他去参加掘墓验尸。此外，尽管《明星报》说尸体是用公共的钱重新埋葬的，死者家庭断然拒绝了关于私人墓地的便宜报价，而且家里没有一个人参加葬礼；——嗨，尽管《明星报》宣称这些都是事实，以此支持它意欲传播的看法——但所有这一切都遭到了令人满意的驳斥。于是在随后出版的报纸上，又试图对鲍威本人提出怀疑。编辑写道：

> “现在，案情发生了变化。有人告诉我们，有一次，B太太在罗瑞太太家里时，鲍威先生正要出去，他告诉B太太说，有个警察要来，他回来之前千万别对警察讲任何东西，一切等他回来处理。……就目前的事态看，似乎鲍威先生把整个案件都锁在了他的脑子里。没有鲍威先生寸步难行，因为不论你怎么走都会与他撞上。……由于某种原因，他决定除了他自己之外任何人不得参与案件的调查活动，按照男性亲戚们的说法，他已经以独特的方式将他们排斥到一边。他似乎强烈反对让亲戚们去看尸体。

根据下面的事实，对鲍威的这种怀疑便显得可信。女孩失踪前几天，当鲍威不在他办公室的时候，有个来访者看见他门上的钥匙孔里插着一朵玫瑰花，一块刻着“玛丽”的石片挂在旁边。

就我们能够从报纸上收集的资料看，总的感觉好像是玛丽被一帮流氓所害——这些人把她带过河，对她施暴，然后将她杀死。但

《玛丽·罗瑞神秘案》插图 1

是，颇有影响的《商报》[1]竭力反驳这种流行的看法。我从它的专栏中引述一两段如下：

> 我们相信，迄今为止，案件的追查一直沿着错误的线索进行，只将注意力集中在鲁尔闸区。事实上这是不可能的，因为像玛丽这样一个成千上万人都知道的年轻女子，不可能经过三个街区没有一个人看见；而且，由于认识她的人都对她发生兴趣，任何人看见了她也不会忘记。她出去的时候，正是街上到处是人的时候。……如果她到鲁尔闸区，或者到木筏街，很可能会有十几个人认出她来；然而没有一个人站出来说在她离开母亲家后看见过她，而且除了有关她自己“表示意向”的证词之外，没有任何证据证明她确实离家出去了。她的外衣撕破了，绕在她身上捆住；据此她的身体是像一捆东西那样搬运的。如果凶杀发生在鲁尔闸区，那就没有必要做这样的安排。她的尸体被发现漂浮在闸区附近，并不能证明那就是尸体被抛下水的地方。……一块二英尺长一英尺宽的布，从不幸女孩的内裙上撕了下来，勒住她的脖子绕到头后，很可能是为了防止她呼喊。显然，这是没有手绢的家伙干的。

不过，警察局长访问我们之前一两天，警方获得一个情报，它似乎足以推翻《商报》的大部分看法。两个小男孩——德鲁克夫人

---

① 指纽约的《商业日报》。

的儿子——在鲁尔闸区附近的森林中玩耍时，偶然穿过一片稠密的灌木丛，里面有三四块大石头，堆成一个像是有后背和脚凳的座位。上面的石头上放着一件白色的内裙；第二块石头上放着一条丝绸围巾。另外还有一把阳伞、一副手套和一块手绢。手绢上有“玛丽·罗瑞”的名字。四周的荆棘上发现有衣服的碎片。地上践踏得乱七八糟，灌木也被折断，显现出搏斗的各种迹象。在灌木丛和河之间，发现篱笆倒了，地上有某种重物拖过去的痕迹。

一家名叫《太阳报》① 的周报对这一发现作了如下的评论——一些只是反映整个巴黎新闻界情绪的评论：

> 这些东西显然在那里至少三四个星期了，由于雨水的作用全都发霉变硬，而且由于发霉粘在了一起。周围已经长了草，有些东西已被草遮住。阳伞的丝绸很结实，但里面已经脱丝粘连。伞的顶部因为是双层的，而且折叠起来，所以全都发霉腐烂，一打开就破了。……她的被灌木挂破的外衣碎片，大约有三英寸宽六英寸长。一部分是外衣的折边，曾经修补过；另一部分是一片裙子，不是裙边。它们看上去像是撕下的布条，挂在有刺的灌木上，离地大约一英尺。……因此毋庸置疑，发生这一骇人听闻暴行的地点已经找到。

随着这一发现出现了新的证据。德鲁克夫人做证说，在离鲁尔

① 指费城《星期六晚邮报》，由C.I.彼特森先生主编。

闸区对面河岸不远的地方，她开着一个路边客栈。周围没有什么邻居——特别僻静。城里的流氓常常在星期天乘船过河来这里。在出事那个星期天下午，大约三点钟，一位年轻的女子来到客栈，由一位黑皮肤的青年男子陪着。两人在客栈里待了一段时间。离开时，他们向通往附近密林的路上去了。那女子的衣服引起了德鲁克夫人的注意，因为它有些像她一个死去的亲戚穿过的衣服。她还特别观察了那条围巾。这两人刚走不久，一帮无赖来到了客栈，吵吵嚷嚷，大吃大喝，吃喝之后分文不给，朝着那对青年男女的去路走去，将近黄昏时分他们又回到客栈，然后像是很匆忙的样子又过河离去。

就在同一天晚上，天刚黑不久，德鲁克夫人和她的大儿子便听到客栈附近有一个女子呼喊。喊声强烈有力，但很快就停了。德鲁克夫人不仅认出了在灌丛中找到的围巾，而且还认出了在尸体上发现的衣服。一个名叫瓦伦斯[①]的公共马车驭手，现在也做证说，出事那个星期天，他看见玛丽·罗瑞乘船渡过塞纳河，由一个黑皮肤的青年男人陪着。瓦伦斯本人认识玛丽，因此不可能把她看错。而且在灌木丛中找到的东西，都被玛丽的亲属们确认无疑。

根据杜宾的建议，我自己这样从报纸上收集的这些证据和信息，只不过多包括了一点——但这可能是非常重要的一点。就在上述的衣服发现之后，在现在公认是凶杀地点的附近，随即又发现了玛丽的未婚夫于斯达什的半死不活的躯体。他身边有一个空的标着“鸦片酊”的小药瓶。他的呼吸证明中了毒。他一句话没说就死了。从

① 指亚当。

他身上找到一封信，简单地说了他对玛丽的爱情和他自杀的计划。

“我几乎无须告诉你，”杜宾详细读完我的记录后说，“这是个远比莫格街一案更复杂的案子；在一个重要方面与那个案子大不相同。这个是普通的罪案，虽然非常凶残。它并没有特别出奇的地方。你会看出，由于这个原因，这件神秘案被认为很容易侦破，然而也正是由于这个原因，又会被认为很难侦破。因此，最初认为没必要悬赏。警察局长G先生的忠实的部下，能够立即弄清这件惨案如何发生和为什么发生。他们能够自己想象出一种作案方式——或多种方式，一种作案动机——或多种动机；而由于这些方式和动机不可能一个都不是实际的方式或动机，所以他们想当然地认为其中一个必然是实际的方式和动机。然而这些变化不定的幻想的随意性，每一种幻想所假定的可能性，应该理解为表现了破案必然产生的困难，而不是表现了破案的容易。因此我曾评论说，只有根据高出普通层面的特殊情况，理性才能找到她探求真理的方式——如果真有什么方式，而在这种情况下，真正的问题不是‘发生了什么事情?’而是‘发生了什么前所未有的事情?’，在莱斯巴尼太太[①]家的调查中，G先生的警察被极‘不寻常’的情况弄得晕头转向，而对善于运用智力的人来说，这种‘不寻常’的情况则会提供成功的可靠预兆；与此相反，在这个卖香料姑娘的案子里，警察局的警官们觉得一切都平平常常，一口咬定很容易破案，而同样善于运用智力的人对此案却感到绝望。

---

① 见《莫格街谋杀案》。

“在莱斯巴尼太太和她女儿的案子里，我们一开始调查就不怀疑是他杀。事实上立刻排除了自杀的想法。同样，在目前这个案子里，我们一开始就不怀疑是自杀。在鲁尔闸区发现的尸体的种种状况，使我们对这一重要的事实毫不犹豫。但是已经有人提出，发现的尸体不是玛丽·罗瑞的，悬赏是为了给凶手或凶手们定罪，而我们和警察局长达成的协议也只是关于凶手的。我们俩都很了解这位警察局长，太相信他不行。如果我们从发现的尸体着手调查，然后追溯到凶手，结果却发现这尸体不是玛丽而是某个别人的尸体；或者，如果我们从玛丽还活着出发，随后找到了她，发现她并未被杀——不论哪种情况，我们都是枉费辛苦；因为我们不得不对付的恰恰是G先生本人。因此，为了我们自己的目的，即使不是为了正义的目的，我们也必须首先确定这尸体是不是失踪的玛丽。

“《明星报》的看法对公众产生了重大影响；报纸本身也深信这些看法重要，在它论此案的文章中，有一篇的开头就表现了这种态度——‘今天有好几家晨报，’它说，‘谈到星期一《明星报》上刊登的那篇结论性的文章。’在我看来，这篇文章显示的结论性只不过是作者的热情。我们应该记住，一般说我们报纸的目的是制造轰动效应——制造一种观点——而不是推动真理的事业。后者的目的只有与前者一致时才能实行。仅是追随普通意见（不论我们觉得这意见多么正确）的报纸，不会为自己在公众中赢得声誉。只有提出刺激性的、与普遍看法相矛盾的意见的人，才会被人民大众认为深刻。推理和文学一样，其中只有警句才会受到最及时最普遍的赞赏。但不论推理还是文学，这种情况都属于最低级的成就。

“我的意思是说，《明星报》所说的玛丽·罗瑞仍然活着的看法，纯粹是警句和情节剧观念的混合，旨在赢得公众的喜好，而不是探求这种看法真正的可能性。让我们考察一下这家报纸文章的要点，并尽力避免它原本存在的前后矛盾的情况。

“作者首先想表明的是，由于从玛丽失踪到发现漂浮的尸体时间太短，所以这尸体不可能是玛丽的尸体。因此，把时间间隔缩短到最低限度，立刻便成了推理者的目的。在仓促追求这一目的当中，他一开始便不假思索地作出纯粹的假想。他说：‘如果她系遭人所害，那么凶杀也不可能干得这么迅速，使凶手能够在午夜之前就将尸体抛进河里。倘若以为能干得这么快那就太愚蠢了。’我们立刻会很自然地问，为什么？假如认为女孩离开她母亲家五分钟之内被杀为什么是愚蠢的？假如认为一天内任何特定时刻被杀为什么是愚蠢的？什么时候都出现过凶杀的案件。再说，即使凶杀发生在那个星期日上午九点到午夜前一刻钟之间某个时间，仍然会有足够的时间‘将尸体在午夜之前抛进河里’。因此，这种假想实际上等于说，凶杀根本不是在星期天干的——如果我们允许《明星报》这样假想，我们就会允许它随便怎么都行。以‘假如认为……就太愚蠢了’开始的这段话，不论它在《明星报》上如何出现，都可以想象它在作者头脑中实际上是这样的：‘如果尸体是他杀，不可能干得这么迅速，使她的凶手能够在午夜之前将尸体抛进河里，如果认为能干得这么快那就太愚蠢了；我们说，如果这样设想一切，同时认为（因为我们决心这样认为）直到午夜之后尸体都没有抛进河里，那就太愚蠢了’——这句话本身虽然非常不合逻辑，但却并不像印出来的那句话那样极端荒谬。”

“如果我的目的，”杜宾接着说，“只是为了反驳《明星报》这段话的观点，即弄清一个案子，那么我最好抛开它不管。但我们真正关心的不是《明星报》，而是真理。上面那句话本身只有一个意思；这意思我已讲得相当清楚；但重要的是我们应深入词的背后，找出这些词明明想表达而未能表达出来的意思。记者们意欲表达的是，这次凶杀不论在星期日白天或黑夜什么时候发生，凶手都不可能冒险在午夜之前将尸体运到河里。实际上，这正是我不同意他们设想之所在。他们认为，凶杀发生的地点和环境条件，使凶手必须把尸体运到河里。然而，凶杀很可能发生在河边，或者就发生在河上；这样，不论白天或黑夜什么时候，尸体随时都可以抛进水里，而且这是最明显最直接的处理方式。你会明白，我这里并没有提出任何可能出现的情况，也没有提出与我的想法一致的情况。迄今为止，我的构思并未涉及案件的事实。我只希望你警惕《明星报》整个看法中的语气，注意它从一开始就具有的片面性。

“由于已经这样规定了适合它的预想的范围，由于已经认定尸体——如果是玛丽的尸体——在河里的时间很短，所以这家报纸继续写道：

所有的经验都已表明，淹死的尸体，或者因暴力致死后立即抛进水里的尸体，需要六到十天才能充分解体浮上水面。甚至用火炮轰击尸体，他至少也要在水下沉了五六天才会浮上来，而且如果不管他他还会再沉下去。

“这些看法已经被巴黎所有的报纸默默接受，只有《箴言报》[1]是个例外。这家报纸竭力反驳关于‘淹死的尸体’的那段，列举了五六个实例，证明已知是淹死的尸体在不到《明星报》所说的那么长的时间内便漂了上来。不过，《箴言报》有些地方也过于缺乏哲理性，它反驳《明星报》的一般看法，但引用的却是特殊实例，这就妨碍了它的反驳力量。即使能够援引五十个而不是五个例子来证明尸体二三天就可以漂上来，那么按照《明星报》的标准，这五十个例子仍然可以只当作例外，除非将那个标准本身驳倒。承认这个标准（《箴言报》并未否认这个标准，而只是坚持其特殊的实例），就会使《明星报》的看法继续保持它的全部力量；因为这种看法并未自称涉及其他问题，而是只涉及尸体不到三天便浮上水面的可能性的问题；这种可能性有利于《明星报》的观点，除非那些幼稚地援引的实例多到足以确立一种对立的标准。

“你会立刻明白，关于这一点的一切论证，都应尽力针对这一标准本身；而为了这一目的，我们必须考察这一标准的理论基础。一般说，人的身体既不比塞纳河的水轻多少，也不比它重多少；这就是说，在自然条件下，人体的比重大约与它所排开的淡水的体积

① 指纽约《商业广讯报》，由斯通上校主编。

相等。肥胖多肉的人体，骨骼较小，一般是女人，比身材瘦、骨骼大的男人的身体轻一些；而河水的比重，多少会受到海潮上涨的影响。但是，且不说海潮的问题，即使在淡水中，也很少有人的身体会自动沉下去。几乎落入河中的任何一个人都能够漂浮起来，只要他所排开的水的重量与他自己的体重相当；就是说，只要他使自己的整个身体浸在水里，尽可能少地露出水面。对于不会游泳的人，正确的姿势是在地上直立行走的姿势，头尽量后仰，浸入水中，只让嘴和鼻孔露出水面。在这样的情况下，我们会发现自己毫无困难、不费力气地漂浮起来。然而，非常明显的是，身体的重量与排开的水的体积的重量，处于十分微妙的平衡状态，稍有差别便会使两者的平衡消失。例如，如果一只胳膊伸出水外，失去水的支持，它就会成为一种额外的重量，足以使整个脑袋沉入水里，但若偶尔得到一小块木头的帮助，就能使我们抬起头来，甚至向四周观望。然而，在一个不惯游泳的人挣扎时，他的胳膊会不断地上举，同时会尽力使他的头保持正常的直立状态。结果嘴和鼻子浸入水里，在水下挣扎呼吸时，水就灌进了肺里。当然也有许多水进入胃里。由于肺和胃里原来充斥着气体，而现在充满了水，于是气和水的重量差别使整个身体比原来加重。一般说，这种差别足以使身体下沉；但对骨骼瘦小并有超量松软肌肉或脂肪的人来说，这种区别并不足以使身体下沉。这种人甚至溺水之后还会漂着。

“被认为沉入河底的尸体，除非有某种方法使他的比重再次变得小于他所排开的水的体积的比重，他将会一直沉在河底。使他变轻的原因是尸体腐烂或别的原因。腐烂的结果是产生气体，气体充斥细胞组织和所有的内腔，使尸体肿胀得非常可怕。随着气体的逐渐扩散，尸体的体积显著增大，但并没有相应地增加质量或重量，于是他的比重就变得小于所排开的水的比重，使他立刻漂浮到水面。但是腐烂会受到无数条件的影响——会因无数因素而加速或延缓；例如季节的冷热，水的矿物含量和纯洁度，水的深浅，水的流动和停滞，身体的质地，生前是否患有疾病，等等。因此，十分明显，我们不可能精确地确定尸体经过腐烂漂浮的具体时间。在某些情况下，它可能一小时之内就漂浮起来；在另一些情况下，它可能永远沉在水底。有些化学物质的浸泡可以使动物的躯体永不腐烂；二氯化汞就是这样一种物质。除了腐烂之外，胃里也常常因食物之类的酸性发酵产生气体（或由于其他原因别的内腔器官也产生气体），这种气体的扩散也足以使尸体浮出水面。用火炮轰击产生的是简单的震动效果。这种震动可以使陷入淤泥中的尸体松动，当其他因素已经使它具备上浮的条件时使它浮上水面；也可以使某些正在腐烂的细胞组织的黏合力消除，使内腔在气体的作用下扩张。

"这样把关于问题的全部哲学摆在我们面前之后，我们便可以很容易地用它检验《明星报》的看法。'一切经验表明，'这家报纸说，'淹死的尸体，或者因暴力致死后立即抛进水里的尸体，需要六到十天才能充分解体浮上水面。甚至用火炮轰击尸体，他至少也要在水下沉了五六天才会浮上来，而且如果不管他他还会再沉下去。'

"整个这段话现在一定显得前后矛盾，不相连贯。所有的经验

《玛丽·罗瑞神秘案》插图 2

并没有表明，‘淹死的尸体’需要六到十天才能充分腐烂使它浮上水面。科学和经验全都表明，尸体浮起的时间是不确定的，而且必然是不确定的。此外，如果一具尸体通过炮轰已经浮上水面，即使不管他他也不会‘再沉下去’，除非他已经腐烂不堪，使产生的气体漏掉。不过我想请你注意，‘淹死的尸体’和‘因暴力致死后立即抛进水里的尸体’大不相同。虽然文章的作者也承认这种差别，但却把他们纳入了同一个范畴。我已经说过，一个被淹的人的身体何以变得比他排开的水的体积更重，我也说过他并不会下沉，除非他将胳膊伸出水面进行挣扎并在水下喘气呼吸——喘气使肺里原来的空气被水代替。但是，在‘因暴力致死后立即抛进水里的尸体’身上，不会出现这种挣扎和喘气的情况。因此，在后一种情况里，一般说，尸体根本不会下沉——这是一个《明星报》显然不了解的事实。当尸体已经极度腐烂时，就是说，当肉和骨头已经大部分脱离时，这时，实际上也只有这时，我们才会看不见尸体。

“那么，《明星报》说被发现的尸体不是玛丽·罗瑞，因为只过了三天就发现这尸体漂在河上，对这种看法我们现在该如何解释呢？如果是淹死的，由于她是个女人，很可能从未下沉；或者，即使沉了下去，也可能在二十四小时或更短的时间内重新浮了上来。但没有一个人提出她是淹死的；而由于她被抛进河里之前就死了，所以随时都可能发现她漂在水上。

“‘但是，’《明星报》说，‘如果杀死的尸体在岸上保留到星期二晚上，凶手的某些痕迹便会在岸上被人发现。’这里一开始难以看出推理者的意图。他的意思是预防他所想象的东西违背他的理论——注意：尸体在岸上保留了两天，经过了迅速腐烂——比沉入水里腐烂得更快。他认为，如果情况是这样，尸体就可以在那个星期三浮上水面，而且只有在这种情况之下，尸体才能够浮上水面。因此他匆匆地指出，尸体并未保留在岸上；因为，如果保留在岸上，‘凶手的某些痕迹便会在岸上被人发现’。我想你会觉得这种话幼稚可笑。你绝不会看出为什么只是延长尸体在岸上的时间就能够增加凶手的痕迹。我自己也看不出。

“‘此外，’报纸接着说，‘任何坏人干了这样一种杀人勾当之后，决不可能不在尸体上系上沉重的坠物就抛下水去，因为这样一种预防措施很容易做到。’注意这里可笑的思想混乱！没有任何人——甚至包括《明星报》——怀疑发现的尸体是他杀。暴行的痕迹太明显了。我们的推理者的目的，只是表明这尸体不是玛丽的。他想证明玛丽没有被杀——而不是尸体未被杀害。然而他的看法只证明了尸体未被杀害。这里是一具未系坠物的尸体。凶手把他扔到河里时，不可能忘记系上坠物。因此这个尸体不是凶手扔到河里的。这就是所证明的一切，如果有什么东西得到了证明。尸体的身份问题根本没有进行探讨，而《明星报》做出的巨大努力，现在竟是完全否定它刚才已经承认的东西。‘我们确信，’它说，‘发现的那个尸体，是个被杀的女人的身体。’

“甚至在问题的这一部分，关于我们的推理者不知不觉地反对自己的例子也不止于此。我已经说过，他的明显的目的，是尽量缩短从玛丽失踪到发现尸体这段时间。然而我们发现，他特别强调女孩离开她母亲家之后没有一个人看见过她。‘我们没有证据证明，’他说，‘6月22日星期日九点以后玛丽·罗瑞仍然活在世上。’由于他的论点明显失于片面，他至少应该避开这个问题；因为若是已经知道任何人见过玛丽，比如在星期一或星期二见过，从玛丽失踪到找到尸体这段时间就会大大缩短，从而按照他自己的推理，这尸体是那女孩的可能性也就大大减少。然而有意思的是，我们发现《明星报》仍然坚持它的观点，充分相信它对整个论证作了进一步发展。

“现在，再仔细看看那部分涉及鲍崴辨认尸体的论证。关于胳膊上的汗毛，《明星报》明显不够坦诚。鲍崴并不是白痴，绝不会只根据胳膊上的汗毛来辨认尸体。没有一个人的胳膊上不长汗毛。《明星报》的一般性表达，完全歪曲了证人的原话。证人肯定会谈到汗毛的某些特殊性。它在颜色、数量、长短或位置上一定有某种与众不同的地方。

“报上说，‘她的脚小——成千上万人的脚都小。她的袜带无论如何都不是证据——她的鞋也不是——因为鞋和袜带都是论箱出售的。同样可以说她帽子上的花也是如此。鲍崴先生强烈坚持的一点是，被发现的那只袜带上的扣子是往里缩了一段扣上的。这点并没有什么意义；因为大部分妇女都觉得最好把袜带拿回家里，然后按照系她们的腿的尺寸修整合适，而不愿意在买袜带的商店里试它们’。这里难以设想推理者是认真的。寻找玛丽尸体的鲍崴先生，如果发现一个尸体的整个身材外貌与失踪的女孩一致，他就完全有理由认为他的寻找已经成功（根本无须考虑服饰的问题）。如果在身材和外貌之外，他又发现胳膊上有独特的汗毛，而这汗毛他又在活着的玛丽身上见过，那么他认为自己已经成功的想法就会合情合理地得到加强；这种肯定性的增加，很可能与汗毛的独特性或不正常性成正比。玛丽的脚小，如果尸体的脚也小，那么尸体是玛丽的可能性也就增加，这种增加的比例不只是算术的，而是几何的或累积性的。在所有这些之外再加上鞋，例如有人知道她失踪那天穿的是什么鞋，那么即使鞋可能是'论箱出售的'，你也会把可能性扩大到接近肯定。本来不是关于身份证据的东西，通过其确证的地位，变成了最可靠的证据。如果我们得到的帽花与失踪女孩所戴的那些相符，我们便不再进一步寻求其他证据。如果只有一朵帽花，我们可以不再寻找其他证据——但若有两朵、三朵或更多该怎么办呢？后续的每一朵都是多倍数的证据——不是证据加上证据，而是乘以数百或数千倍的证据。现在让我们在死者身上找出她活着时用的那种袜带，只有笨蛋才会去做。不过，这些袜带被发现是把扣子往里缩了一段系紧的，与玛丽离家前夕自己系紧袜带的方法正好一样。因此现在若要怀疑不是疯狂便是虚伪。至于这样缩短袜带是一种反常现象，《明星报》说的话只能表明它对错误的固执。系扣袜带的松紧性，本身就表明这种缩短中的反常性。本身可以伸缩调整的袜带，一定是由于必需才从外部进行调整，虽然这并不多见。从严格意义上说，一定是由于某种偶然事件，玛丽的这些袜带才需要像说的那样缩紧。这些袜带本身就足以确定她的身份。但事实并不是发现尸体上有失踪女孩的袜带，也不是发现有她的鞋，她的帽子，她的帽花，她的脚，她胳膊上的奇特标志，或她的整个身材和外貌——而是尸体上有每一种东西，而一切都是共有的东西。在这种情况下，如果能够证明《明星报》的编辑确实心存怀疑，那么就他的情况而言，也就没有必要去进行说明探讨。他认为响应律师们的琐谈是明智之举，而大部分律师却满足于重复法庭的正式公文。我这里想说的是，大量作为证据被法庭拒绝的东西，对智者来说都是最好的证据。因为法庭本身受一般证据原则的支配——受公认的原则和书本原则的支配，所以它不愿意对特殊情况采取灵活的态度。这种对原则的顽固坚持，僵化地无视矛盾的例外，在漫长的时间延续中是一种稳定可靠的方式，它可以使人最大限度地获得能获得的真理。因此从总体上说，这种实践富于哲学性；但同样肯定的是，它也会产生大量单个的错误。①

“关于针对鲍崴的那些影射，你一定不愿意作任何考虑。你已经对这个好人的真实品格进行了探索。他是个爱管闲事的人，有不少浪漫色彩，但不够机智。任何具有这种性格的人，遇到真正刺激的场合都会像他那样行事，使自己很容易受到过于机敏或心怀叵测的人的怀疑。鲍崴先生（按照你的记录）曾与《明星报》的编辑亲自晤谈，并不顾那位编辑的理论，大胆提出那尸体事实上就是玛丽的

① “一种以客体特性为根据的理论，会防碍它根据客体来展开自己；一个参照其原因安排论题的人，会不再根据其结果来评价它们。因此每一个国家的法学都会表明，如果法律变成一种科学或一种体制，它就失去了公正。盲目忠于分级原则所引致的习惯法的错误，通过观察立法机关不得不常常主动恢复其体制失去的公正便可以看出。”——兰多尔。

尸体，因而触犯了那位编辑。报纸写道：‘他坚持认为那尸体就是玛丽的尸体，但在我们已经评论过的事实之外，他又提不出任何使人相信的事实。’现在，即使不再讨论‘使人相信’的更有力的证据可能永远不会提出的事实，人们也可以说，在这种案件里，即使一个人不能提出使第二个人相信的任何理由，他本人也完全可以被认为是确信无疑的。最模糊的东西莫过于对个人特征的印象。人人都认识他的邻居，但很少有人能随时说出他认识邻居的理由。对鲍崴先生的盲目相信，《明星报》的编辑无权感到不快。

“使鲍崴遭受怀疑的那些事实，你会发现非常符合我对‘浪漫而爱管闲事’的设想，但并不符合推理者对犯罪的暗示。只要我们采取更友善的解释，我们就不难理解为什么钥匙孔里有玫瑰花，为什么石片上写了‘玛丽’的名字，为什么‘不让男性亲戚介入’，为什么‘不愿意让他们看见尸体’，为什么嘱咐B夫人直到他（鲍崴）回来不要和任何警察交谈，又为什么他明确决定‘除了他自己以外任何人不得参与案件的调查活动’。在我看来，肯定是鲍崴在追求玛丽，她也向他卖弄风情，于是他急切想让人觉得他享有玛丽的全部亲昵和信任。关于这一点我不想多说什么；而且，由于证人充分反驳了《明星报》的论断，触及玛丽的母亲及其他亲属的冷漠问题——这种冷漠与认为他们相信那尸体就是玛丽前后矛盾——所以我现在想继续下去，权当尸体辨认的问题已经得到了满意的解决。”

“那么，”我听到这里问他，“你对《商报》的意见有什么看法？”

“那家报纸的意见，说心里话，它们比已经发表的任何关于这个问题的文章都更值得注意。它从前提的推论又有哲理性又敏锐；但前提至少对两个事实缺乏彻底的观察。《商报》想清楚地表明，玛丽是由一群低级流氓在离她母亲家门不远的地方抓去的。它强调说：‘像玛丽这样一个成千上万人都知道的年轻女子，不可能经过三个街区没有一个人看见。’这是一个久居巴黎的人的看法——他是个从事公共事业的人，他在城里的往返行走基本上限于办公室附近。他知道，他从办公室走过十二个街区，很少不碰见认识他的人与他搭讪。他知道他认识多少人，也知道有多少人认识他，他把自己的名声与卖香料姑娘的名声进行比较，发现二者并无大的区别，于是他立刻得出结论，认为她在街上行走，一定像他一样，很容易碰到认识她的人。这种结论所依的事实，只能是她和他的活动完全一样，都有同样固定不变规律性，都局限于同类有限的范围之内。他往返走的路都有固定的时间，有限定的范围，引起许多人对他的注意是因为他的职业性质与他们自己的相似。但玛丽走的路一般说是不固定的。就这个实例而言，这可以说非常可能，因为玛丽走的路线与他常走的路线大不相同。我们所想象的《商报》心目中的相似性，要想维持只能是两人都横穿城市。在这种情况下，如果两个人认识的人相等，他们遇到同样数量熟人的机会就会相等。就我自己而言，我坚持认为，玛丽从她自己家到她姨妈家去，不论在任何时候，不论走哪条路线，都可能没有遇见任何她认识的人或任何认识她的人，这不仅可能，而且是太可能了。在全面正确地考虑这个问题时，我们一定要牢牢记住，甚至巴黎最著名的人，不论他认识的人还是认识他的人，其总数与巴黎本身的整个人口也不成比例。

“《商报》的意见看上去不论仍有什么力量，一旦我们考虑女孩出门的时间，它便会大大削弱。《商报》说：‘她出去的时候，正是街上到处是人的时候。’但事实并非如此。当时是早上九点钟。不错，除了星期日，每天上午九点时，这个城市的街上确实到处是人。但星期日上午九点，居民大部分还在家里，做去教堂的准备。只要观察一下，谁都会注意到，星期日上午从八点直到十点，城里是一片罕见的空寂。十点到十一点之间，街上会到处是人，但九点钟的时候绝不会如此。

“还有一点，似乎《商报》的意见也有缺陷。它说‘一块二英尺长一英尺宽的布从不幸女孩的内裙上撕了下来，勒住她的脖子绕到头后，很可能是为了防止她呼喊。显然这是没有手绢的家伙干的’。这种看法是否有可靠的根据，我们以后再来研究；但说‘没有手绢的家伙’，编辑是想指低级的流氓。然而，这些流氓恰恰是那种没有衬衣也要永远带着手绢的人。你一定已经注意到，近些年来，手绢已经变成最低级流氓绝不离身的东西。”

“那么，对《太阳报》上的文章我们该怎么看呢?”我问。

“最大的遗憾是文章的作者不是个生就的鹦鹉——否则他会是他同类中最杰出的鹦鹉。他只是重复一条条已经发表的意见；以值得赞扬的勤奋，从这家或那家报纸上把它们收集起来。他说：‘这些东西显然在那里至少三四个星期了……因此毋庸置疑，发生这一骇人听闻暴行的地点已经找到。’《太阳报》这里复述的事实，根本无法消除我对此事的怀疑，我们以后将联系这个问题的另一部分对它们详细考察。

“现在，我们必须先考虑其他的调查。你不可能没有注意到对尸体的检验极其草率。诚然，对尸体是不是玛丽的可以立即确定，或应该立即确定；但还有其他一些需要确定的地方。这尸体在任何方面是否遭过劫掠？死者离家时身上是否戴着首饰？如果戴着，发现她时是否还戴在身上？这些都是证人根本没有触及的重要问题；而且还有其他同样重要的问题也没有受到注意。我们必须亲自调查，找出我们满意的答案。圣·于斯达什的情况应该重新审查。我毫不怀疑此人；但我们应该有条理地进行。我们毫不怀疑此人；但我们应该有条理地进行。我们毫不怀疑地肯定关于他星期天在什么地方的宣誓书的真实性。但这种性质的宣誓书立刻会成为神秘化的东西。不过，如果其中没有什么漏洞，我们就不必去调查圣·于斯达什。何况，作为对怀疑的确证，即使发现宣誓书中有虚假之处，他的自杀也没有虚假，这在任何方面都是个不难理解的事实，也无须使我们偏离正常的分析路线。

“根据我现在的设想，我们要抛开这场悲剧的内部特征，而集中注意它周围的情形。在这样的调查中，最常犯的错误是把调查局限于直接事件，而完全忽视连带的事件或间接的事件。法庭把证据和辩论限制在明显相关的事物范围之内是渎职行为。然而经验已经表明，而且真正的哲学将永远表明，大部分或许更多的真理都产生于看似不相关的事物。正是通过这种原则的精神而不完全是它的文字，现代科学才决心根据预想不到的事物进行推测。也许你不理解我的意思。人类知识的历史不断地表明，我们大量非常有价值的发现，都要归功于间接的、枝节的或偶然的事件，以至展望未来的改革，最终都必须大量而且最大量地考虑通过偶然事件产生的发明，亦即通过大大出乎一般预想所产生的发明。根据现存事物进行想象的做法不再具有哲理性。偶然已被承认是基础的组成部分。我们使机会变成了一种纯属预测的问题。我们把无法预料和想象不到的东西全都归诸学校的数学公式。

“我重复说这完全是事实。因为一切真理的大部分都产生于间接的附带事件；只有按照这一事实所包含的原则精神，在目前的案例中，我才会从事件本身已经被踩烂而今毫无结果的基础上，把自己的调查转向当时它周围的情况。在你确定那份宣誓书的真实性的同时，我将更广泛地研究一下你尚未研究的报纸。迄今为止，我们只是勘查了有关调查研究的部分；但是，像我提的这样一种对公共报纸的综合考察，如果不为我们提供一些确立调查方向的细节，那倒真有些奇怪了。”

我接受了杜宾的意见，对那份宣誓书进行仔细的研究，结果证实宣誓书真实可信，因此也证实了圣·于斯达什清白无罪。与此同时，我的朋友忙于仔细翻阅各种报纸的合订本，其详细的程度在我看来毫无目的。一个星期以后，他将下面的摘要放在我面前：

大约三年半以前，这同一个玛丽·罗瑞从皇宫处勒·布朗先生的香料店失踪，引起了一场与目前这次极其相似的惊扰。不过，一个星期之后，她又重新出现在她通常工作的柜台，一切如常，只是脸色不完全像平日那样，稍微有些苍白。勒·布朗先生和她母亲对外面说，她只是到乡下访问一个朋友去了；于是事态便迅速平静下来。我们认为，现在这次失踪是同样性质的一次任性行为，一个星期之后，或者一个月之后，她会重新回到我们中间。

——《晚报》[①]，6月23日，星期一

昨天一家晚报提到罗瑞小姐从前的一次神秘失踪。许多人都知道，在她从勒·布朗先生的香料店失踪的那个星期，她和一个以放荡著称的青年海军军官在一起。据说因为一次争吵，才使她幸运地回到家里。我们知道这位登徒子的名字，他现在驻在巴黎，但由于众所周知的原因，我们不能把名字公布出来。

——《晨星报》[②]，6月24日，星期二早晨

前天，在本城附近，发生了一起性质极其残酷的暴行。大约黄昏时分，一位绅士携其夫人和女儿，雇请六个在塞纳河边划船消遣的青年渡他们过河。船到对岸，三位旅客走上岸去，走到看不见船的时候，女儿发现她把阳伞忘在了船上。她回去找伞，被这帮家伙抓住，载到河心，堵上嘴，对她进行兽性般的摧残，最后把她带到岸边一处离她和父母上船不远的地方。

① 指纽约《快报》。
② 指纽约《先锋报》。

这帮坏蛋现在已经逃跑，但警察正在追捕他们，其中有些不久就会抓到。

——《晨报》[1]，6月25日

我们已经接到一两个情报，其目的是把最近暴行的罪名强加到莫奈[2]头上；但因这位先生经过法定审问已彻底获释，而我们一些记者的论证又似乎热情多于深刻，所以我们觉得最好不把这些情报公开。

——《晨报》，6月28日

“我们已经收到好几份有力的文字情报，情报的来源各种各样，但都认为不幸的玛丽·罗瑞为一群流氓所害，这些流氓星期天大批出没于城郊。我们自已明确地赞成这种看法。今后我们将尽量辟出版面把它们发表出来。

——《晚报》[3]，6月30日

星期一，一位与税务局有联系的驳船船员，看见一条空船沿塞纳河漂下。船帆落到了船底。他把它拖到驳船办公室下面。第二天早晨，这条船不见了，办公室的人谁也不知道是谁偷走的。船舵现在还放在驳船办公室里。

——《快报》[4]，6月26日，星期六

① 指纽约《信使与探索者》。

② 莫奈是最初受到怀疑并被逮捕者之一，但因完全缺乏证据而获释。

③ 指纽约《晚邮报》。

④ 指纽约《标准报》。

读了这些不同的报纸摘要，我不仅觉得它们毫不贴题，而且也看不出它们能以什么方式对目前的案件产生影响。我等待着杜宾进行解释。

“我现在不想细讲摘要的第一和第二部分，”他说，“我把它们抄下来，主要是让你看看警察是何等的粗心，根据我从警察局长处的了解，他们根本没有从任何方面审查过报上提到的那个海军军官。然而，如果说玛丽第一次和第二次失踪之间没有任何可以想象的联系，那就是不折不扣的蠢话。我们姑且承认第一次私奔的结果是情人间吵了一架，被骗者又回到家里。那么现在我们就得准备把第二次私奔（如果我们知道又发生了一次私奔）看作是引诱者求爱的继续，而不是第二个人另外求爱的结果——我们准备把它视作‘重温’旧情，而不是另结新欢。二者的可能性是十比一，因为曾经与玛丽私奔过的他会再次提出私奔，而曾经接受过一个人的私奔建议的她，不可能再接受另外一个人的私奔建议。这里我要提请你注意一个事实，即已经肯定的第一次私奔和假定的第二次私奔之间，时间差距只比我们军舰的一般巡航周期多出几个月来。是否她的情人因必须出海而中断了第一次邪恶的计划，于是一回来就抓住第一个机会继续尚未完全完成的——尚未被他完全完成的卑鄙计划？所有这些事情我们都一无所知。

“然而，你会说，在第二种情况里，并没有想象的那种私奔。不错，是没有——但是不是我们准备说不存在受挫的计划？除了圣·于斯达什，或许还有鲍崴，我们没有发现一个玛丽承认的、公开的、高尚的求婚者。对其他任何人谁都没有说过什么。那么谁是那个秘密的情人——玛丽的亲属（至少大部分亲属）对他一无所知，而玛丽星期天上午却与他会面，对他无限信赖，愿意在鲁尔闸区附近偏僻的树林里与他一直待到黄昏降临。我问，谁是那个至少大多数亲戚都一无所知的秘密情人呢？玛丽离家那天早晨罗瑞太太的奇特预言又是什么意思？——'我恐怕再也见不到玛丽了。'她说。

"但是，即使我们不能想象罗瑞太太暗中参与了私奔计划，我们至少可以设想玛丽心中怀有这种计划吧？出门的时候，她使人认为她要去看住在木筏街的姨妈，并且让圣·于斯达什天黑时去接她。现在，乍看起来，这一事实严重妨碍着我的意见；但还是让我们仔细回想一下。已经知道，她确实去会一个伴侣，并且和他一起过了河，在下午三点那么晚的时候到达鲁尔闸区。但是，在答应如此陪伴这个人的时候（不论什么目的——也不论她母亲知不知道），她一定想到了她离家时自己所表示的打算，也一定想到了她未婚夫的惊讶和怀疑——他按约定时间到木筏街去接她，发现她竟没有去过那里，而惊惧不安地回到公寓之后，又发现她仍然在外未归，他势必惊讶生疑。她一定想到了这些事情，我是说，她一定预见到了圣·于斯达什的懊恼以及对这一切的怀疑。她不可能想到回来勇敢地面对这种怀疑；但如果我们假定她不想回来了，这种怀疑对她也就无足轻重了。

"我们可以想象她是这样想的——'我要去见某个人，为了私奔，或为了某些只有我自己知道的目的。这事绝不能受到意外的干扰——一定要有充足的时间不让人找我——我要让人知道我到木筏街姨妈家去，在那里待一天——我会告诉圣·于斯达什天黑之前别来找我——这样，我就有理由使我离开家的时间尽可能长些，不致引起怀疑和担心，而且这比用其他方法会赢得更多的时间。如果我让圣·于斯达什天黑时来接我，他肯定不会在这之前来；如果我忘了告诉他不让他来接我，我避开他的时间就会减少，因为他会期待我早些回家，我不回来很快就会引起担心。可是，如果我的计划是终归要回来——如果我只是想和那个男人一起走走——那么我就不会告诉圣·于斯达什来接我；因为如果他来接我，他肯定会发现我对他不诚实——这个事实我永远不会让他知道，因此我离开家时不会告诉他我的意图，天黑之前返回家里，然后说我到木筏街看姨妈去了。但是，由于我的计划是永远不再回来——或几个星期不回来——或者把隐蔽住处安排好之前不回来——所以我需要关心的唯一一点是赢得时间。'

"在你的记录里你已经看到，关于这件惨案最普遍的意见，自始至终都是这女孩是为一帮流氓所害。现在，在某些情况下，流行的意见不能不加考虑。当它自行出现时——当它以严格的自发形式表现自己时——我们应该认为它与直觉相似，而直觉是天才的个人的特质。在百分之九十九的情况下，我都会遵循它的决定。但重要的是，我们找不到提出意见的来龙去脉。意见必须是真正的公众自己的意见；而其特点常常又极难发现和保持。就目前这个事例而言，我觉得关于一帮流氓的'公众意见'，已经被我摘录里第三段详述的间接事件添加了不少东西。由于发现了玛丽这个年轻漂亮而声名狼藉的姑娘的尸体，整个巴黎都兴奋起来了。这个尸体被发现带有暴力的伤痕，漂浮在河里。但现在大家又都知道，就在所说那姑娘被害的同一时间，或大约同一时间，又发生了一起性质与死者所受暴虐相似的暴行，只是程度稍微轻些，是一帮年轻流氓干的，他们杀死了另一个年轻女性。一个已知的凶杀竟能影响公众对另一个未知凶杀的判断，这是不是很奇怪呢？这种判断等待着指引，于是已知的凶杀似乎便及时地提供了这种指引！玛丽也是在河里被发现的；而恰恰就在这条河里出现了这个已知的凶杀。这两个事件之间的联系实在太明显了，以致真正的惊奇竟是居民不能察觉并把握住这种联系。但是，事实上，已知是如何发生的第一个凶杀，如果稍有区别的话，它只不过是另一个凶杀的证据，证明几乎同时发生的另一个凶杀并没有如此发生。如果一帮流氓在一个特定的地点正在干前所未闻的罪恶勾当，而同时有另一帮类似的流氓在同一城市的类似地点，在同样的情况下以同样的手段和工具，在完全相同的时间内正在干完全相同的罪恶勾当——倘若如此，那倒真成了一种奇迹！然而，如果不是这种奇迹般的一连串的巧合，那么公众偶然提出的意见究竟让我们相信什么？

“在进一步深入之前，让我考虑一下鲁尔闸区附近灌木丛中那个所谓的凶杀地点。这个灌木丛虽然很密，但却离一条公共的道路很近。灌木丛里有三四块大石头，构成一个像是有靠背和脚凳的座位。上面的石头上发现了一件白色的内裙；第二块石头上发现了一条丝绸围巾。另外在这里还发现了一把阳伞、一副手套和一块手绢。手绢上有‘玛丽·罗瑞’的名字。四周的枝条上看到有衣服的碎片。地上践踏得乱七八糟，灌木也被折断，显现出激烈搏斗的各种迹象。

“尽管这个灌丛林中的发现受到报界的欢呼，尽管一致认为这些发现指出了确切的犯案地点，但必须承认仍然有怀疑的充分理由。我可以相信或不相信那就是犯案地点——但却有绝好的理由去怀疑。假如像《商报》所说，真正的发案地点在圣·安德烈街附近，罪犯仍然住在巴黎，那么对于把公众的注意力如此尖锐地引向正确的轨道，罪犯们自然会惊恐万状；于是，在某些类型的思想里，立刻便会产生出一种想法，觉得必须做出某种努力重新扭转这种注意力的方向。由于鲁尔闸区的灌木丛林已被怀疑是发案的地点，所以把一些东西放在它们被发现的地方的想法便自然形成。虽然《太阳报》提出发现的那些东西在灌木丛林中已经有些日子，但没有任何证据证明它们不是只放在那里几天时间；倒是有不少间接的证据证明它们不可能一直放在那里，从发案的星期天到孩子们发现它们的那个下午，二十天之间不可能不引起注意。《太阳报》接受了前些天报纸的看法写道：‘由于雨水的作用它们全都发霉变硬了，而且由于发霉粘在了一起。周围已经长了草，有些东西已经被草遮住。阳伞的丝绸很结实，但里面已经脱丝粘连。伞的顶部因为是双层的，而且折叠起来，所以全都发霉腐烂，一打开就破了。’关于‘周围已经长了草，有些东西已经被草遮住’这一事实，显然只能是根据两个男孩说的话即他们的回忆确定的；因为那里的东西在第三者看见之前，两个孩子已经把它们移开拿到了家里。但草还会生长，尤其在温暖潮湿的天气里（凶杀时正是这样的季节），一天能长两三寸高。阳伞放在一片新的草皮地上，很可能一个星期之内就被迅速生长的草遮得看不见了。说到发霉的问题，《太阳报》的编辑竟如此固执地坚持，以至在上面引用的那一小段话中这个词用了不下三次，难道他真的不知道这种发霉的性质？难道他要让别人告诉他这是多种真菌中的一种，其最一般的特征是从生长到死亡不足二十四小时吗？

“因此，我们一眼就可以看出，鼓吹那些东西在灌木丛林里放了‘至少三四个星期’的自鸣得意的文章，对事实的证明毫无价值。另一方面，人们极难相信这些东西在所说的灌木丛林中能保持一个星期以上——不会长于从一个星期天到下个星期天。对巴黎近郊稍有了解的人，谁都知道找一个幽僻之处极端困难，除非到远离巴黎郊区的地方。在树林或树丛中，不要说罕无人迹的幽僻之处，就是人们不常去的幽静地方也不敢想象。假如有个人酷爱自然，由于工作陷于这座大都会的尘嚣之中——假如这样一个人试图满足他对幽静的渴望，去到我们近郊可爱的自然景色之中，即使不是星期天，只要每前进一步，他都会发现大自然不断增加的魅力在遭到破坏，一些流氓闯进那里大喊大叫，或者一群恶棍在里面酗酒狂欢。他想在枝叶最茂密的地方寻找清静，但一切都徒劳无益。这些非常僻静的地方群氓最多——这些庙坛受到最严重的亵渎。伤心之际，这位漫游者逃回巴黎，巴黎虽也污浊，但却不像那地方成了不协调的污浊的渊薮，所以反而显得不那么污浊。然而，如果城市近郊在工作日尚且如此烦人，那么在星期日会多么更烦人哪！现在尤其是那样，城市的恶棍没有工作的要求，失去了通常犯罪的机会，于是便转向城市周围地区，并不是出于对乡间的喜爱——他们从心里鄙视乡下——而是为了逃避社会常规的约束。他们渴望的不是新鲜的空气和绿色的树木，而是在乡下的自由放纵。这里，在路边的小客栈里，在树林浓密的枝叶之下，他们沉溺于虚妄的狂欢滥饮，除了自己相好的伙伴之外，没有任何人监视他们。当我重复说，在巴黎近郊任何灌木丛林中，从一个星期天到另一个星期天，前面提到的那些物品仍然未被发现的情况只能被看作奇迹时，我说的只不过是每一个不带偏见的观察者必然会明显察觉到的东西。

“但是，我们并不缺少其他的怀疑证据，说明那些东西放在灌木丛林中是为了转移对真正发案地点的注意。首先，让我请你注意那些东西发现的日期，并将这个日期与我自己从报纸上摘下来的第五段的日期加以对照。你会发现，那些东西的发现几乎紧随着送给晚报的紧急情报之后出现。这些情报虽然多种多样，并且来源明显不同，但都倾向于同样的看法——即应该注意罪犯是一帮人，犯案的地点在鲁尔闸区附近。现在，这里的情况当然不是因为这些情报，或因为公众的注意力被转移到那里，那些东西才被孩子们发现；但令人怀疑而且非常令人怀疑的是，这些东西以前未被孩子发现是因为它们以前不在灌木丛林中；它们是后来放到那里的，或发送情报的当天或稍早一些，由编造这些情报的罪恶的作者自己放的。

“这是一片独特的——极其独特的灌木丛林。它非常浓密，像是大自然围成的墙，里面有三块奇特的石头，形成一个有靠背有脚凳的座位。这片灌木丛林充满了艺术性，距德鲁克夫人家很近，不过几丈远，她的孩子寻找檫树皮时常常仔细地观看这些灌木。如果说这些孩子没有一天不去，但却没有发现一件放在绿荫大厅或石头宝座上的东西，那岂不是下了一次草率的赌注——一次千败一胜的赌注？对这样一个赌注犹豫的那些人，一定是本人没有当过孩子，或者忘记了男孩子的本性。我重复一遍——极难理解的是，这些东西在灌丛林里放了一两天之后怎么能不被发现；因此，尽管《太阳报》固执己见，仍然有充分的根据怀疑那些东西是在比较晚的时候放在被发现的地方的。

"但是，我们还有其他一些理由相信那些东西是后来放的，而且这些理由比我前面强调的任何一个都更有说服力。现在让我请你注意那些东西极其不自然的安放情况。在上面的石头上放着一件白色的内裙；第二块石头上是一条丝绸围巾；散落在周围的是一把阳伞、一副手套和一块绣有'玛丽·罗瑞'名字的手绢。这样一种安排，恰恰是一个不太精明的人想把东西安放得自然些的自然做法。但它绝不是真正自然的安排。我宁愿看到所有的东西放在地上，用脚踩过。在那么狭小的灌木丛中间，当许多殴斗的人推来搡去时，内裙和围巾几乎不可能摆放在石头上。报道说：'有打斗的迹象；地踩得乱七八糟，灌木折断了。'——但却发现内裙和围巾像放在架子上似的。'被灌木挂破的外衣碎片大约有三英寸宽六英寸长。一部分是外衣的折边，曾经修补过。它们看上去像是撕下的布条。'这里，

《太阳报》无意中用了一种极其可疑的修辞。正如它所描述的，这些碎片确实‘看上去像撕下的布条’；但它们是有目的地用手撕的。绝少这样的偶然事件：单凭**荆棘**的力量，就能从现在所说的这种衣服上‘撕下’一条。从这种织物本身的性质看，如果它们被一个荆棘或钉子钩住，它们会撕成三角口子——分成经纬两条裂口，互成直角，在荆棘进入的地方交合成顶角——但几乎不可能想象这块布被‘撕下来’。我从不知道有这种情况，你也不知道。要从织物上**撕下**一块，几乎在所有情况下，都需要两种不同的力量向不同的方向发力。如果织物有两条边——例如一条手绢，想从它上面撕下一条，这时，只有这时，一种力量才能奏效。但目前的情况是衣服的问题，它只有一条边。从没有边的衣服中间撕下一块来，只有奇迹才能通过荆棘的力量来实现，而且不可能由**一个**荆棘来完成。再说，即使有一条边，也必须有两个荆棘同时发生作用，一个向两个不同的方向用力，另一个向一个方向用力，而这还要在没有折边的情况下才行。如果有折边，这问题几乎无须再谈。因此，我们看到许多巨大的障碍，妨碍着只是通过‘荆棘’的力量把衣服撕成碎片；然而人家要求我们相信不止一片被撕了下来，而且许多片被撕了下来。而且，‘一部分是外衣的折边’！另一片是‘裙子的一部分，不是折边’——这就是说，它从没有边的衣服中间，通过荆棘的力量，完全被撕了下来！我认为，这是些人们完全可以不相信的东西；然而，集中起来看，它们或许并不是形成怀疑的合理根据，而是形成一种令人惊讶的现象。这就是，任何有足够的警惕性去考虑移开尸体的凶手，竟然将那些东西留在了这片灌木丛林中。不过，如果你认为我计划否认这片灌木丛林是施暴的地点，你就不会正确地理解我的意思。这里可能有过犯罪，或许更可能是德鲁克夫人家的一次事故。但事实上，这并非多么重要。我们不是要设法找出发案地点，而是要找出杀人凶手。尽管我对地点的引证非常仔细，但我引证的目的是，首先表明《太阳报》那种肯定而固执的看法是愚蠢的，其次但却是主要的，通过最自然的途径使你进一步思考对这一凶杀的怀疑，即这次凶杀究竟是不是一帮人干的。

“通过间接提及被讯问的外科医生所说的令人反感的细节，我们便会重新回到这个问题。唯一需要说的是，他所发表的关于流氓数量的推断遭到了巴黎所有有声望的解剖学者的嘲笑，正确地指出他的推断既不公正又毫无根据。并不是事情不可能像推断的那样，而是那样的推断没有任何根据——另一种推断不是有许多根据么？

“让我们回想一下‘搏斗的迹象’；我要问问人们认为这些迹象表明了什么。表明了一帮流氓？但这些迹象不恰恰表明没有一帮流氓么？在一个柔弱而不能自卫的女子和想象的一帮流氓之间，究竟能发生什么样的搏斗——什么样的搏斗如此激烈持久，以至四面都留下了它的‘迹象’？只要几只粗胳膊不声不响地把她抓住，一切都可以结束。被害者对他们的意志绝对是被动的。这里你会记得，强烈反对灌木丛林是发案地点的论证，基本上只适用于反对它是一个人以上的作案地点。如果我们想象只有一个凶手，我们就可以设想，而且只能这样设想，搏斗非常激烈持久，留下了那些明显的‘痕迹’。

“另外，我已经提到我们产生的怀疑：所说的那些东西不可能一直放在发现它们的地方。这些犯罪的证据几乎不可能因粗心大意忘在那里。凶手非常镇静地（可以这么认为）移开了尸体，然而却让比尸体本身更明确的证据（尸体的特征因腐烂可能很快消失）惹人注目地留在发案地点——我指的是带有死者名字的手绢。如果这是偶然的疏忽，那也不会是一帮人的偶然疏忽。我们只能想象它是一个人的偶然疏忽。不妨让我看看。一个人杀了人。他单独和死者的幽灵待在一起。眼前躺着一动不动的尸体把他吓坏了。他的狂暴情绪荡然无存，心里自然会对他的行为充满惊恐。他绝没有许多人在场所必然产生的那种信心。只有他一个人和死者待在一起。他浑身发抖，不知所措。然而又必须处理尸体。于是他把尸体背到河里，在身后留下他犯罪的其他证据；因为如果一次把东西全都拿走，即使不是不可能，至少也非常困难，而返回来再拿留下的东西会容易一些。但在他去河边艰苦的路上，他心里的恐惧成倍地增加。人声在他道路的四周回响。有十多次，他听到或在幻觉中听到了旁观者的脚步声。甚至城市的灯光也使他心慌意乱。然而，经过漫长的、不时停歇的极端痛苦的挣扎，他终于到达河边，把可怕的负担抛进了河里——也许是用船运到河心的。但是现在，世界有什么法宝——它能提出什么样的报复威胁——能够促使孤独的凶手返回，经过艰难而危险的道路，回到灌木丛林中，回到心惊胆战的回忆？他没有回去，不管会发生什么后果。即使他愿意他也不能回去。他唯一的想法就是马上逃走。他永远背弃了那些可怕的灌木，仿佛逃离即将到来的愤怒似的逃去。

“但是，如果是一帮人会怎么样呢？即使臭名昭著的恶棍真的缺乏信心，即使所谓的这帮家伙完全由臭名昭著的恶棍组成，那么他们的数量也会使他们产生信心。我是说，他们的数量使他们不会陷入心慌意乱和无谓的恐惧，虽然我认为那种慌乱和恐惧会使单独一个人失去勇气。假如我们可以设想一个人两个人或三个人疏忽大意，那么这种疏忽会由第四个人弥补。他们不会在身后留下任何东西；因为他们的数量使他们一次能够把所有的东西拿走，不需要返回来再拿。

“现在再看看下面的情形：发现尸体时，尸体上的外衣‘撕了一条，约一英尺宽，从下摆往上撕到腰部，在腰上绕了三遭；然后在腰后系牢’。这样做的明显目的是做个运尸体的提手。但如果不是一个人还会想到用这种方法么？对三四个人来说，抓住尸体的四肢就够了，而且可能是最方便的办法。在尸体上绕个提手是一个人的办法；而这又使我们想到下面的事实：‘在灌木丛林和河之间，发现篱笆倒了，地上有某种重物拖过的明显痕迹！’可是，一群人可以随时把尸体抬过篱笆，难道他们会自找麻烦推倒篱笆把尸体拖过去吗？难道一群人竟会这样拖走尸体在后面留下明显的拖拉痕迹？

“这里我们必须提到《商报》的一种看法；对这种看法我已经作过一些评论。这家报纸说：‘一块二英尺长一英尺宽的布，从不幸女孩的内裙上撕了下来，勒住她的脖子绕到头后，很可能是为了防止她呼喊。显然这是没有手绢的家伙干的。’

《玛丽·罗瑞神秘案》插图 3

“我前面提到，一个真正的流氓绝不会没有手绢。但我现在特别注意的并不是这个事实。为了达到《商报》想象的目的，用布带勒住脖子，并不是因为缺少手绢，因为留在灌木丛林中的手绢清楚地证明了这点；而且其目的也不是为了‘防止呼喊’，这从选用勒脖子的方法而不用更能达到这一目的的方法也得到了证明。然而，证人谈到这块布条时说，它被‘发现松松地绕在脖子上，而且打了个死结’。这些话非常模糊，但与《商报》说的却大不相同。这块布条十八英寸宽，因此，虽然它是薄纱布的，但若纵向折起来或者搓起来，它就会形成一条结实的带子。而它被发现时正是这样搓起来的。我的推断是这样的。孤单的凶手通过拴在腰部的带子已经把尸体背了相当一段距离（不论是从灌木丛林中还是从别的什么地方），但发现它太重，用那样的方式难以支撑下去，于是他决定拖运尸体——证人也说明它是被拖运的。想到这样去做，就必须在尸体的一端拴上一根绳子之类的东西。最好是拴在脖子上，那里有头挡着不会滑脱。这时凶手无疑会想到腰部的带子。若不是带子缠在尸体上，扣子难以解开，若不是想到它还没有从衣服上‘撕下来’，他本来是会用那条带子的。但从内裙上重新撕一条更容易一些。于是他便又撕下一条布带，围着脖子拴牢，这样把他的受害者拖到了河边。这条带子是经过周折和延宕才得到的，而且只能凑合着用——毕竟还是用上了，但这个事实表明，必须用这条带子是出于当时的环境，发生在再也得不到手绢的时候——就是说，像我们想象的那样，发生在离开灌木丛林之后（假定那真是灌木丛林），在灌木丛林和河边之间的路上。

“但是，你会说，德鲁克夫人（！）的证词特别指出，发生凶杀那段时间有一帮人在灌木丛林附近。这我承认。但我怀疑，像德鲁克夫人描述的那种团伙，在悲剧发生那段时间，鲁尔闸区附近恐怕有十来个呢。不过，招致德鲁克夫人尖锐指责的那个团伙，虽然来去较晚很值得怀疑，但那个诚实而谨慎的老太太单提这一个团伙，却是因为这帮家伙吃了她的糕饼、喝了她的白兰地而不肯付钱。怎么还能说他们好呢？

“然而，德鲁克夫人的确切证词是什么呢？‘一帮无赖来到了客栈，吵吵嚷嚷，大吃大喝，吃喝之后分文不给，朝着那对青年男女的去路走去，将近黄昏时分他们又回到客栈，然后像是很匆忙的样子又过河而去。’

“现在这里‘很匆忙’一词，当时在德鲁克夫人眼里很可能显得更匆忙一些，因为她念念不忘地、伤心地想着那些被吞吃的糕饼和啤酒——也许她心里仍怀有一线希望，希望能从他们身上得到糕饼和啤酒的补偿。否则，既然已将近黄昏，为什么她要证明他们匆忙呢？说实在的，在夜幕将临、风暴在即，且要乘小船过一条宽河之时，即使是一帮流氓匆匆回家也没有任何理由值得惊奇。

“我说‘夜幕将临’，因为当时黑夜还未到来。那时只是接近黄昏，所以这些‘无赖’不适当的匆忙才触怒了德鲁克夫人那双认真的眼睛。但是根据报道，就在同一天晚上，德鲁克夫人和她的大儿子‘听到客栈附近有一个女子呼喊’。那么，德鲁克夫人用什么词来表示听到呼喊声的那段夜晚？‘天刚黑不久。’她说。但‘刚黑不久’至少是‘已经黑了’；而‘将近黄昏’无疑还算白天。因此非常清楚，这帮无赖在德鲁克夫人偶然听到（？）呼喊声以前就离开了鲁尔闸区。然而在所有关于证词的大量报道中，虽然对有关这段的表述都清清楚楚、一成不变地加以引用，就像我现在和你谈话时引用它们一样，但迄今没有一家公共报纸或忠实的警察注意到其中严重的前后脱节。

“对于反对是一个团伙作案的看法，我只想再增加一个意见；但这个意见，至少按照我自己的理解，具有完全不可抗拒的力量。在巨额悬赏之下，在供出同犯会完全赦罪的情况下，如果一帮低级流氓或任何一个团体中没有一个成员早就站出来背叛他的同党，那简直是一刻也不能想象的事情。在悬赏和赦罪的条件下，团伙中的每一个人虽不一定贪求赏金或急于逃避惩罚，但都害怕被同党出卖。只有急切地、及早地出卖别人，才能避免自己被别人出卖。内情至今没有泄露的事实，极好地证明了它本身事实上就是个秘密。这一可怕的邪恶行为只有一个或两个活着的人和上帝知道。

“现在，让我们概括一下我们漫长分析的成果，虽然微不足道，但却相当肯定。我们得到的看法是，这个案件或者是在德鲁克夫人的屋檐下发生的一次致命事件；或者是在鲁尔闸区附近灌木丛林里发生的一次凶杀，凶手是死者的情人，或至少是死者一个亲近而秘密的伴侣。这个伴侣皮肤黝黑。这种肤色，拴带子的‘扣’以及系帽带的‘水手结’，都指明是一个海员。他与死者——一个放荡但并不卑贱的年轻女子——的伴侣关系，表明他的级别高于普通的水手。这里，发给报纸的那些写得漂亮而急迫的通讯，在很大程度上妨碍了进一步证实。正如《晨星报》所提到的，第一次私奔的事实可能会混淆这个海员的概念与‘海军军官’的概念，因为后者第一个被认为将不幸的人引向了耻辱。

“这里，最好考虑一下黑色皮肤的他为什么一直没有露面。让我停下来仔细想想，这个人的皮肤又黑又油；但决不是普通的黝黑，否则瓦伦斯和德鲁克夫人不会只记住这一点。然而为什么这个人不出现呢？他是否也被那个团伙杀了？倘若如此，为什么只有被杀女孩的痕迹？两起凶杀自然应发生在同一地点。可他的尸体在什么地方？凶手很可能以同样的方式将两者的尸体都处理掉了。但也可以说这个人仍然活着，由于害怕遭到杀人的指控而不敢露面。这种考虑现在可以认为对他适用——即事后这段时间适用——因为证词表明有人看见他与玛丽待在一起，但在事发时这种考虑便毫无力量。一个清白无罪的人，第一个冲动一定是公布暴行，然后帮助对证流氓。这种策略一定会想到的。他被人看到和那女孩待在一起。他和她乘一条敞篷渡船一起过河，甚至一个白痴也会认为，告发罪犯是使他自己免受嫌疑的最稳妥的、唯一的方法。我们不能设想，在那个不幸的星期日晚上，他本人既清白无罪又对暴行一无所知。然而，只有在这种情况下才可能想象，如果他还活着他才不会告发罪犯。

“那么我们自己获得真相的方法是什么呢？随着我们的进展，我们会发现这些成倍增加并积聚独特性的方法。让我们先详细探究一下第一次私奔这件事。我们要充分了解那位‘军官’的历史，以现在的状况，凶杀当时他究竟在什么地方。我们要细心地把送给晚报的各种信息互相对照，因为晚报的目的是把凶杀归罪于一个团伙。做完这些，我们要把这些信息与早些时间送给晨报的那些信息加以比较，既比较风格也比较原稿，因为后者竭力坚持莫奈有罪。所有这些做完之后，我们要再将这些各种各样的信息与那位军官已知的手稿加以比较对照。然后，通过反复询问德鲁克夫人和她的儿子以及公共马车驭手瓦伦斯，我们要努力进一步确定‘黑皮肤男人’的个人面貌和举止特征。只要问得巧妙，从这些人口里不会问不出这方面的具体情况（或其他情况）——虽然这些人本身甚至意识不到他们掌握这些情况。接下来我们要追寻驳船船员捡的那条船，他6月23日星期一早晨在发现尸体之前捡到那条船，但在守卫职员不知道的情况下又被偷走，只是把舵留了下来。如果我们细心追寻并坚持下去，我们一定会追寻到这条船；因为不仅捡它的驳船船员能够对它辨认，而且船的舵就在手边。一个心境完全泰然的人，绝不会不寻找便把一条帆船的舵放弃。这里让我停下来提出一个问题。关于捡到这条船的事没有任何公告，它被默默地拖到驳船办公室，又同样被默默地拖走。但是，它的主人或雇主，除非我们想象他与海军有某种关系——某种使他能够了解海军详情、了解其具体停泊情况的持久的个人关系——否则在没有公告媒介的情况下，星期一捡到的船，他怎么星期二一大早就知道在什么地方呢？

“在谈到孤独的凶手把尸体拖到河边时，我曾提出他用一条船的可能性。现在我们要明白玛丽·罗瑞是从一条船上猛然被推下去的。这是自然而然的事情。尸体不可能抛在岸边浅水的地方。被害者背上和肩上的奇特印痕，说明那是船底的肋材造成的。尸体被发现没有坠物，也证实了这种看法。如果是从岸上抛下去的，尸体一定会系上坠物。我们对没有坠物的唯一解释，是凶手离岸前疏忽大意，忘了准备可系的坠物。在把尸体抛进水里时，他无疑会注意到他的疏忽；但那时已无法补救了。他甘愿冒其他任何危险也不愿再回到那个不祥的岸边。凶手抛开他可怕的负担之后，一定会匆匆奔向城里。在某个昏暗的码头，他跳到岸上。可是那条船——他会把它系牢么？他一定又慌又忙，顾不上把船系牢。再说，把船拴在码头，他会觉得是提供不利于自己的证据。他自然而然的想法是，把一切与自己犯罪有关的事物尽可能远地抛开。他不仅会匆匆逃离码头，而且绝不会让船留在那里。他肯定会把船推向河里任其漂流。让我们继续想象下去——第二天早晨，这个卑鄙的人吓得目瞪口呆，他发现那条船被人捡起，而且拴在一个他平日常去的地方——也许是他的职责使他不得不常去的地方。于是第二天夜里，他不敢再去找那条船的船舵，便把船移开了。那么这条无舵的船现在在什么地方呢？让我们把它作为我们首先要发现的目标之一。只要一瞥见它，我们成功的曙光也就出现。这只船将使我们找到在发生惨案的星期天午夜使用它的人，而且会以一种使我们自己也感到吃惊的速度找到他。接着便会出现一个又一个的确证，直至追寻出凶手。”

〔由于某些我们不想具体说明但对许多读者非常明显的原因，

我们在这里擅自删去了我们手中原稿中的一部分，这部分详细叙述沿着杜宾所得的一些明显细小的线索所作的推断。我们觉得最好只是简单地说明，期望的结果已经达到；警察局长虽然不太情愿，却也完全履行了他与杜宾所签合约的条件。爱伦·坡先生的文章以下面的话结束。——编者[①]］

人们会理解我谈的只是巧合事件，没有更多的东西。关于这个问题我前面说的一定足以证明。我自己心里绝不相信超自然的事情。自然和自然的上帝是两回事，凡是有思想的人都不会否认这点。创造自然的上帝可以随意支配或改变自然，这也是不容置疑的。我说“随意”，因为问题是意志的问题，而不是像不近情理的逻辑所认为的那样，是权力的问题。并不是上帝不能改变他的法则，而是我们想象一种改变的必然性时对他蔑视。从根本上说，这些法则包括了一切未来可能存在的偶然性。对上帝而言一切都是现在。

因此，我要重复说，我说的这些事情都只作为巧合事件。进一步讲：从我的叙述里可以看出，在不幸的玛丽·塞西丽亚·罗杰斯的命运（就其命运已知而言）和一个名叫玛丽·罗瑞的命运（到其生命中的某个时期为止）之间，存在着某些相似之处，在仔细考虑其绝妙的相似时，理性也变得不知所措。我认为这一切都可以看到。但是，在从刚刚提到的那个时期开始对玛丽的悲惨故事的叙述中，在追溯笼罩她的神秘案直至其结局的分析中，千万不要认为我的潜在意图是暗示对那种相似的延伸，甚或暗示在巴黎发现杀害少女凶手

① 指最初发表这篇文章的杂志的编者。

采用的方法——或在任何相似推理中发现的方法——会产生出相似的结果。

因为，对于这种设想的后一分支必须考虑的是，两个案件事实中最微小的差异，都可能产生巨大的误差，完全改变两个事件的进程；这极像在算术中那样，一个本身微不足道的错误，由于在计算过程中的各点叠次增加，最后会产生出与正确数值相差极巨的结果。至于前一个分支，我们一定不要忘记，我曾提到的或然率运算本身禁止一切关于相似延伸的观念——它强烈而坚定地禁止这种延伸，其明确性与这种相似的持久性和精确性恰成正比。这是那些变则命题之一，它看似适应完全脱离数学的思想，然而却是只有数学家才能充分解决的命题。例如，最困难不过的事是使一般读者相信，一个掷骰子的人连续掷了两个六点的事实，足以使他下最大的赌注，因为第三次绝不会再掷出六点。提出这种结果一般会马上遭到理智的否认。两次已经完成的投掷，两次现在已绝对成为过去的投掷，似乎不会影响只在未来出现的投掷。掷出三个六点的机会，似乎只是对任何普通时间而言——就是说，它只受由骰子决定的其他各次投掷的影响。这是一种看起来极其明显的想法，因此任何反驳它的企图，常常遇到嘲弄的微笑，而不是引起敬重的注意。这里所包含的错误——一个令人想到损害的巨大错误——因我目前的局限我不想妄加说明；而对富于哲学头脑的人也无须说明。这里也许完全可以说，在理性的进程上，由于她倾向于详细地追求真理，这种错误便形成理性道路上一系列无限延续的错误中的一个。

失窃的信

王逢振　译

智者最忌过分聪明。

——辛尼卡[①]

18×× 年秋，在巴黎，一个风声萧瑟的晚上，天刚黑，我在朋友 C. 奥古斯特·杜宾的陪伴下，在圣日耳曼旧郊区杜诺街33号三楼上他后屋的小书房里，或者说在他的藏书间里，正享受着沉思和海泡石烟斗的双重奢侈。至少有一个小时，我们都保持着一种深刻的沉默；在任何偶然的旁观者看来，当时我们俩似乎都在专心致志地一味喷吐缭绕的烟雾，使房间的气氛显得沉重。不过，就我自己来说，我正在心里思索那晚早些时候构成我们话题的一些问题；我指的是莫格街谋杀案，以及玛丽·罗瑞被杀的神秘案。因此，当房门打开，走进我们的老相识巴黎警察局长 G×× 先生的时候，我把它

① 辛尼卡（公元前4年—公元65年），罗马政治家兼哲学家和作家。

看作一种巧合。

我们对他表示热烈欢迎；因为这个人虽然有一半令人鄙视，但也差不多有一半令人感到有趣，而且我们已经好几年没见他了。我们一直摸黑儿坐着，这时杜宾站起来准备点灯，但没有去点又坐了下来，因为G××说，他来拜访是为了某件引起大量麻烦的公事，他要向我们咨询，或毋宁说征求我的朋友的意见。

“如果这是需要认真思考的问题，”杜宾说，并不准备点灯。“我们在黑暗中研究效果更好。”

“这又是你的怪主意。”警察局长说。他总是把他不能理解的一切事物称作“怪”，因此生活在大量的“怪”的包围之中。

“一点不错。”杜宾说。他递给来访者一支烟斗，推给他一把舒适的椅子。

“又遇到了什么难事？”我问，“我希望不会又是什么谋杀案吧？”

“哦，不；不是那种性质的事情。其实，这事真的非常简单，我不怀疑我们自己能够处理得很好；可我又觉得杜宾也许愿意听听它的细节，因为这件事怪得那么出奇。”

“简单而奇怪。”杜宾说。

“是呀；也不完全是那样。事实上，我们全都非常困惑，因为这事虽然如此简单，却又使我们束手无策。”

“也许恰恰是这事非常简单才使你们不知所措。”我的朋友说。

“你真是在说废话！”警察局长答道，开心地笑着。

“也许这件神秘的事有点过于浅显。”杜宾说。

“啊，天哪！谁听到过这种想法呀?”

“有点过于不言而喻。”

“哈！哈！哈！——哈！哈！哈！——呵！呵！呵！”我们的客人放声大笑，觉得太有趣了。“喂，杜宾，你要让我笑死了!”

“那么，你手头究竟是件什么案子呢?”我问。

“嗐，我来告诉你。”警察局长说，一边沉思着吐出一缕长长的浓浓的烟云，在他的椅子里坐下。“我想简略地告诉你们；但告诉你们之前我得提醒你们，这是件需要严守机密的案子。倘若有人知道我对任何人透露了此事，很可能我会失掉现在的职位。”

“说下去。”我说。

“要不就别说了。”杜宾说。

“那么，好吧；一位地位很高的人亲自通知我，皇宫里丢了一份极其重要的文件。已经知道偷信的人是谁，这点毫无疑问；有人看见他拿走的。而且还知道信件仍然在他手里。”

“这事是怎么知道的?”杜宾问。

“这显然是从文件的性质推断出来的，”警察局长答道，“也是根据没有出现某些后果推断出来的，因为文件如果从偷窃者手里传出去，立刻会引起某些后果；就是说，他会利用这个文件，因为他一定想最后利用这个文件。”

“请再说得清楚一些。”我说。

“好吧，我可以斗胆说，这文件会使它的持有者在某个方面获得某种权力，而且是极有价值的权力。”警察局长喜欢用这种外交辞令。

“我还是不大明白。”杜宾说。

“是吗？好吧；文件如果透露给第三个人——现在且不说他的名字——就会使一个地位极高的人的荣誉受到怀疑；这一事实会使文件持有者对那个地位辉煌的人物占据优势，并因此使其荣誉和平静的生活面临危险。”

“但这种优势，”我插话说，“依赖于偷窃者知道失窃者知道偷窃者是谁。谁敢——”

“窃贼是大臣 D× ×，”G× × 说，“他什么事都敢做，不论那些事与一个男人是否相称。窃贼所用的方法不仅大胆，而且也很巧妙。所说的文件——坦率地讲，是一封信——它是被窃的人独自一人在皇宫内室时收到的。她在仔细读信时，另一位高贵的人走了进来，突然打断了她。她特别不愿让来者看见这封信，于是匆匆忙忙想把信放进一个抽屉，但徒劳无益，不得已将信照原样摊放在桌上。不过，信的最上面是地址，因此内容没有暴露，信也没有引起注意。就在这时，大臣 D× × 进来了。他那山猫似的眼光立刻看见了信纸，认出了地址的笔迹，看出了收信人的慌乱神态，于是也就揣测出她的秘密。他以平常的方式匆匆处理了几件公事之后，取出一封与所说的信有些相似的信来，拆开它，假装在看信，然后并排放在另一封信的旁边。接着他又谈了大约十五分钟的公事。最后，他告辞时，顺手将桌子上不属于他的那封信带走了。信的合法主人看见了，但当着站在她身边的第三者的面，当然不敢让人注意这种行为。这位

《失窃的信》插图

大臣走了，将他自己的信——一封无关紧要的信——留在了桌上。”

“这里，”杜宾对我说，“你正好得到了你要求达致优势的条件——窃信者知道失信者也知道窃信者是谁。”

“是的，”警察局长答道，“过去几个月来，这样获得的权力被用于政治目的，达到了非常危险的程度。被窃的人每天都更强烈地相信必须把她的信收回。然而，这事又绝不能公开去做。最后，万般无奈，她委托我去办这件事。”

“与你相比，”杜宾说，周围一片烟雾缭绕。“我想再没有可以指望，甚至可以想象出来的更精明强干的警探。”

“你太夸奖我了，”警察局长回答，“不过可能也有过一些这样的看法。”

“很明显，”我说，“正如你注意到的，信仍然在那位大臣手里；因为只有握着这封信，而不是运用这封信，才能获得权力。一旦运用，权力便会丧失。”

“一点不错，”G××说，“我也是根据这种信念行事的。我首先想到的是彻底搜查这位大臣的旅馆；而我这里的主要困难在于必须在他不知道的情况下进行搜查。最重要的是，我已经得到警告，不能使他有理由怀疑我们的意图而造成危险。”

“不过，”我说，“你相当熟悉这类调查。巴黎警察局以前常常做这种事情。”

“那倒是；也正因如此我才没有失望。那位大臣的习惯也对我十分有利。他常常整夜不在家。他的仆人也绝不会很多。他们睡的地方离主人的房间较远，而且由于他们多是那不勒斯人，很容易把他们灌醉。你知道，我有钥匙，可以打开巴黎任何一个房间和柜子。三个月来，一夜都不曾错过，而且大部分时间我都亲自对 D×× 住的旅馆详细搜查。这关系到我的名誉，而且——我告诉你一个大秘密——酬金极高。所以我没有放弃调查，直到我完全相信这个贼比我自己更加精明。房间里凡是可能隐藏这份文件的每一个角落，我想我全都检查过了。”

“但是，有没有这样的可能，”我提出，“虽然信可能在那个大臣手里——因为无疑是在他手里的——可他会不会藏在自己房间之外的某个别的地方呢?”

“这几乎是不可能的，”杜宾说，“目前宫廷的奇特事态，尤其是已知有 D×× 介入的那些阴谋，都需要随时能拿到这份文件——一接到通知能马上拿出——这点与持有文件几乎同样重要。”

“随时把文件拿出来吗?”我说。

“就是说，随时把它毁掉。”杜宾说。

“确实如此，”我评论说，“那么这份文件显然是在房间里的。至于说它带在那位大臣的身上，我们可以认为那是不可能的。”

“完全是这样，”警察局长说，“他曾两次被拦住搜查，就像遇到了拦路强盗，而且是在我亲自监督之下对他进行了严格的搜身。”

“你本来用不着费这种心的，”杜宾说，“我想，D×× 绝不是个大傻瓜，如果不是，毫无疑问他会预想到这种拦路搜身的事的。”

“不完全是个傻瓜，”G×× 说，“但他是个诗人，我认为诗人与傻瓜只有一步之差。”

“确实如此，”杜宾思索着从他的海泡石烟斗里深深地吸了一口说，“然而罪过的是我自己也写过一些打油诗。”

“你还是详细谈谈你搜查的具体情况吧。”我说。

“好吧，事实是，我们花了很长时间，搜查了每一个地方。对这些事我有长期积累的经验。我搜查了整座建筑。一个房间一个房间地搜查，用整整一个星期的夜晚来搜查每一个房间。我们首先检查了每一套房间的家具。我们打开每一个可能藏信的抽屉；我想你是知道的，对于一个训练有素的警探，不可能有什么秘密的抽屉可言。在这样的搜查中，谁要想用‘秘密’抽屉来逃过警察，谁就是个傻瓜。事情就是这么简单。每一个柜橱都有一定的容积——或空间——要清查。但我们有精确的规定。一丝一毫都不会逃过我们。检查完柜橱之后我们检查椅子。我们用你们曾见我用过的那种又细又长的针刺探椅子的软垫。我们把桌面从桌子上拆了下来。”

“为什么这样?”

“桌子的桌面，或其他家具上类似桌面的东西，有时会被想隐藏东西的人拆下来；然后把腿挖空，将东西放在挖出的洞里，再将桌面装好。床腿的底部和顶部，也可以用同样的方式来隐藏东西。”

“但是，难道不能通过声音来查出空洞吗?”我问。

“不能，因为把东西放进去的时候，它的周围可以填满棉花。此外，就我们的案件而言，我们必须不声不响地进行。”

“可是，你不可能拆开——你不可能拆散所有的家具，而所有的家具都可能用你说的方式存放东西。例如，一封信可以卷成一根细卷儿，其形状和大小与一根大的钩针相差无几，用这种形式它可以塞进椅子的横档里。你不会把所有的椅子都拆散吧?"

"当然不会；但我们做得更好——我们检查了旅馆里的每一把椅子，事实上，我们用高倍数的显微镜检查了每一种家具的接头。如果有新动过的痕迹，我们一定会立刻查出。举例说，单只一粒钻末也会像一个苹果那样明显。任何胶粘的地方出现异常——接口上出现任何不常见的裂缝——都要保证进行充分的检查。"

"我想你没有忽视镜子，在镜板和镜面之间进行了检查，你还检查了床和床上用品，同样也检查了窗帘和地毯。"

"那是当然。我们以这种方式彻底检查过家具的每一个细小部分之后，便对房子本身进行检查。我们把整个房子的表面分成方格，标上数字，一块也不会遗漏；然后我们像前面那样用高倍显微镜，仔细检查整个房子的每一平方英寸，包括与它相连接的两座房子。"

"两座连着的房子!"我惊讶地说，"你们一定费了不少事。"

"是的，但提供的报偿也非同一般。"

"你们是否也检查了房子周围的地面?"

"所有的地面都铺着砖。相对说这没有给我们带来什么麻烦。我们检查了砖和砖之间的苔藓，发现都没有动过。"

"你们肯定检查了 D×× 的文件，也检查了书房里的书籍，是不是?"

"当然。我们打开每一个包装和小包；我们不仅打开每一本书，而且还把每卷的每一页都翻过，绝不像我们的一些警官那样，只是把书抖一抖就算了。我们还用最精确的计量方式测量每本书封面的厚度，并用显微镜对每个封面进行周密的检查。如果书的装订任何部分新近被动过，它绝不可能逃过我们的检查。有五六本书是刚刚装订的，我们用针仔细地探查了书脊。”

“你检查过地毯下的地板吗?”

“那还用说。我们搬开每一块地毯，用显微镜检查木板。”

“壁纸呢?”

“也检查了。”

“你查过地下室吗?”

“我们查过。”

“那么，”我说，“你一直在做错误的估计。那封信并不像你想的那样放在这房子里。”

“我恐怕你说的是对的，”警察局长说，“那么现在，杜宾，你说我该怎么办呢?”

“把房子再彻底搜查一遍。”

“那绝无必要，”G×× 答道，“就像对我在呼吸一样肯定，我肯定那封信不在旅馆里。”

“我没有更好的建议了，”杜宾说，“当然，你可以精确地说明一下那封信的情况吧?”

“那当然！”于是警察局长拿出一个记事本，大声念起那份丢失文件的详细情况，它的内容，尤其是它的外观。读完对信的详细描写之后不久，他便起身告辞，精神更加沮丧，以前我从未见过这位善良绅士如此沮丧。

大约一个月之后，他又来访问我们，我们当时差不多像上次一样坐着。他拿起一支烟斗，拽过一把椅子，然后与我们闲谈。最后我说——

“喂，G××，那封失窃的信怎么样了？我想你最后还是认定，没办法胜过那位大臣，是不是？”

“见他的鬼吧，我得说——是的；不过，我按照杜宾的建议重新进行了检查——但徒劳一场，并没有出乎我的预料。”

“你上次说酬金是多少？”杜宾问。

“啊，非常高——可以说不惜重金——我不想说确切的数目；但我想说的是，谁要是为我找到那封信，我愿意给他五万法郎的个人支票。事实是，这事正变得一天比一天严重；酬金已经增加了一倍。不过，即使增加到三倍，我也不可能再做什么。”

“噢，是这样，”杜宾吸了一口海泡石烟斗，拉长声音说，然后又吸了一口，“我真的——认为，G××，在这件事上你没有做出最大努力。我觉得你可以——再做些努力，嗯？”

“怎么做？——用什么办法？”

“嗐——噗，噗——你可以——噗，噗——在这件事上请个顾问。你是否记得他们讲的阿勃尼塞的故事？”

“不记得；该死的阿勃尼塞！”

“那倒是！他确实该死。不过，从前，某个有钱的守财奴想出了一个计策，迫使这位阿勃尼塞说出了一种治疗的意见。为了这个目的，他安排了一次私人间的闲谈，假定是一个别人得了病，把他的病情巧妙地告诉这位医生。

"'我们假定，'守财奴说，'他的病症是如此如此；那么，医生，你说他该怎么办？'

"'怎么办！'阿勃尼塞说，'那还用问，接受医生的忠告呗。'"

"可是，"警察局长有些不大自然地说，"我绝对愿意接受忠告，而且愿意为此付钱。谁要是能在这件事上帮我，我真的愿意付给他五万法郎。"

"如果是那样，"杜宾回答说，一边打开抽屉，取出一本支票。"你也可以按说的那数目给我填一张支票。等你签字之后，我就把那封信给你。"

我非常惊讶。警察局长俨然像遭了雷击似的。有几分钟的时间，他仍然说不出话来，一动不动，张着嘴，疑心重重地看着我的朋友，眼睛像是要从眼眶里爆了出来；然后，显然在一定程度上恢复了常态，他抓起一支笔，停了几次，盲目地看了几眼，终于填了五万法郎的支票，签好名，递给桌子另一边的杜宾。杜宾仔细看了看支票，把它放进了自己的皮夹子里；接着，他打开写字台，从里面拿出一封信，交给了警察局长。这位警官高兴到极点，抓住信，用颤抖的手把它打开，迅速地看了一遍信的内容，然后慌慌张张地奔向门口，最后不顾礼貌地冲出房间，冲出房子。自从杜宾让他填支票以后，他一个字都没有说过。

他走了之后，我的朋友做了一番解释。

“巴黎的警察。”他说，“在自己的行业里都很能干。他们不屈不挠，精明灵巧，通晓他们工作所要求的知识。因此，当 G×× 向我们详细讲述他在 D×× 的旅馆搜查房子的方式时，我完全相信他已经作了令人满意的调查——就他花费的劳动来说也是如此。”

“就他花费的劳动来说?”我问。

“是的，”杜宾说，“他们采取的措施不仅是最好的，而且完成得绝对漂亮。如果这封信放在他们搜查的范围之内，这些人肯定会发现它的。”

我只是笑笑——但他似乎对自己所说的一切都很认真。

“这些措施，”他继续说，“本身都很好，实行得也不错；它们的缺陷在于不适用于这个案子，不适用于这个人。对于警察局长，一套行之有效的机智方法就是一种刻板的模式，他像削足适履那样强行使自己的计划适应这种模式。不过，对于他手上这个案子，他一错再错是因为他要么想得太深，要么想得太浅；而许多小学生都是比他更好的推理者。我知道一个大约八岁的学生，他在猜‘单双’游戏中的成功赢得了普遍的赞赏。这种游戏十分简单，用弹子来玩。玩的人一方在手里握上一定数目的弹子，要求另一方猜手里的弹子是双数还是单数。如果猜对了，猜的人赢一个弹子；如果猜错了，他就输一个。我说的那个男孩赢了学校里所有的弹子。当然他有他猜的原则；这完全在于他对对手精明程度的观察和衡量。例如，对手是个大笨蛋，举着紧握着的手问：‘是双还是单？’我们的小学生回答说：‘是单。’于是他输了；但再猜第二次时他赢了，因为那时他心里想：‘这个笨蛋第一次握的是双数，他的那些狡猾只够让他第二次握单数，因此我要猜单数。’——于是他便猜单，结果就赢了。现在，如果是个比先前那个略高一筹的笨蛋，他会这样推理：‘这家伙发现我第一次猜的是单，第二次会首先想到由双到单的简单变化，像第一个笨蛋一样；可再一想他会觉得这种变化过于简单，于是他最后决定像第一次一样握上双数，所以我要猜双数！’——于是他猜了双，又赢了。这个学生用了这种推理方式，他的伙伴们说是‘走运’，——那么，从根本上讲，它到底是什么呢?”

“它只不过是，”我说，“推理者的智力与其对手智力的一种认同。”

“是的，”杜宾说，“而且，我问这个孩子用什么方法达到完全认同从而使他取胜时，我得到了下面的回答：‘如果我想弄清一个人多么聪明或多么愚蠢，或者多么好或多么坏，或者他当时在想些什么，我尽可能精确地按照他的表情在自己脸上也形成那种表情，然后等着看我的头脑里或心里会出现什么样的思想或情感，能够与那种表情相配或一致。’这位小学生的这种反应，可以说是一切伪深刻性的起因，而这种深刻性则是卢歇福科、拉布吉夫、马奇亚维里和康帕尼拉共有的特征。”

“如果我的推理正确，”我说，“推理者的智力与其对手智力的认同，依赖于衡量对手智力的精确性。”

“就其实际意义而言，它依赖于这种精确性，”杜宾答道，“而警察局长和他的同事之所以如此经常地失败，首先是因为没有这种智力的认同，其次是因为对智力估计不当，甚至根本不去估计他们所对付的智力。他们只考虑自己机智的想法；在寻查任何隐匿的东西时，只注意他们隐藏那种东西所用的方法。他们只在这种情况下才是对的——即他们自己的机智忠实地体现了大众的机智；但当一个罪犯的狡诈在性质上与他们自己的不同时，这个罪犯无疑会挫败他们。罪犯的狡诈若高于他们，这种情况总是发生，若低于他们也会常常发生。他们的调查原则没有任何变化；顶多在情况非常紧急时，或者在重赏之下，他们才扩展或增加旧的习惯方法，但并不触动他们的原则。例如在 D×× 这个案子里，他们做过什么来改变行动的原则么？那种挖孔、针刺、听声音、用显微镜仔细观察，以及把墙面分成编了号的小方块——所有这一切都只不过是增加了一种或一套搜查原则的运用。这些原则的基础是一套关于人类机智的观念，而警察局长在其长期例行公事中已习以为常。难道你没有看出，他想当然地认为，所有的人在隐藏一封信时，虽不一定把它藏在椅子腿上挖的洞里，但至少都会藏在某个偏僻的洞里或角落里，而这与让人把信藏在椅子腿上挖的洞里的想法岂不是同出一辙？难道你还没有看出，这样搜查藏东西的角落只适用于普通的情况，只为普通的智力所采用？因为，在所有的隐藏案例中，对隐藏物的处理——对它以这种搜查方式的处理——一开始就可以推测而且会得到推测；所以发现隐藏物无须依靠聪明才智，而是完全依靠搜查者充分的细心、耐心和决心；如果案情非常重要——或者从政治上看非常重要，悬赏额巨大时——所说的这些品质从不曾失于发挥其作用。现在你会明白，为什么我说如果失窃的信藏在警察局长检查范围之内的某个地方——换言之，如果藏信的原则包括在警察局长的原则之内——那么毫无疑问失窃的信会被找到。然而，这位警官给彻底搞蒙了；他失败的原因在于他认为这位大臣是个笨蛋，因为他有一个诗人的名声。所有的笨蛋都是诗人；这是警察局长的感觉；他只不过在由此推断一切诗人都是笨蛋中犯了不周延命题的错误。”

“可是，这真是那位诗人吗？”我问，“我知道，有兄弟二人；他们在文学上都有名气。我相信这位大臣写过论微分学的学术著作。他是位数学家，绝不是诗人。”

“你错了，我很了解他，他既是数学家又是诗人。作为诗人和数学家，他善于推理；单是作为数学家，他根本不可能推理，因此就会受警察局长的摆布。”

“你这话真让我吃惊，”我说，“因为这与全世界的意见大相径庭。你不是想把几个世纪广泛接受的观念一笔抹杀吧。长期以来，数学推理一直被认为是最好的一种推理。”

“‘可以肯定’，”杜宾引用沙福的话答道，“‘一切流行的看法，一切公认的常规，都是愚蠢的，因为它只适合大众的习惯。’我同意你的看法，数学家尽力传播你所提到的流行的错误，尽管把它作为真理来传播同样也是错误。例如，他们以一种更有理由的技巧，将‘分析’这一术语用于代数学。法国人是这种骗术的始作俑者；但是，如果一个术语具有重要性——如果词语从使用中产生价值——

那么，用‘分析’表示‘代数’，差不多等于在拉丁文里用‘旋转’(ambitus)表示‘野心’，用‘谨慎’(religio)表示‘宗教’，或者用‘可尊重的人’(homines honesti)表示一系列高贵的人。”

“我看得出，”我说，“你在跟巴黎的某些代数学家争论；不过，请说下去。”

“我争论的是那种推理的可用性，因此也是它的价值。这种推理不论以什么特殊形式发展，但绝不是抽象的逻辑。我尤其怀疑的是通过数学研究而引出的推理。数学是形式和数量的科学；数学推理只是用于观察形式和数量的逻辑。其严重错误在于，它认为甚至纯代数学的真理也是抽象的或一般的真理。这是异乎寻常的错误，因此我对它被广泛接受的普遍性感到困惑。数学公理并不是一般真理的公理。例如，对于关系——对于形式和数量——是正确的东西，对于伦理道德常常是非常错误的东西。就伦理道德而言，若说各部分之和等于总体，常常是十分不真实的。这种公理在化学上也不能成立。在考虑动机时，同样也不能成立；因为两种动机各有既定的价值，二者结合起来的价值并不一定等于它们各自价值之和。还有其他许多数学上的真理，也是只在表示关系的范围内才是真理。然而数学家根据其有限真理的论证，由于习惯，仿佛这些真理具有绝对普遍的适用性。实际上全世界也以为它们具有普遍的适用性。布赖恩特在他颇富学术性的著作《神话》里，提到过一种类似的错误根源，他说：‘虽然异教的传说不被相信，但我们总是忘记自己，把它们当作存在的事实进行推论。’不过，对于本身就是异教徒的代数学家，他们相信‘异教的传说’，因此推论并不是由于缺乏记忆，而是由于一种无法解释的糊涂头脑。一言以蔽之，我还从未遇到一个在等根之外可以信赖的数学家，或者一个不暗中坚信 x^2+px 绝对无条件地等于 q 的数学家。如果你愿意，不妨试验一下，对一位数学家说你相信有时会出现 x^2+px 根本不等于 q 的情况，使他明白你说的意思，然后尽可能快地离开他，别让他摸着你，因为毫无疑问，他会尽力把你击倒的。”

“我的意思是，”杜宾继续说，而我只是对他最后一句话笑笑，“如果那位大臣只是个数学家，警察局长根本没有必要给我这张支票。不过，我知道他既是数学家又是诗人，根据他周围的环境条件，我使自己的措施去适应他的智能。我还知道他是个朝廷重臣，是个大胆的阴谋家。我想，这样一个人不可能不知道一般警察的行动方式。他不可能预料不到——事实证明他确实预料到了——他会遭到拦路抢劫。我考虑，他一定预见到会对他的房子秘密搜查。他夜里常常不在家，警察局长为此高兴，觉得有助于他的成功，而我却觉得这只是诡计，通过向警察提供彻底搜查的机会，可以使他们早些相信那封信不在他的房子里，事实上，G×× 最后确实对此深信不疑。我还觉得，在搜查隐藏物品时，有关警察行动的不变原则的整个思想，也就是我刚才不厌其烦地向你详述的思想，一定也在那位大臣的头脑里想过。这势必使他鄙视隐藏东西的普通角落。我想，他不会如此无能，不明白他旅馆中最幽深隐蔽的地方，对警察局长的眼睛、探针、手钻和显微镜，宛如他最普通的柜橱一样敞开。总之，我看得出，他理所当然地不得不采取简单的方法，虽然不是一种有意的选择。也许你会记得，警察局长第一次访问我们时，我曾说过这件奇案之所以使他为难，很可能是由于它过于不言而喻，当时他笑得是多么疯狂呀。”

“当然，”我说，“我清楚地记得他笑的情景。我还真以为他会笑晕过去呢。”

“物质世界，”杜宾继续说，“与非物质世界充满了极其相似的地方；因此修辞学的教条被赋予了某种真实的色彩，它的隐喻或明喻不仅可以用来修饰一种描写，而且还可以加强一种论点。例如惯性力的原理，在物理学和形而上学中似乎完全一样。在物理学里，要使一个大物体运动比使一个小物体运动困难，而随后产生的动量与这种困难成正比，这是真实的；在形而上学里，才能高的智者虽然在他们的活动中比低能者更有力，更坚定，更丰富多彩，但在他们前进的开始几步，却不大容易起动，比较拘谨，充满犹豫，而这同样也是真实的。再有，你是否注意过，街上商店门口的标牌哪一种最引人注意？”

“我从来没有想过这件事。”我说。

“有一种智力测验游戏，”他继续说，“是在地图上玩的。简单说，玩的一方提出一个字——城镇、河流、国家或帝国的名字——要求另一方在五颜六色、错综复杂的地图表面上找出它来。玩这种游戏的新手，一般都寻求用字体最小的名字来困惑对方；而老手则选择那些从地图一端拉到另一端的大型字的名字。这些字就像街上的大字招牌或招贴，由于过分明显反而不被人注意；这里物质上的失察与精神上的不解极其相似，由于有些想法过于突出、过于明显地不言自明，结果有才的智者反而忽视了这些想法。不过，这点似乎多少有些超出或低于警察局长的理解。他从来不曾想过，也许或者可能那位大臣直接把信放在大庭广众之下，以此防止任何人对它有所察觉。

“但是，我越是想到 D×× 的大胆、果断和富于辨别力的才智，想到他要充分利用这份文件，一定要经常把它带在身边，想到警察局长已经确证信没有藏在这位警官普通的搜查范围之内，我就越是坚信不疑，为了隐藏这封信，这位大臣采取了周密精明的便利方式——根本不藏这封信。

“由于充满了这些想法，我便为自己准备了一副墨镜，在一个晴朗的早晨，颇像出于偶然，到大臣的旅馆进行拜访。我发现 D×× 正好在家，他打着哈欠，懒洋洋地躺着，像平常一样，装出一副极端疲倦的样子。在目前活着的人当中，他也许是真正最富精力的人——但只有谁也看不见他时才是如此。

“为了表示与他平等，我抱怨自己眼睛不好，并为不得不戴眼镜伤感了一番；在这种掩饰之下，我一边好像聚精会神地与他谈话，一边仔细彻底地观察了他的房间。

“我特别注意一张大的写字台，他坐在那张写字台旁边，上面杂乱无章地放着一些信和其他文件，还有一两件乐器和几本书。但在经过长时间的仔细观察之后，我并未在这里看出什么能引起特别怀疑的东西。

“最后，在巡视房间时，我的眼睛落到一个用硬板做的华而不实的卡片架上，它用一条脏兮兮的蓝带子，摇摇晃晃挂在壁炉台中部下面一个小铜钮上。这个架子有三四个格子，上面有五六张名片和一封孤零零的信。信已经弄得又脏又皱，差不多从中间撕成了两半——好像起初觉得它毫无价值，准备完全撕掉，后来又改变了主意，不再撕了。信上有一个挺大的黑色印章，非常明显地印着花押字 D××，信是由纤细的女人手笔写给大臣 D×× 本人的。它被漫不经心地塞在架子上层的一个格子里，甚至看上去像是不屑一顾似的。

“我一看见这封信，立刻认定它就是我找的那封。诚然，从整个外表看，它与警察局长向我们详细描绘的那封信根本不同。这封信的印章是大黑章，印着花押字 D××；那封信的印章是个小红章，印着 S×× 家族的公爵纹章。这封信是写给大臣本人的，字迹纤细而富女人气质；那封信的抬头是写给一位皇室人物的，字迹非常粗犷有力；只有信的大小构成两封信一致的地方。不过，这些差异过于明显的情况，纸被弄脏和撕破的情况，都与 D×× 的有条不紊的真实习惯极不一致，明显使人想到这是一个骗局，企图使观看者认为那封信毫无价值。这些情况，以及这封信过于突出、每个来访者都能完全看见的位置，正好与我前面达成的结论一致。我想，对于一个抱着怀疑目的而来的人。这些情况都有力地证实了他的怀疑。

“我尽量延长我的访问时间，一方面用一个我深知会使他感兴趣和兴奋的话题与他维持热烈的谈论，另一方面把真正的注意力集中到那封信上。在这种观察中。我记住了信的外表和它放在架子上的情形；最后我还发现了一种新的情况，排除了我本来可能考虑的任何怀疑。在审视信的纸棱时，我发现它们的磨损似乎不是必然的磨损。它们所呈现的破损状况，像是一张硬纸曾被折过并用文件夹压过，然后又在原来折叠的折缝或折棱处，反过来重新折过。这一发现足够了。我已非常清楚，这封信曾被彻底翻转过来，重新写了地址，然后又重新封好。于是我立刻向大臣道安告辞，在桌子上留下一只金鼻烟盒。

“第二天早晨，我去拿鼻烟盒，我们又接着前一天的谈话十分热切地谈了起来。但是，就在我们谈话时，紧靠旅馆窗子底下传来一声响亮的爆炸声，像是手枪的声音，接着又听见一串可怕的尖叫和大群人的呼喊。D×× 冲到窗口，打开窗子，向外观看。与此同时，我走到卡片架旁边，拿起那封信，放进了我的口袋，用一封复制的信取而代之（只就信的外观而言），这封信是我在家里仔细准备好的，用面团做的印章很容易地模仿了 D×× 的花押字。

“街上的混乱是由一个带步枪的人的疯狂行为造成的。他在一群妇女和儿童中间开了一枪。不过，由于证明枪里没有子弹，这家伙被当作疯子或醉鬼给放走了。他走之后，D×× 也离开了窗子，而我一拿到想要的东西就已随着他站在了窗边。此后不久，我便向他告辞。那个假装的疯子是我自己用钱雇的人。”

“可是，你用复制的信代替那封信的目的是什么？”我问，“若是你第一次访问时公开取了那封信离开岂不是更好?"

"D×× 是个不顾一切的人,"杜宾答道,"是个胆大妄为的人。他的旅馆里也不乏忠于他的利益的仆人。如果我像你说的那样鲁莽行事,我绝不可能当着那位大臣的面活着离开。善良的巴黎人可能再也见不到我了。不过,除了这些考虑之外,我还有一个目的。你知道我的政治倾向。在这件事上,我支持那位涉及此案的夫人。十八个月来,那位大臣一直控制着她。现在她可以控制他了;因为,他不知道信已不在他手里,他会继续像信在他手里那样进行威胁。这样,他不可避免地会在政治上迅速走向毁灭。而且,他的衰落不仅会一落千丈,还会非常难堪。人们完全可说下地狱非常容易;但在各种攀登中,正如卡塔拉尼谈及唱歌时所说,上升比下降容易得多。就目前这个实例而言,我对衰落的这个人毫不同情——至少不会对他怜悯。他是那种可怕的怪物,一个无耻的天才。不过,我承认,等到警察局长称之为'某位大人物'的她蔑视他,他被迫打开我给他留在卡片架上的那封信时,我倒很想知道他的思想究竟有什么特征。"

"怎么?你在里面写了什么东西吗?"

"嗯——让里面的信纸空着似乎不完全合适——那样就成了侮辱性的了。有一次在维也纳,D×× 对我做了一件坏事,我曾和气地告诉他,我不会忘记的。因此,既然我知道他觉得好奇,想知道比他高明的人是谁,我觉得不给他留下点线索是一种遗憾。他很熟悉我的笔迹,于是我便在空白信纸中间抄了下面的话:

——如此恶毒的计划，

即使配不上阿特里，也配得上塞斯特。

“这话引自克雷比雍的剧本《阿特里》。”

威廉·威尔逊

徐汝椿 译

这怎么说呢？冷酷的良心始终阻止我作恶，这怎么说呢？

——张伯伦《法萝妮德》①

我暂且自称作威廉·威尔逊。何必拿真名实姓来糟蹋面前这张白纸呢。这姓名早害得我一族人受尽嘲笑、厌恶和憎恨。难道愤慨的风言风语，并没有将我这族人的无比丑名远传天涯？啊，天字第一号无可救药的浪子呵！——难道你心如死水，对尘世始终感到冷漠？对人间的荣誉、人间的鲜花、人间的雄心大志始终感到冷漠？——在你的憧憬和仙境之间，难道并不是永远笼罩着一重乌云，稠密、阴郁、无边无际的乌云？

近年来，我遭到难以形容的不幸，犯下无法宽恕的罪行，如果本文中可以不谈，今天就不谈了。近年来这段日子里，我突然陷入

① 张伯伦(1619—1689)，英国医生，曾于1658年发表剧本《爱情的胜利》，翌年又完成著名的史诗《法萝妮德》。全诗共分五部，对句押韵，内容叙述游侠阿加利亚爱上公主法萝妮亚，历经波折，终于结合。

罪恶的深渊，目前就是单单打算说明这层原因。凡人往往一步步地堕落。仁义道德好比披风，刹那间从我身上一齐飘落。我仿佛迈着巨人般的大步，越过相当寻常的无耻境地，堕入远胜依拉加巴勒[①]那类滔天罪行的深渊。请容我交代，由于什么意外——由于什么事故，才犯下这种罪行。死神一寸寸逼近；死神反而使我安下了心。我穿过朦胧的幽谷[②]，一味渴望世人的同情，这无异于说，一味渴望世人的怜悯。只求他们相信，我多少受了人力无法控制的环境的摆布。但愿他们看了下文的细节，替我在茫茫一片罪恶的沙漠中，找到小小一块绿洲。我要他们承认一件不得不承认的事，就是说，以往的考验或许不算小，可是，*如此*考验，至少凡人从未经受过，当然从未*如此*堕落过。难道就从未如此痛苦过？难道我当真不是生活在梦中？一切荒诞的幻景真是恐怖绝顶，神怪之至，难道不会把我吓死？

我这族人素以幻想丰富、性子暴躁著称；在我襁褓时代，已经显出完全秉承这种祖传的性格。一年年成长，就一年年显著；由于种种原因，害得我朋友实在焦虑，对我自己也是绝对不利。慢慢地，我一意孤行了，专爱胡思乱想，心里忽喜忽忧，一发不可收拾。我父母生性优柔寡断，又患有跟我类似的先天虚弱症，对我那特殊的坏习性简直无可奈何。他们曾经费过心血，可是软弱无力，不得其当，结果终于一败涂地，我当然大获全胜。从此以后，我的意见便

---

① 依拉加巴勒，又名希略加巴勒，约生于公元205年，系叙利亚以米沙太阳神庙祭司，218年被选为罗马皇帝，荒淫无耻，丑名远扬，于222年为其侍卫弑杀。

② 典出《旧约·诗篇》第二十三篇第四节："我虽然行过死荫的幽谷。"意即临死的痛苦时候。

成了家法；到了少数孩子不用牵着走路的年纪，他们就任凭我畅所欲为，一切都让我自作主张，只有名义上不是如此罢了。

我回忆起最早的学校生活，总不免想到英国一个雾蒙蒙的村里，那幢凹凸不平的伊丽莎白式[①]大房子。村里有不少疙瘩满身的参天巨树，房屋全都异常古旧。说实话，那历史悠久的古镇，确是个令人心旷神怡的仙境。目前，我仿佛感到绿荫浓密的大街上那份提神沁脾的凉爽，仿佛闻到无数灌木散发出的那份清香，仿佛重新怀着说不出的欣喜又战栗的感觉，听到深沉、空洞的教堂钟声，每隔一个钟头，冷不防地阴沉沉响了起来，飘荡在寂静的苍茫暮色中；那描绘回纹的哥特式尖塔，就在暮色中沉睡呢。

说不定，详细地追忆一下那学校的种种情况，和发生的件件事情，我心里就痛快，抵得上目前能感到的一切喜悦。我眼下既是处境悲惨——悲惨，天哪！居然千真万确——读者就会容许我写上几段杂乱无章的琐事，这么乱跑野马来找寻慰藉，尽管是微不足道的，不过昙花一现罢了。何况，这些琐事虽然极其平常，甚至荒诞，但照我看，跟时间地点一联系，反而显得意外地重要，因为我感到在当时，命运初次向我隐隐提出了忠告，此后就一直保佑我了。那么且回忆一下吧。

上文中提到过，那幢房子历史悠久，凹凸不平。院子广阔，围着坚固的砖头高墙，墙头涂着一层灰泥，插着碎玻璃。这牢房般的

---

① 指英国伊丽莎白一世（1533—1603）时代流行的建筑式样，其特征为窗户巨大，回廊漫长，烟囱高耸，并有不少带形装饰。

堡垒成了我们活动的天地；每周只有三次看得到墙外的世界。盼到星期六下午，在两位助理教师的陪伴下，才可以集体出去一次，到附近田野里散下步；每逢星期日，早晚两次，照模照样地排成队伍，到村里仅有的一座教堂中做礼拜。我们的校长就是这座教堂的牧师。我经常坐在偏僻的楼座条凳上，望着他迈着庄严的步子，慢慢走上讲坛，心里这份诧异和惶惑有多大呵！这位牧师道貌岸然，一脸慈祥；法衣闪着亮，飘飘忽忽；假发套扑满粉，又硬又大——难道不久前，那个脸色铁板，身穿鼻烟色衣服，手持铜箍，执行书院中铁纪的，就是他？啊，真是荒谬绝伦，根本无从解释！

那笨重围墙的一角，阴沉沉地开着格外笨重的一扇大门；星罗棋布地钉满铆钉，冒出参差不齐的尖钉。一见这扇门，不由人退避三舍！除开上述三次定时定日的出入之外，从不打开；因此每逢巨大的铰链吱呀一响，眼前就出现了无数神妙事物——不少事物，值得认真观察，值得认真三思。

那辽阔的场地形状凹进凸出，有不少宽敞的壁凹，最大的三四个连成了一片运动场。地面平坦，铺着又细又硬的砂砾。我深深记得上面既没有植树，也没有设凳，更没有任何类似的东西。当然都在屋后。屋前有个小花坛，种着黄杨之类的灌木；但说真的，只有碰到难得的机会，才走过这块圣地，譬如头一次进校，末一回离校，还有父母亲友来接我们，我们喜洋洋回家去过冬至节，或夏至节①。

那幢房子啊！——多么古色古香的一所旧厦！——在我眼里，

---

① 冬至节即指12月25日圣诞节；夏至节系6月24日施洗约翰节。

真是座迷宫啊！迂回曲折的走廊长得没尽头；匪夷所思的翼房多得数不清。随时随地都分不出自己究竟在楼上还是楼下。从这一间到那一间，难免不碰到三四级梯阶，或上或下。此外，套间多得数也数不清，想也想不到，一间套一间，套来套去套不完，所以我们对这座府邸的看法，跟想到"无穷大"的概念相去不远。我在里头住了五年，和其他十八九个学生分配到一间小寝室，可我始终弄不清这一间究竟在哪个偏僻角落里。

我们教室是那房子里最大的一间——我不由认为，这是天底下最大的一间。房间很长，很狭，暗沉沉，低压压，哥特式的尖窗子，橡木的天花板。在远头阴森森的一角，有间八九英尺见方的小屋，是我们校长、牧师勃兰斯比博士"授课时期"的密室；建筑坚固，房门笨重，"老师"不在，我们大家情愿活活打死，也不敢开一开门。教室的另外两个角落里，还有另外两个相仿的斗室，固然远不及校长那间令人肃然起敬，但照旧教人毛骨悚然。一间是"古典文学"[①]助理教师的讲坛，一间是"英语兼数学"助理教师的讲坛。教室四下，横七竖八地放着无数课桌课椅，颜色漆黑，陈旧破烂，堆着不少翻黑的书籍，乱得不可收拾；上面刻满缩写字母，还有连名带姓一齐刻上的名字，稀奇古怪的图案，还有刀子多次刻下的其他花样，因此远在好久前，就面目全非了。房里一头放着一只大水桶，另一头搁着一只巨型大钟。

从十岁起，我就关在这古老书院的四堵巨墙内，度过五年，心

① 指古希腊、拉丁文学。

里倒不气闷，也不厌烦。童年时代幻想丰富，用不着想到外界的人事沧桑，也不必借此自娱；明明是沉闷、单调的学校生活，偏偏热闹非凡。后来在稍为成熟的青年时代，过的虽是奢侈生活，到了发育完全的成年时代，过的虽是罪恶生活，都没有这么热闹呢。但我必须认为，在我脑子初步发育的过程中，一定有很多地方迥乎寻常乃至越出常轨的。就常人来说，幼年时代的一切，到了成年时代，难得留下鲜明的印象。一切全是灰暗的影子——依稀、变幻的记忆——对淡淡的喜悦和虚无的辛酸的模糊回忆。可我不是这样。至今往事历历在目，跟迦太基奖章上的字样[①]一般分明，深刻，经久；在童年时代，我必定像成人，深刻有力地意识到这一切事情了。

可是，事实上——就是世人眼光里的事实上——有什么好回忆的呢！清晨梦回醒来，夜晚闻铃上床；默读，背诵；定期的半天假日，和散步、运动场，和场上的吵闹、游戏、钩心斗角；——由于一种淡忘已久的摄魂魔法，这一切难免引起不少动人的事件，无数有趣的事故，说不尽多少变化无常的感情，讲不完多少有声有色、惊心动魄的刺激。“啊，铁器时代才是黄金时代！”[②]

说实话，我生来热情，幻想丰富，目空一切，不久就在同学中出了名；慢慢地，但是自然而然地，年纪比我大不了多少的都听我摆布了；所有同学都听我摆布了，唯有一个例外。这就是一个跟我同名同姓的学生，虽然我们并没有沾亲带故；其实倒也不稀奇；尽

---

① 迦太基，古国名，在今非洲北岸突尼斯附近，公元146年为罗马所灭，后虽复国，但又遭阿拉伯人灭亡。所谓字样即指奖章背面底线下部刻记的年月日。

② 原文是法文，按铁器时代意指古时。

管我出身贵族，我的姓名却很普通呢，根据时效权利[1]，看来远在古时，就成了平民百姓的共有财富。因此我在本文中自称作威廉·威尔逊——跟真名真姓相去无几的假名假姓。按照学生的说法，所谓“我们同行”的当中，唯有同名同姓那人，才敢在课堂上的学习方面，运动场上的运动和吵闹方面，跟我较量一下，才敢不盲从我的主张，不遵照我的意思，不用说，无论我在哪方面独断独行地发号施令，他也都敢横加拦阻。天下只有孩子中的大亨，对低能的伙伴的专制，才是无上的绝对的专制。

威尔逊不服我，害得我坐立不安；尽管在大庭广众下，我一定要对他作威作福，漠视他那套主张，私下里却见他害怕，也不得不认为他那么轻易就和我并驾齐驱，恰好证明他占了上风，我便益发坐立不安了；既然我不愿做他手下败将，就得不断斗争。可话说回来，其实只有我自己才承认他占了上风，甚至承认和我并驾齐驱；我们同学不知怎么竟全蒙在鼓里，连疑心都不起。说真的，他和我较量，跟我作对，尤其是又放肆又执拗地和我抬杠，厉害虽然厉害，但比较隐蔽。看来他既没有野心跟我作对，也没有暴躁性子，反使我占他上风。他和我较量，大概单凭一时兴起的欲望，才跟我作梗，教我吃惊，害我丢脸；不过有时候，我心里禁不住交织着诧异、自卑和愠怒，看到他诽谤我，侮辱我，反驳我，竟还带着一种亲热，绝不相称，讨厌到极点。我只得认为，他自高自大，目空一切，摆出一脸恩公，俨然保护人自居的无耻神气，才会有这种特别举止。

① 法律名称。如占有他人财物，他人未曾索取，过一定期限，便属己有，此谓之时效权利。

说不定，就因为威尔逊举止中这一亲热样子，加上我们同名同姓，无巧不巧的又是同天进校，书院里高年级学生当中才流传开我们是弟兄的说法。高年级学生对低年级学生的事情，往往不会非常认真地调查。其实威尔逊和我家根本不沾一点亲，这在前文中我想大概已经说起过了。如果我们是弟兄，不用说，准是双胞胎；因为我离开勃兰斯比博士那家书院之后，无意中听到说，同名同姓那人生在1813年[①]1月19日——这真算得上惊人的巧合，因为那天恰正是我的生日。

说来也怪，尽管威尔逊总和我较量，他那种反对精神也真叫人受不了，害得我不断提心吊胆，但我对他竟恨不起来。不用说，我们几乎天天吵嘴，他一边当着人面，算是输给了我，一边却好歹想出办法，让我心里有数，得胜的本该是他。可是，我的自尊心，和他那份道地的尊严，总使我们保持所谓“泛泛之交”的关系；另一方面，倒也有不少意气特别相投的地方，我心头便滋生一分感情，或许是因为两人所处的地位，才没法化成友谊吧。我对他究竟抱的是什么感情，确实不易解释，连形容一下，也不容易。这种感情错综复杂，说也说不清；有几分意气用事的敌视，但还不算仇恨，有几分敬重，较多的是尊敬，不少成分就是畏惧，外加说不尽的好奇，惹得我心乱。对心理学家，倒用不着补上一句，我和威尔逊是一对拆不散分不开的好友。

毫无疑问，我们之间存在着微妙关系，因此我对他的一切攻击

---

① 作者曾将1813年改为1809年。按：1809年系作者诞生的年份。

（攻击真不少，明枪暗箭都有），并不是表示跟他不共戴天，誓不两立，只是嬉笑怒骂，冷嘲热讽，看着不过对他开玩笑，其实却刺痛了他的心。话又说回来，我在这上头尽管用尽心机，哪怕方法想得再妙，也难免有失；因为同名同姓那人生来谦逊、沉着、严肃之至，碰到欣赏自己那套刻薄的笑话，这份严肃真是无懈可击，绝不肯落人话柄。说真的，我只找得到一个弱点；他身上有个特征，可能是先天性的病，他的敌手，不像我那样给他逼得走投无路的，决不钻这空子；——我这对头冤家的咽喉器官，或者说发音器官有毛病，无论什么时候，都提不高嗓子，只会细声细气的耳语。我可不放过手边这千载难逢的机会，钻这空子。

威尔逊对我的报复，可说是多种多样；他有一下花招，叫我大伤脑筋。照他那份聪明，开头怎会发现如此小事来招我生气，这个问题我根本弄不清；可他发现了这一着，就常用来害我头疼。我一向讨厌自己这个庸俗的姓，这个非常普通的名字，就算不是平民百姓的名字也罢。这姓名好比鸩毒，灌进我耳朵里；我进校那天，另外一个威廉·威尔逊也到了书院，我对他生气，为的是他也叫威廉·威尔逊，对此就格外厌恶。因为一个陌生人取了这名字，这名字就会给喊上两遍；他会经常出现在我面前；正是这一可恶的巧合，他的日常作业势必时时和我的搞混。

因此，碰到精神上或肉体上，跟这对头冤家存雷同之处，心头那份火就愈来愈厉害。我当初还没发现我们两人居然同年；但倒看出个子一般高，还看到连身材容貌都像得出奇。我一听到高年级班次中流传谣言，说什么我们是亲戚，也就不由生气。总的一句话，只消听到人家暗中说，我们两人的性情、容貌、身份样样相仿，我虽小心地不露声色，私下里还是大为不安。其实何必疑心我们同学曾将这种雷同之处当作话题呢，他们连看都没看到这些，只不过提到我们是亲戚罢了，何况这还是威尔逊本人先提出来的。但显而易见，他却从各方面都看到了，还跟我一样完全心里有数；他在这种情况下，竟看到那么多叫人头疼的事，正像前文交代过的，只好说是他眼光特别锐利吧。

从他一言一语，一举一动中，都看得出他要跟我学得惟妙惟肖；他这角色演得真叫出色。我的服装倒容易模仿；我的走路姿势和一般举止也不难学；尽管他发音器官天生有病，连我的嗓音，他都没放过。我声音洪亮，这当然不打算模仿，可是，语调竟学得一模一样；还有他那特别的私语，也成了我嗓音的回声。

目前，我不敢形容，看到这幅活灵活现的肖像（称作漫画可不公道），心里如何六神不安。唯有一点聊以自慰——分明只有我自己才看到；我也只消忍受同名同姓那人会心的微笑和异样的冷笑就行了。他眼看在我心头播下的种子扎了根，便知足了；我尝到了他送的苦果，他就仿佛暗暗得意。他这么聪明地尽力模仿，终于成功，原倒不难博得一片喝彩声，谁知他偏偏不计较。全校同学竟没觉出他那套阴谋，竟没看到他妙计已售，随着他拿我嘲笑，这真像个谜，我提心吊胆地过了好几个月，总是解不开。大概是他潜移默化地学了去，人家才没一下子就看出吧；否则的话，我没有落人笑柄，八成是因为学我样的人神气活现，不屑讲究形式（凡是头脑迟钝的只看到画上的形式），仅仅流露出我本人的全副精神，让我独自沉思，暗自苦恼。

我已经说过不止一次，他对我装出一副讨厌的恩公嘴脸；经常多管闲事，跟我抬杠。这种抬杠时时是不客气地劝告一番；不是开门见山的劝告，而是来下暗示，打个隐喻。我好生厌恶地受了下来，一年年长大，这份厌恶就一年年厉害。但如今事隔多年，我还是干脆说句公道话，不妨承认，我不记得有什么时候，那对头冤家出的主意是错误，是傻事，像他这么年纪轻轻、看来经验不足的，犯那种错误，干那种傻事，倒很平常呢；我也不妨承认，他的一般才干和世故人情要不比我强的话，至少道德观念比我高得多；我也不妨承认，他那种意义深长的暗示包含了金玉良言，我要不经常觉得不顺耳，今天我这个人就可能比较善良，也可能比较幸福，可当初偏偏深恶痛绝，根本不屑一听。

但事实上，他那样讨厌地监督我，我终于变得倔到了家，我心目中他那份骠劲真教人受不了，对他的愤恨就愈来愈露骨了。上文中早讲过，和他同学的头几年工夫中，我对他的感情倒不难化为友谊；可是，在书院的末尾几个月中，尽管他平时那副爱管闲事的脾气，无疑减轻了几分，相形之下，我心里反而大大增添了誓不两立的仇恨。有一次，他大约看出来了，从此以后就躲开我，或者说假装躲开。

我要没记错的话，大约就在那段时期，我跟他大吵了一场，他竟然一反往常，忘了提防，明目张胆地敢说敢为了，这么露骨倒跟原来个性多少不同，我发现——或者说自以为发现吧——他口音中，神气里，外表上不知有什么，教我开头不胜惊愕，后来又深感兴趣，眼前依稀看到襁褓时代的事——心里翻江倒海似的涌现一大堆还没记性时的事。想要抒述折磨我的心情，最好还是说，我好容易才摆脱这种心理，远在多久以前的岁月中，乃至无比遥远的日子里，我已经认识眼前这人了。话可说回来，这一幻想来也来得快，去也去得快，转眼间就消失了；我提到一笔，不过是说明我就在那天，跟同名同姓的怪人谈了最后一次话。

那幢古旧的巨厦，以及无数翼房中有几间相通的大房间，是大多数学生的宿舍。但也有不少小角落、小壁凹，其他鸡零狗碎；一幢广厦设计得这么笨拙，难免没有零星房间。这不过是斗室罢了，只能安顿一个人，谁知，经过勃兰斯比博士的经济头脑一番打算，竟也给布置成宿舍。其中一间小屋就住着威尔逊。

大约在我留校第五年的年尾，也是上文中刚提到的那次吵架之后，一天晚上，人人都入了梦乡，我就起了床，拿着灯，走出寝室，蹑手蹑脚地穿过一条条窄狭的走廊，到对头冤家的卧房里。我早打算耍一下恶毒的花招，拿他开心，可是总没得手，如今就有意付诸实现，决心让他感到深藏我心头的那份恶意。到了他那间斗室，我将灯放在门外，盖了罩子，悄没声儿地进去。我走前一步，侧耳倾听他那平静的鼻息声。心里拿准他睡着了，就转回身，取了灯，再走到床前。床上严严密密地挂着帐子，我要实现计划，就慢条斯理地悄悄掀开帐子，雪亮的灯光顿时亮闪闪地照在他身上，我眼光也同时落在他脸上。我看了一眼——顿时浑身酥麻，好似冷水浇背。胸口起伏，双膝发软，心里无缘无故地害怕起来，可真受不了。我直喘粗气，将灯放得低些，凑近他脸庞。难道威廉·威尔逊的容貌就是这样——就是这样？说真的，我看清他是这副模样，可一想到他又仿佛并不是这副模样，顿时打起颤来，仿佛发了疟子。这副容貌上有什么吓得我这样惊慌失措的？我定睛一看——心里的念头恰似乱麻，转得我头晕目眩。他清醒时，可不是如此模样——的确不是如此模样。同一姓名！同一面貌！同一日子进入书院！还有他莫名其妙地死学我的步伐，我的声音，我的习惯，我的举止！难道他一贯存心挖苦地学我样，没有鬼使神差，真能变成我目前看到的这副模样？我吓坏了，浑身发毛，灭了灯，悄悄走出房，马上离开那古老书院的校舍，一去就不回头。

我在家里一味游手好闲地过了几个月，不知不觉中就成了伊顿书院[1]的学生。过了短短一段日子，勃兰斯比博士那家书院中发生的事全都淡忘了，至少回忆起来，心情上是起了明显的变化。这出戏的真相——惨事——无影无踪了。我这才有机会怀疑自己是否失去理智；我要不奇怪人们怎么那样轻易上当，窃笑自己竟然秉承那么活跃的想象力，根本难得想到这一问题。在伊顿书院过的生活，也不可能使这种疑惑减轻一二。我到了那里，马上不顾死活地投入了荒唐生活的漩涡，除去泡沫般的昔日琐事，一切都给冲洗了，一

① 英国著名学府，坐落于伦敦西南约22英里的地方。

切深刻或重要的印象都给淹没了，脑海里留下的唯有过去生活中的道地放荡行径。

话说回来，我可不想在本文中描述荒淫无耻的生活——我就是偷偷摸摸地逃避学校当局的耳目，过着这种公然藐视法律的生活。三年工夫的荒唐生活，白白糟蹋了，只是害我根深蒂固地沾染了坏习惯，此外就是身材长高了，高得有点异常，我过了一星期花天酒地的荒淫生活，邀请了一小批绝顶放荡的学生，到卧室里来偷偷举行盛宴。我们在深更半夜碰头；因为准备吃喝玩乐地闹个通宵。酒流成河，也不愁没有其他更危险的诱惑；所以昏天黑地地闹得正欢，东方早已发白。我玩着纸牌，又喝醉了酒，满脸通红的，正粗野不堪地坚持再干一杯，猛然看到房门一下推开了一半，又听到门外传来仆人火急燎毛的喊声。他说有人请我到门厅去谈话，看模样明明很急。

我醉得晕头转向，冷不防给人打扰了，竟没有吃惊，反倒正中下怀。顿时踉踉跄跄往前走，不消几步，就到了校舍的门厅。低矮的门厅里并没有张灯；这时刻根本不准点灯，只有半圆形窗户外射进了蒙蒙曙光。我刚一脚踩上门槛，只见有个年轻人的身影，个子和我不相上下，穿着件雪白开司米晨衣，式样新颖，跟我当时穿的一件相仿。借着朦胧亮光，才看到这一切；但他的容貌却看不清。我刚走进去，他就赶紧迈开大步到我面前，一把揪住我胳膊，这副举止一看便知他心里急得不得了，他朝我耳朵里悄悄说出这几个字：“威廉·威尔逊！”

我顿时神志清醒了。

看到这陌生人的态度，在亮光中看到他跷起一根手指，指着我，颤个不停，我不由感到无限惊讶；但这并没有深深打动我的心。一听到低沉的嘘嘘怪声中蕴藏着严重的警告，尤其听到他悄声说出那几个简单而熟悉的字眼，那种语调，腔调，声调，心头才禁不住涌起无数往事来，好比触到了蓄电池的电流，心里不由一震。我还没恢复知觉，他却已经走得不见影踪了。

这件事虽在我错乱的脑子里留下鲜明的印象，但不久也就淡忘了。说真的，几个星期来，我始终认真地打听，或者说一味发疯似的猜测。我不想装作认不出那怪人，就是他死不罢休地管我账，总拿那套含蓄的忠告折磨我呀。不过，这个威尔逊究竟是什么人？他是干什么的？他从哪里来？他安的是什么心？这一连串问题都解答不了；我只弄清楚，他家遭到飞来横祸，在我逃出勃兰斯比博士的书院那天下午，他只得离了校。但没过多久，我不再考虑这一问题了；又专心只想动身上牛津大学去。不久便到了那里；我父母的虚荣心真大到极点，我就此得到一笔旅费和一年花销，这才能随意过着向往已久的奢华生活——才能跟不列颠那帮神气活现的豪门子弟，比一比挥霍的本领。

有了那笔干坏勾当的本钱，我不由得兴高采烈，那天生的脾气就此变本加厉，一发不可收拾，拼命大吃大喝，连普通的礼节都不顾了。但掉转笔头来细细描写那放浪行为，可不像话。顺便提一笔就行了：在浪荡子当中，我竟是青出于蓝而胜于蓝[①]；要是将一大批新奇的荒唐勾当一一列出，在当时欧洲最最荒淫的大学里，那长长一串日常罪行录中，我还添得出不少呢。

然而，即使在这家大学里，说来也难以相信，我竟失去了君子风度，大大堕落，竟至打算摸熟职业赌棍那套下流透顶的骗术，一旦精通了卑鄙的花招，便经常拿来试验，叫一些低能的同学上当，我的收入本不算小，借此又可添上一笔。这种事怎能教人相信呢？但事实就是如此。不用说，我肆无忌惮地作奸犯科，是因为丧尽天良，缺德之至，这虽不是唯一原因，但倒是主要原因。这个愉快、坦白、慷慨的威廉·威尔逊，牛津大学中最高贵、最磊落的自费生，照他那帮跟班说法，他的荒唐不过是年轻人的荒唐，见异思迁的荒唐；他忽发奇想，才会犯错；他那恶行，不过是轻率而大胆的放浪行为。说真的，我那批不可救药的无耻伙伴里头，有谁不愿替他辩护，说他头脑不正常，哪会疑心他在玩牌上耍花招呢？

至今，我在玩牌上，已经一帆风顺地耍了两年花招，忽然大学来了一位暴发户，青年贵族，名叫葛兰丁宁，据说跟希律士·阿蒂克[②]一样阔绰，财路也照样来得容易。我不久就看出他心眼欠灵，自然把他当作好对象了。我常常怂恿他玩牌，还用赌棍的老一套诡计，让他赢得相当可观的一笔钱，手到擒来地引他上钩。这条毒计

① 按原文直译是比希律王更希律王，希律王是耶稣诞生时的犹太王，以暴虐著称。出自莎士比亚的悲剧《哈姆雷特》第三幕第二场。

② 希律士·阿蒂克（101—177），希腊教师、修辞学家、诡辩家。以乐善好施著称，曾捐献其财产装饰雅典城及其他希腊城市。

终于可以实现，我就在自费生普瑞斯登先生的宿舍里，跟他见了面，一心巴望成败在此一局。普瑞斯登先生和我们两人全是知己，不过，说句公道话，他对我的阴谋倒是丝毫不疑。为了把这出戏演得更有声色，我早就想法召来八九个人凑成一伙，小心翼翼地将玩牌这事装作顺便提到，在我存心提出骗他上当的圈套里，发起打牌。要想简单地谈谈一件缺德的事，卑鄙的手段绝不能略而不谈。在赌博中，这倒是司空见惯，因此实在奇怪，怎么还有人糊涂得上了当。

我们玩到深更半夜，我这条诡计终于实现，葛兰丁宁就成了我唯一的对手。我们两人玩的也是我心爱的“埃卡特”[①]。其余的人对我们一掷千金很感兴趣，早扔掉手里的纸牌，站在周围袖手旁观了。这暴发户闯入了我在上半夜布下的迷魂阵，喝了个痛快，如今正紧张不安地洗牌，发牌，打牌，我看，他这么不安多少是喝醉了，但也不是绝对如此。转眼工夫，他已经欠了我一大笔钱，我冷眼看他喝了一大口红葡萄酒，果然不出所料，开了口——向我提出，将赌注再加一倍，其实原来的数目已经大得了不得啦。我装腔作势，推说不愿意，一再不肯，惹得他破口大骂，我才假装怄气地依了他，终于答应下来。不用说，那不过证明这条肥羊完全落在我的圈套中了；不出一个钟头，他的赌债就加了四倍。他原来喝得满脸通红，一时渐渐消退；真没料到，如今竟见他脸上一片死白，实在吓人。我刚说，真没料到。我曾经起劲地打听过，据说葛兰丁宁富可敌国；他眼下输掉的一笔款子，数目固然可观，但想来还不至于真的生气，

---

① 埃卡特，牌戏之一种，可供两人玩，每人各发五张，第十一张牌为王牌，满五分成一局。

更不会这样发急。我一下子生出了这个念头：他酒刚落肚，就醉倒了。我正想坚决主张不再赌下去，要说这是出于什么不大纯洁的动机，还不如说心里希望在伙伴面前保持我的人格，谁知这时竟听到左右那伙人的表示，又听到葛兰丁宁突然万念俱灰地叹了一声，我才知道我这样害得他倾家荡产，他就成了大家同情的对象，连魔鬼也不忍对他下毒手呢。

这时我是怎么副样子，可不易说明。大家看到那冤大头的不幸遭遇，都为难地摆出一副愁容；一时间寂静无声，看这伙人中一些比较正经的，怒悻悻地向我投来藐视或责备的眼光，我禁不住感到脸上热辣辣的。目前我甚至还愿坦白说，当时我心里急得不得了，一转眼，冷不防地出了件意外，才算松了口气。又宽又沉的折门一下子砰地大开了，那股冲劲真是势不可挡，房里烛火赛过变戏法，顿时全灭了；将灭未灭之际，我们刚好看清有个陌生人走进来，个子和我不相上下，身上紧紧裹着披风。但如今房里黑得伸手不见五指[①]；我们只感得到他站在我们当中。他这么鲁莽地闯了进来，我们不由得瞠目结舌。惊魂未定，忽听得这不速之客开口了。

"诸位，"他悄声道，这种私语又低又清晰，教人终生难忘，吓得我魂飞魄散。"诸位，请原谅我这么冒昧，我不过是来尽本分罢了。那人今晚牌局中赢了葛兰丁宁爵爷一大笔钱，不用说，他真正的为人，你们还没认清。我因此向你们提供一个干脆办法，让你们

① 根据诺甫等版本，此句作："但房里不是黑得伸手不见五指"，但就上下文来看，似乎不合逻辑，本文从伐金版本译出。

晓得这非拆穿不可的事。你们有便，请把他左手袖口的衬里搜一下；那件绣花晨衣的大口袋里，或许找得出几小包东西，请你们也搜一下。”

他说话之际，大家全不出声。静得连绣针掉地都听得清。说完，他转身就走了，来也来得突然，去也去得突然。我的心情，描述得出吗？要描述吗？难道得说我吓得要死？千真万确，实在来不及琢磨了。大家当场七手八脚地把我狠狠揪住，烛火霎时间又亮了。接着他们把我搜了个遍。袖口衬里中找出了玩“埃卡特”时不可缺少的花牌；晨衣口袋里找出了几副纸牌，跟牌局上用的一模一样，只不过这几副就是术语叫作“鼓肚子”的那种；大牌的两头微微凸出，小牌的两边稍稍鼓起。碰到这么副牌，上钩的鱼照例直里切牌，势必发现自己发给对手一张大牌；赌棍却是横里切牌，当然不会发给这冤大头一张可以计分的大牌。

事情一败露，任凭他们怎么发火，我都不会感到难堪，倒是他们默不作声，满脸不屑，或是若无其事，一脸冷笑，那才叫人难堪呢。

“威尔逊先生，”我们主人一边说，一边弯下腰，拿掉脚下一件极其豪华、皮子珍贵的披风。“威尔逊先生，这是您的东西。”(那天很冷；我临出房，在晨衣上披了件披风，来到赌牌的地方，才脱掉。)“我看不必搜这件披风(他脸带冷笑地看着披风的褶裥)，再找出您那套玩意儿的证据了。说真的，证据已经够了。但愿您心里有数，您必须离开牛津——不管怎样，必须马上离开我的宿舍。”

当时我虽蒙受耻辱，羞愧得无地自容，要不是全神贯注在一件意想不到的奇事上，听到这番难堪的话，大概早就肝火上升了。我穿的披风是珍贵皮子缝的，有多珍贵，有多值钱，可不敢说。式样也是我独出心裁的设计；我在这种无聊事上总爱挑剔，近乎荒唐，犹如花花公子。所以，普瑞斯登先生在房里折门附近的地上捡起一件披风，交给了我，我竟出乎意外地发现自己的一件早已搭在胳膊上（自然是不知不觉搭上的），还看出递给我的那件只是相仿的一件，什么都相仿，连扣带都没两样，这一惊非同小可，真近乎恐惧了。我记得那揭我底，害苦我的怪人身上披着件披风；我们这伙人中也只有我才披披风。我不露声色，取了普瑞斯登给我的那件披风；神不知鬼不觉地放在自己的那件上面；绷着脸，瞪着眼，头也不回地出了房；第二天早晨，天还没亮，就匆匆离开牛津，上欧洲大陆去了，心里又是恐惧，又是羞愧。

我逃也是白逃。蹇运仿佛扬扬得意地紧紧追着我，说真的，这正表明蹇运那样不可捉摸地把我摆布，目前还不过是开头呢。我到巴黎，简直还没站住脚，就看出了新的迹象，这个威尔逊又兴致勃勃地管我闲账了，真是可恶之至。一年过了又一年，我心里始终忐忑不安。坏蛋！——在罗马，他不合时宜，鬼鬼祟祟地跟我作梗，不让我称心！在维也纳，也是如此——在柏林——在莫斯科，都是如此！说实在的，我在哪儿不是怨得暗地咒骂他呢？对这种不可思议的虐待，我终于慌慌张张地拼命逃避了，好似逃避瘟疫；但就算逃到天涯海角，也是白逃。

我三番五次地暗自寻思，问着这一连串问题："他是什么人？——他从哪里来？——他安的是什么心？"谁知就是想不出答案。接着我十二万分仔细地研究他乱来监督的形式、方法和主要的特征。但就从这上面也看不出个究竟来。说实话，他晚近时时跟我作梗，在这无数事例中，分明没一件不是想破坏我的计划，阻挠我的行动的，这些计划要是万一实现了，本来是难免会造成不幸的灾祸的。但对态度这么神气的大亨来说，这真是不值一提的辩白！对遭到这么执拗，这么不逊地横加阻挠的独行其是这样一种天赋权利来说，这真是微不足道的补偿！

我也不由得看到，久久折磨我的那人始终小心谨慎、出奇巧妙地存着个怪念头，穿着和我相仿的衣服，每逢跟我作梗，总想尽办法，随时随地都不让我看到他的脸。不管他是不是威尔逊，至少这也不过是十足的做作，十足的愚蠢。难道一时间，他还以为在伊顿书院忠告我的——在牛津大学毁了我的——在罗马不让我称心，在巴黎不让我报仇，在那不勒斯不让我热恋，在埃及不让我那被他诬称作贪心的欲望满足的——我的心腹之患，附在我身上的魔鬼，我认不出这人就是我小学时代的威廉·威尔逊——那个同名同姓的人，那个伙伴，那个对头——勃兰斯比博士的书院中那可恨又可怕的对头冤家么？不见得——我还是赶紧把压轴戏唱完吧。

至今我一直苟且偷安，听凭威尔逊这么神气地把我摆布。威尔逊的高尚人格，大智大慧，无所不在、无所不能的本领，我一向肃然起敬，再加他天然生就的和假装出来的其他一些特征，也同样使得我产生极为畏惧的心理，我就此知道自己软弱无能，也由此想到对他那独断独行的命令，尽管不愿意听，但还是盲从的好。谁知最近我却沉湎醉乡；教人发疯的酒力影响了我祖传的性情，害得我愈来愈受不了管教。我开始诉苦——犹豫——反抗。难道我认为自己愈来愈坚定，折磨我的那人愈来愈游移，不过是凭空幻想？就算如此，我如今也渐渐感到一种炽烈希望的鼓舞，到后来心底深处终于形成坚定不移、孤注一掷的决心，不愿再听人家支配了。

一八 ×× 年，狂欢节之际，我在罗马参加了那不勒斯总督德·布罗利奥府中举行的化装舞会。我在酒桌边滥喝一通，比平时还喝得痛快；这时刻一间间房里挤得满坑满谷，空气窒息，逼得我肝火上升。我好容易才挤过乱糟糟的人群，气得我七窍冒烟；因为我急着想找到年迈昏愦的德·布罗利奥那位又年轻、又放荡、又漂亮的夫人，请容许我不说出心里动的是什么下流念头。她以前早就无耻地悄悄跟我谈过她化装成什么角色。我一眼看到她，就三脚两步地朝她走去。这当儿，忽然觉得有只手轻轻按上我肩头，耳边响起了那终生难忘、细声细气的该死私语。

我真气疯了，顿时朝着跟我如此作梗的那人转过身，恶狠狠地一把揪住他的衣领。果然不出所料，他打扮得跟我一模一样；身上披着件西班牙式蓝丝绒披风，腰际系着条猩红皮带，挂着柄长剑。一张黑绸面具蒙住了脸。

“无赖！”我道，气得声音发哑，每说一字，心里就像火上添桶油。“无赖！骗子！大坏蛋！你不该——你不该把我缠死！跟我来，要不就一刀扎死你！”说着不由分说，拉着他脱出人群，离开舞厅，到隔壁一间小会客室去了。

一进房，我气呼呼地将他推开。他踉踉跄跄地跌到墙脚前，我咒了一声，关上门，叫他拔出剑来。他不过犹豫一下，就幽幽地叹了口气，默默地拔了剑，摆开防御的架势。

这场斗剑时间当然不长。我受了各种各样刺激，气得发了狂，直觉得一条胳膊里有着无穷膂力。不消几秒钟，就拼了命将他逼到壁板前，他顿时落在我掌心中了，我眼都不眨地一剑刺进他的心窝，一次又一次捅着。

这当儿，有人想扭开门栓。我赶紧去挡住，不让人闯进来，然后马上回到奄奄一息的敌手身边。我一看到眼前这一番情景，心里那份惊愕，那份恐惧，人类中有什么语言可以恰到好处地说明呢？我掉开眼光不过一刹那工夫，但只消一刹那工夫，房里上首或者说远头的布置，分明起了显著的变化。原来不见镜子的地方，如今竟搁了一面大镜子；开头我还当心乱，错看的呢。我吓得半死，步步朝镜子走去，只见自己的影子迎面过来，脸上一片死白，溅满血迹，脚步摇晃，好似腾云驾雾。

我刚才说，看来是这样，其实并非如此。原来是我的敌手——原来是威尔逊，他正呻吟待毙，站在我面前。面具和披风早扔在地上，如今还在地上。身上的衣服没一件不像我的——触目而奇特的五官没一样不像我的，甚至绝对相同，丝毫不差！

那就是威尔逊；可他说起话来再也不像耳语，我还真以为是自己说话呢：

你得胜了，我服输了。不过，从今往后，你也死了——对人间，对天堂，对希望都死了心！我活着，你才存在——我一死，请看看这影子，这正是你的影子，瞧你把自己毁得多彻底啊。

《厄舍庄园的坍塌》插图 1

厄舍庄园的坍塌

徐汝椿 译

他的心是只悬挂的琴；

轻轻一拨就铮铮锹锹。[①]

——贝朗瑞[②]

那年秋天，有个阴郁、晦暗、岑寂的日子，瞑云低压压地笼罩着大地，整整一天，我孤单单地骑着马，驰过乡间一片无比萧索的荒野；暮色渐渐降临，满目苍凉的厄舍庄园终于望见了。说不上是怎么回事——可乍见那座庄园，心头顿时添上一阵愁，叫人受不了。我说受不了；因为往常即使到荒山野岭、愁惨境地，见了那种望而生畏的自然景象，也难免诗意盎然，就此滋生几分喜悦，可如今说什么也解不了这阵愁。我好生惆怅地看看眼前这番景色——兀立的庄园，和庄园中天然的山水胜迹——荒凉的垣墙——茫然眼睛

① 原文是法文。

② 贝朗瑞(1780—1857)，法国著名诗人。其诗歌讽刺国王、教会与资产阶级，曾对法国1830年7月革命起过一定作用；马克思誉之为“不朽诗人”。据俄译本注释，以上诗句引自其作品《遗赠》。

似的窗户——三两枝有臭味的芦苇——三两棵枯萎的白树——这份惆怅，无法以凡人的情绪来比拟，除非只有比作瘾君子梦回以后的空虚；沦入寻常生活的辛酸；陡然摘除面纱的恐惧。我心里一阵冰凉，往下沉，直折腾——我心头一片凄戚，说什么也弥补不了，任凭如何想象，也无法牵强附会地当作什么心情的升华。究竟是怎么回事——我思量起来——究竟是怎么回事，默默凝视厄舍庄园，竟然如此魂伤？这个谜根本解不开；沉思间云集心头的幻想似隐若现，也无从捉摸。莫奈何，只得自圆其说，宇宙间的天然景物凑在一起，确能使人如此感伤，但要分析这股感染力，即使费尽心机也是枉然。我暗自寻思，这片景色中的一山一水，这幅景致中的一草一木，只消换个面目，凄恻的感染力可能削弱几分，也许就此消灭殆尽；一想到这念头，便纵辔驰到险峻的山池岸沿。那山池就在宅边，满池死辉，黑黝黝，阴森森，倒映出灰色的芦苇、惨白的树干、茫然眼睛似的窗户。我俯视这一切面目全非的倒影，不禁浑身一阵寒噤，竟比刚才还要惶悚。

话虽这么说，目前还是打算在这座凄凉的公馆里盘桓几个星期。公馆主人，劳德立克·厄舍，原是我童年时代一个志同道合的好友；可有多年不见了。谁知最近在国内远方，竟收到了封信——他写来的——再催促，催得火急，非要我亲自去一次不可。信里透着神经不安的味道，写着自己患有急病；神经错乱，折磨得人好苦；他诚心诚意地想见到我，我是他的心腹之交，自然也是唯一知己，但愿跟我早晚相处，心里一痛快，病势便可减轻。全信就是如此这般——他请我去，显然出于一片真心——不容人迟疑；我就马上应约了，但至今心里依然认为这份邀请，真是蹊跷透顶。

我们童年时虽称莫逆，可我对这位朋友实在不大了解。他向来城府很深，也一贯如此。话说回来，我倒清楚远在古时，他那历史悠久的世家便以多愁善感出了名，多少年来，这一特点总是体现在不少卓越的艺术品上；最近，他不大钻研音乐上那种一致公认、一听便懂的美，反而悉心钻研其复杂性，此外还多次隐姓埋名地慷慨解囊，这两点都体现了上述的特点。我也听说过一件迥乎寻常的奇事，厄舍这族人虽有来历，自古以来却从没有过不衰的旁系子孙；换句话说，就是一脉单传，也永远如此，只有微乎其微、瞬息一现的变化罢了。心里刚想到这座房屋的特色跟公认的厄舍庄园特性完全吻合，刚臆测好几百年来，房屋的特色可能影响了他们家的特性，我就不由认为正是一脉单传的缺陷——也许正是这种缺陷，缺乏旁系支亲，因此财产和姓氏总是父传子，子传孙，不传他姓，世代相袭，到后来终于混而为一，庄院原来的名称就此消失，成了“厄舍庄园”这一古雅的双关称呼——庄稼人如此称呼“厄舍庄园”，又是指这户人家，又是指这座公馆呢?

上文中提到过，我略带稚气地实验了一番——对山池俯视了一下——结果早先那个奇异的印象反而变本加厉了。不用说，我这愈来愈迷信的感觉——何不干脆称作迷信呢？——无非使人愈来愈迷信罢了。我早就有数，心里有鬼，才会引起种种心理变化，这正是奇怪的本能倾向。大概就是这缘故，我重新抬眼望着庄园，不再俯视池中倒影，心里才有了个怪念头——这念头实在荒谬，我提一下，不过是说明折磨人的种种心绪那股呼之欲出的威力罢了。我这样胡思乱想，就此当真认为整座公馆和整片庄院都笼罩着一种气，公馆和庄院，还有邻近一带特有的一种气——这跟天上大气绝不相同，而是从枯树、灰墙、死池中散发出来——这是种玄妙的毒雾，阴郁，沉滞，隐约可见，色呈青铅。

我摒绝心中那个必定是梦想的念头，更仔细地端详庄园的真正面貌。看来主要特征就是古色古香。年代悠久，颜色大大褪落了。墙上布满极小的霉菌，乱糟糟地挂在屋檐下，像细蛛网。特别破落的样子倒也找不出。瓦墙没一堵倒塌，照旧完整如一，个别石头却碎了，看来绝不调和。其中不少情况使我不由想起荒废的地室里那种旧木雕，多年来吹不到一丝风，看看好似完整，实则已经烂了。话说回来，除了表面上这一片颓败的痕迹，全幢房子丝毫也看不出摇摇欲坠。大概要仔细端详一番，才找得出一条看不大清的裂缝，从正面屋顶上，曲曲折折地裂到墙根，消失在阴沉沉的池水中。

我留心着这一切，顺着短短一条堤道，驰到庄园门口。侍从牵走了马，我跨进了哥特式的大厅拱门。有个蹑手蹑脚的听差，默不作声地从厅里领着我摸黑穿过不少曲折的回廊，到少爷的画室去。也不知道是怎么回事，一路上看到的，竟使我提到过的种种说不清的心情反而变本加厉了。周围的一切——天花板上的雕刻，四壁的玄色帐幔，乌黑的地板，还有鬼影幢幢似的甲胄之类战利品。我迈一步，就震得格拉格拉地响，这一切从小就看惯了，我顿时承认一切都很熟悉，可还是不由纳闷，看见的全是普通物件，勾起的幻想怎么竟然如此陌生。在一座楼梯上，碰到了他们家的医药顾问。我看，他眉宇间含着奸刁和惶惑。他慌慌张张跟我打了招呼，便走了。这时听差打开了门，引我到少爷面前。

只见那间房巍峨堂皇。窗户又长又窄，尖尖耸起，离开漆黑的橡木地板老高，手根本够不着。几道红艳艳的微光，透过格子玻璃射进来，四下比较触目的物件刚好照得清清楚楚；但就是使尽眼力，也看不到房内远处的角落，和回纹凸花的拱顶深处。四壁挂着黑幔。一般家具全都大而无当，真不舒服，又古老又破残。四下尽是书籍和乐器，可房里并没增添一分生气。只觉得闻到股凄凉的气息。各处笼罩着阴森、深沉、万难弥补的郁郁气氛，一切都浸透了这种气氛。

厄舍直挺挺地躺在沙发里，见我进房，顿时爬起身，热情奔放地迎接我，我开头还道这么亲热多少有点过火——是这厌世者勉强的做作。可朝他脸上瞥了一眼，才相信他是出于一片挚诚。我们坐下；片刻之间，他一言不发，我怔怔看着他，心里既同情又害怕。千真万确，在那么短促的时间内，还没人跟劳德立克·厄舍一样，变得这么厉害的呢！我好容易才认定眼前这个脸色惨白的人，正是幼年时代的伙伴。话可说回来，他脸上的特征倒是一向突出。脸如死灰；眼若铜铃，水汪汪，亮晶晶；嘴唇不厚，没一丝血色，轮廓倒是漂亮绝顶；鼻子端正，生成希伯来式，鼻孔却大得出奇；下巴长得有样，并不突出，活活描出他生性软弱；头发又软又细，强似蛛丝；这副五官，加上异常宽阔的天庭，构成一副容貌真令人难忘。容貌上的显著特征，还有脸上一贯流露的神情，只消增添一分，就会起不少变化，如今眼见起了这么大的变化，我不由怀疑自己在跟谁谈话了。目前这种可怕的苍白肤色，目前这种出奇的晶亮眼睛，先不先就叫我惊愕，甚至骇惧。那头乌丝般的头发，也毫不在意地听凭蓄长了，柔比游丝的头发，要说是披在脸上，还不如说是飘，看到这副怪诞神情，哪怕左看右看，也总觉得不像个常人。

我顿时觉得这位朋友的一举一动不正常——不对头；不久便看出，原来他神经极端不安——手脚一贯痉挛，不断吃力地想要控制住，结果总是白费力气，才会这副模样。这我思想上倒早有准备，一则看过他的来信，再则还没忘记他童年时的某些脾气，三则凭他那特有的体质和性情，得出了些结论。他态度忽而生气勃勃，忽而郁郁寡欢。他说话颤声颤气，吞吞吐吐（这时中气仿佛荡然无存），一下子却成了干脆有力的声音——粗暴、深沉、空洞、不慌不忙的音调——沉重、镇定、运用自如的嗓音，沉湎醉乡的酒鬼，或者无可救药的烟鬼，每逢心里异常兴奋，就是这样。

他就带着如此模样，谈到为什么请我来，说诚心诚意地盼着我，希望我怎么安慰他。还相当详细地谈到自以为犯了什么病。照他说，这是先天性的病，祖传的病，他已经死了心，不想再找药治了——随即又马上补充一句，这只是神经病罢了，不久准会过去。从不少反常的心绪中都可以看出来。他一五一十地全谈了，其中有些我听了又感兴趣，又觉迷惑；虽然他的措辞和说话态度也许有股感染力。

神经过敏这种病害得他好苦；只有淡而无味的饭菜才吃得下；只有某种料子的衣服才穿得上身；一切花香都受不了；连看到蒙蒙的亮光都闹眼痛；只有特殊的声音，丝弦乐声，听了才不心寒。

我看出，他完全困在异样的恐惧里了。“我快死了。”他道，“谁要在这种可悲的疯癫中断送性命？快要这样送命，就是这样，没第二条路。我怕今后发生的一切，倒不是怕这些事，怕就怕这些后果。一想到出什么意外，哪怕微乎其微的，心里总不免紧张得叫人受不了，就此一阵寒噤。说真的，我不怕遭祸，怕只怕这一后果——只怕心惊胆战。到了丧魂落魄这个地步——到了可悲可怜这个地步——心里只觉得迟早总得豁出性命，抛开理智，跟狰狞的幻影、恐惧，大战一场。”

此外，时不时地听到他那断断续续、语义双关的暗示，我还晓得他精神状况中的另一个奇怪特征。他对多少年来不敢擅离寸步的住宅存着某些迷信的看法；照他说，由于多年忍受，他们家公馆的外表和实质上一些特色，使他的心灵受了感染；灰墙和塔楼的模样，还有倒映出这一切影子的暗沉沉山池的模样，使他这个人的精神受了影响——这种假想的感染力，说起来太抽象，本文中可没法重述——他对这种感染力存着某些迷信的看法，始终萦绕心头，摆脱不了。

他虽然说得吞吞吐吐，可到底承认，追究起来，如此折磨他的异样阴郁的心情，多半还有层原因，这倒比较合乎情理，更加捉摸得出，就是因为他心爱的妹妹重病缠绵，当然指的是眼看她就要死了。多少年来，他妹妹就是他唯一的伙伴，这世上仅有的最后一个亲人。她一过世，他，他这个无可救药的，这个意志薄弱的，便成了厄舍世家的最后一员了——他说，口气里这份辛酸，真教人终生难忘。他正说着，玛德琳小姐（人家就是这么称呼她的）在房间远头款款走了过去，根本没留心我在座，就此不见人影。我盯着她，心里好生惊讶，也不免有所恐惧——要说清这种种心情，可办不到。我目送她出房，心神恍恍惚惚。她一出房，关上门，我才不由自主地赶紧朝做哥哥的脸上看去，谁知他双手早已捂住脸，只看得见骨瘦如柴的手指竟比往常还要惨，指缝间滚滚淌出热泪来。

医生对玛德琳小姐的病早就束手无策。她有种种反常的症候：根深蒂固的冷漠无情；身子一分一分地消瘦；时不时要发一阵的身体局部僵硬症。至今她始终跟病魔顽抗，并没一病就此不起；谁知就在我到他们家的当天夜里，她哥哥六神无主地告诉我，她终于在傍晚向阎王那份揉花碎玉的威力低了头；我才知道刚才的惊鸿一瞥，遽尔成了永别——再也不会看到玛德琳小姐，至少再也不会见到她活着了。

接下来几天工夫中，我和厄舍都绝口不提她的名字；在这段日子里，我一味真诚地想要减轻朋友的那份悲哀。我们一起画画，一起看书；否则，就浑浑噩噩地听他那如怨如泣的六弦琴弹出怪诞的即兴曲。于是乎我们愈来愈亲密，愈来愈亲密，他愈是毫无保留地畅谈心事，我就愈是辛酸地看出，千方百计地想博他个高兴，都是枉费心机。他心头那份悲痛浑然天生，像道幽辉，无休无止地流露出来，精神世界和物质世界的一切就此一片晦暗了。

我就这样一个人跟厄舍庄园的少爷度过不少庄严的时刻，这将永远萦绕心头。但要说出他拖着我，领着我研究的到底是什么学问，什么事情，可万万办不到。极端变态的心里胡思乱想，就此使一切都蒙上层硫黄的青光了。他那些触景生情的冗长悼歌始终在耳边。尤其痛苦地记着他将冯·韦伯[1]的遗作，那支曲调火炽的圆舞曲加以歪曲和夸张，谱成了奇怪的曲子。凭他那精巧的幻想力，构思着一幅幅画面，一笔一笔地画着，变得模糊不清，看了不由人起寒噤，正因为不知道为什么战栗，就更惶悚了；这些画如今虽活龙活现地在眼前，可要我单用文字来表达，连十之二三都描绘不出呢。那些绝顶单纯的构图，笔触鲜明的构图，真是引人注意，也摄人魂魄。世上只有劳德立克·厄舍这人，才描出了思想。至少处在我当时的环境中，看到这忧郁症患者打算绘在画布上的纯粹空想，心里就无限恐惧，叫人受不了，以往凝视傅塞利[2]那色彩强烈，但非常具体的幻想图，可从没有过丝毫恐惧呢。

我朋友那些幻影横生的构思中，有一个倒不太抽象，我也许可以用文字描出个大概来，就怕表达得不够清楚。有张小画描出一幅室内图，不是地窖，便是隧道，其长无比，是个矩形，四壁低矮，光滑、雪白，没有花纹，也没剥落。画上某些陪衬示明这洞穴深深埋在地下，面积宽广，但不见出口，也看不到火把，什么人工光源

① 韦伯（1786—1826），德国著名作曲家，钢琴家。

② 傅塞利（1741—1825），瑞士画家，英国皇家学院教授，擅长素描，曾根据莎士比亚剧及弥尔顿诗歌绘有不少插图，以此著称。

都不见；可是，满满一室的强烈亮光四下翻滚，整个洞就此浴在一片不相称的阴森森的光辉中。

上文中刚提到过，他听觉神经不健全，除去某些丝弦乐声，听到一切乐曲都受不了。大概是因为他只弹六弦琴，演奏起来才充满了幻想色彩。但那套即兴曲的绝顶流畅，不能用此说明。我早有交代，只有碰到强作欢笑，才看得出他精神无比集中，无比镇静，就那种狂想曲的调子来说也好，就歌词来说也好（因为他时时一边弹奏，一边唱出押韵的即兴曲），都可以说是精神无比镇静，无比集中的产物。我动不动就想起其中一首狂想曲的歌词来。大概是当初听他一唱，我还以为头一回在这首歌词内在的、玄妙的意义中看出，厄舍完全明白自己那位理智国王快在宝座上摔下来了[①]，所以我的心弦益发给扣住了。这首诗名叫《群魔闹金殿》[②]，虽不是一字不差，但大致如下——

I

青山翠谷的万绿丛中，
　往日聚居瑶池仙女，
有座宫殿巍巍高耸，
　辉煌宫殿矗向天宇，
堂皇富丽，平地屹立

① 意即指厄舍完全明白自己那崇高的理智快要丧失。

② 此诗最初发表于1839年4月巴尔的摩的《博物馆》杂志，后经作者略加删改，插入本文，再行发表于《绅士》杂志。

　“思想”王国里！
女神从未舒展蝉翼，
　翩临皇宫如此富丽。

II
金光灿灿的杏黄旗帜，
　飘扬殿顶翩翩翻舞，
（一切的一切全是往事，
　影迹全无）
阵阵微风欢腾飞翔，
　在美好的岁月中，
沿着荒凉的紫禁城墙，
　一阵芳香霎时无踪。

III
游子在翠谷里徘徊，
　透过两扇明亮的窗子，
望见天仙绕座回转，
　和着琵琶的铮鏦调子，
婆娑轻舞；但看国君

（理智[1]陛下！）
危坐御座，双目炯炯，
俨然威武帝王贵相。

IV

富丽的宫门珠光宝气，
密密缀满奇珍异宝，
成队仙子[2]川流不息，
闪出宫门匆匆飞跑，
回声女神职使司掌，
无非歌唱，
娇声媚气天下无双，
唱出君王玲珑心肠。

V

黑袍无常自天降下，
急急杀进金銮宝殿，
（呜呼皇上抱憾泉下，
顿时丧身，此恨难填！）

---

① 原文 Porphyrogene，作者根据 Porphyrogenitus（皇帝即位后所生之太子）一字化出，指“思想”而言，译文姑且明译之。

② 原文是 Echo，典出希腊神话，为山林女神，因热恋少年水仙，不克如愿，憔悴而死，但声尚存，每逢水仙说话，往往作回声呼应。按此字作“回声”解，本文试译为回声女神。

宫殿周围的一片荣华，
　烁烁闪耀万丈光芒，
只是往事，泡影已化，
　似曾相识而又淡忘。

VI

旅人如今进入山谷，
　远隔火光血红的窗户，
眺望鬼影趺趺撞撞，
　随着杂音疯狂乱舞；
青面夜叉夺门奔出，
　势比冥河，
无休无止，仓仓促促，
　笑颜不展，唯是狂笑呵呵。

我深深记得，这支歌的余韵使我们不由涌起一连串念头，那里头倒体现出厄舍的一种看法，我这样提到，多半为的是他对此坚持不渝，可不是由于新奇，因为其他人①也有这个想法。一般都认为草木有情。可是，在他错乱的脑子里，更显得大胆，在某种情况下，竟连一切无机物，他都认为有情。要我表达他如何深信不疑，如何

① 即华德生、帕西伏尔医生、史帕兰塞尼，尤其是兰达夫主教。——参阅《化学论文集》第五部第五章。——原注。按：华德生（1737—1816），英国作家。教长，即兰达夫主教。帕西伏尔（1795—1856），美国浪漫派诗人、地理学家、医生。史帕兰塞尼（1729—1799），意大利解剖学家、博物学家。

沉湎其中，可找不到措辞。但正如前文伏笔中所提到的，这种信心跟他祖先那幢灰石房子不无关系。照他想象，他们家房子上的石头，还有石头上布满的霉菌，附近的几棵枯树，这一切的排列方式——安排次序，尤其是这种经久不变、始终如一的布置，以及死池中的倒影，处处都具体表现出感情来。他说，池水和石墙散发出一团团雾气，在四下逐渐凝集，由此可以看出痕迹——感情的痕迹，听到这儿，不由我吓一跳。他又加上一句道，这种后果就潜伏在感染力中，是种无形的感染力，挥之不去，实在怕人，好几百年来，就此决定了他们家的命运，把他害成目前这副样子——变成了这么个人。对这种种看法倒用不着发表意见，我也不谈了。

不难想象，我们看的书籍跟这种幻想一拍即合，多年来，对这病人的精神状态起的影响可不小呢。两人一起聚精会神地阅读葛里塞的《浮凡和修道院》①，马基雅弗利的《魔王》②，史威敦堡的《天堂与地狱》③，贺尔堡的《尼哥拉·克里姆地下旅行记》④，罗勃·法卢德、尚·丁大其奈、德·拉·香勃各人所著的手相术⑤，梯克的《碧

---

① 葛里塞（1709—1777），法国诗人、戏剧家。所谓《浮凡和修道院》其实是两首诗，本文中竟合而为一，显系作者笔误。《浮凡》乃一狂诗，内容叙述一鹦鹉故事。《修道院》原名《我的修道院》，系一叙事诗。

② 马基雅弗利（1469—1527），文艺复兴时意大利政治家、外交家、作家，著有《王子》等作品。《魔王》原系古拉丁文故事，马基雅弗利改写成小说，讽刺婚姻生活。

③ 史威敦堡（1688—1772），瑞典科学家、哲学家、神秘主义者，自称为上帝的使者。《天堂与地狱》是他1758年的作品。死后，其信徒以其主义创立新耶路撒冷教会。

④ 贺尔堡（1684—1754），丹麦戏剧家、历史学家。为丹麦戏剧创始人，以丹麦文写作的第一人。作品有《丹麦舞台》、政治小说《尼哥拉·克里姆地下旅行记》（发表于1742年）等。

⑤ 罗勃·法卢德（1574—1637），英国医生。本文中所谓手相术，疑指法卢德所著的相书。尚·丁大其奈，16世纪德国教士，著有数篇有关手相及相术论文。德·拉·香勃（1594？—1675？），法国作家、医生。曾于1653年发表手相术一书。

落旅行记》[①]，康帕奈拉的《太阳城》[②]等类作品。黑袍教[③]教士艾迈里克·德·盖朗尼的一部八开小本的作品《宗教法庭手册》[④]，是大家喜爱的一本书；看着庞坡尼斯·梅拉[⑤]谈到古代非洲的森林神和牧羊神[⑥]那几节文章，厄舍就会浑浑噩噩地坐上几个钟头。但他最爱阅读的是一本黑体字、四开本的孤本奇书——一座湮没无闻的教堂的手册——名叫《根据马因斯教会合唱经本中追思已亡占礼前夕经》[⑦]。

那天傍晚，冷不防地，他通知我玛德琳小姐故世了，还说打算趁没下葬，先在主楼的一间地窖中停尸十四天，听到这话，我禁不住想起上述那部奇书中谈到的荒谬仪式，和这忧郁症患者可能受到的影响。但他采取如此特别的办法，自有世俗的理由，我可不想随便反对。照他告诉我，他为兄的想到亡妹那迥乎寻常的病，又想到医生的某些孟浪而又殷切的探问，再想到祖坟地处偏僻，一任风吹雨打，就这么拿定主意了。我决不否认，想起了上厄舍庄园那天，在楼梯上碰见的那人一副阴险脸色，就不愿反对这种办法，照我看，这样做至多也只能说无伤大体，但决不算违情悖理。

经厄舍请求，我便亲自帮他料理临时的殡殓工作。死尸已经下

---

① 梯克（1773—1853），德国浪漫派诗人、戏剧家、小说家。著有《民间故事》（1797）、《幻想小说》（1845）等，曾翻译《唐吉诃德》一书和莎士比亚剧本。《碧落旅行记》疑系爱伦坡杜撰之书名。

② 康帕奈拉（1568—1639），文艺复兴时意大利著名哲学家、诗人，被称为近代思想之先驱，曾因“异端”与“谋反”之罪囚牢多年。1623 年，根据古希腊哲学家柏拉图的《理想国》撰写成幻想小说《太阳城》。

③ 黑袍教：天主教一派，1216 年，由西班牙人杜明哥·德·古兹曼（即圣杜米尼克，1170？—1221）创立。法国人称之为 “雅各宾”。凡此教会教士不得食肉，衣白袍，外披黑披风，故名之曰黑袍教。

④ 艾迈里克·德·盖朗尼（1320—1399），西班牙卡斯提尔的“宗教法庭”庭长。《宗教法庭手册》曾于 1356 年就宗教法庭中种种酷刑写成。

⑤ 庞坡尼斯·梅拉，纪元 1 世纪罗马地理学家，著有《宇宙志》，描述地中海区域的地理情况。

⑥ 森林神：典出希腊神话，乃半人半兽神，酒神之随从，耽迷酒色。牧羊神：典出希腊神话，即大神潘之诨名。梅拉所指的是据云古代非洲曾有的一种羊状的人。

⑦ 原文是拉丁文。此书纯属作者杜撰。

了棺，我们两人抬着棺材到停放地方，放在地窖里。那地窖关闭多年，火把差点给窒息的空气弄灭，所以没机会仔细打量。只看到地窖又小又湿，没缝没隙，透不进一丝光，深深埋在地下，上面正是我寝室那一带。显而易见，在往昔封建时代，为了要干尽恶事，曾给当作牢房，近年来，就当作库房，贮藏火药之类极易燃烧的危险品，因为一部分地板，和地室前的长长一条拱廊的四壁，都仔细地包着黄铜。一扇铁门也照样包着铜；又大又沉，门一开，擦着铰链，就嘎嘎发出尖得出奇的一声。

我们将手里令人心酸的灵柩放在这鬼屋的架上，再把还没钉上的棺盖掀开几分，瞻仰遗容。我这才头回注意到他们兄妹的容貌竟是一模一样；大概厄舍看透了我的心事，嘀咕了几句，我才知道他和死者原来是孪生兄妹，彼此之间有着简直无从理解的共鸣。可我们对死尸不敢久看——因为免不了感到可怕。她正当青春，病魔就这样夺去了她的生命，像患有一切纯粹僵硬症的病人，胸口和脸上似真非真地微微泛出一丝红晕，嘴唇上留着那令人生疑的永远微笑，人死了，留着这丝笑，实在怕人。我们放好棺盖，钉上钉，关好铁门，好生吃力地一路走去，到了楼上，进了同样凄凉的房间。

悲恸欲绝地过了几天，我朋友神经错乱的几点特征如今显然起了变化。平时那副举止无影无踪了。平时做的事早已抛之脑后，忘得一干二净。他在一间间房里徘徊，脚步散乱，匆忙，漫无目的。苍白的脸色又添了层更惨白的色泽——如果真有其事的话——眼睛里却暗淡无光了。以往不时发出的沙哑嗓音不再听到；只听到他说话一贯抖声抖气，浑似吓得没命。说真的，有时候，我总以为他那始终折腾的心里苦苦想着什么紧锁的秘密，少不得拼命鼓起勇气，一吐为快。有时候，又不得不将这一切当作莫名其妙的狂想，因为亲眼看到他全神贯注地对着空气，久久凝视，仿佛在听什么虚无的声音。怪不得看到他这种情况，不由害怕——不免受感染。只觉得他身上有种荒诞而动人的迷信，那份强烈的感染力显然一寸寸潜入我心头。

玛德琳小姐的遗体在主堡中停放了七八天，有日深夜，我躺在床上，尤其体验到这种种情绪的折磨。时间一个钟头一个钟头地恹恹过去了——可我辗转不能成寝。暗自百般譬解，直想摆脱盘踞在心头的那份紧张。只求自己相信，这要不全是因为房里凄凉的家具——破烂的黑幔那种令人惶惑的感染力，至少多半是这层原因，是即将来临的风暴送来了微风，吹得黑幔乱动，在四壁摆个不停，不安地窸窸窣窣磨着床上的装饰呢。谁知怎么也譬解不开。浑身渐渐战栗起来，压也压不住；终于有股无名的恐惧压在心头，像梦魇。我喘了一声，挣扎一阵，才算摆脱，从枕上抬起头，认真凝视黑得无比的房间，不知道是什么缘故，要么是本能撺掇我侧耳细听，听某种低低的模糊声音，每隔半天，狂风暂停肆威，便随之而起了，可就是不知道从哪儿传来。心里只觉得无比恐惧，说也说不出，实在受不了，压得人喘不过气来，我赶紧披上衣服，因为直感到那晚上再也睡不着了，就三脚两步地在屋里走来走去，一味想在可怜又可悲的处境中苏醒过来。

这样走了三两圈，就听得附近楼梯上传来轻轻一阵脚步声，不由竖起耳朵注意听了。不久才听出原来是厄舍的脚步。转眼间，他轻轻叩了叩房门，掌着盏灯，走进来了。脸色照旧惨白得像死尸，眼睛里竟还透着狂喜的神采，一举一动都带着显然压抑的歇斯底里。这副神气真吓得人浑身发毛——可我什么都受得了，就是不堪忍受长久以来熬着的这份寂寞，竟然如释重负地欢迎他光临呢。

“难道你没看到？”他默默朝四下盯了片刻，突然说道，“难道你当时没看到？啊，慢着！你准会看到。”这样说着，他把灯仔细遮上，匆匆跑到一扇窗前，迎着狂风，随手打开窗。

霎时刮来一阵猛烈劲风，差点没把我们吹上天。说真的，这一夜虽是狂风怒号，可美极了，真是个与众不同的恐怖而美丽的夜。旋风分明早在邻近一带大肆淫威，因为风向时时剧变；乌云低垂，压在庄园的塔楼上，密虽密，但还看得出云堆生龙活虎地飞驰，从四面八方奔来，挤来挤去，就是没飘向远方。我刚说，密虽密，但还看得到这种情况——月亮和星星却没看到——天上也没闪闪电光。可是，有种氤氲雾气环绕着公馆，笼罩着公馆，蒙蒙发亮，但又看得分明，散发出怪光，附近地面上的一切，还有大团大团翻腾的烟雾下面，就都闪烁出这种怪光来。

“你不能看——不准你看！”我打着寒噤，对厄舍说道，轻轻地一使劲，将他拖开窗口，领到座位上。“这一切景象，看得你糊涂了，不过是平常的电光现象罢了——要不许是山池中弥漫瘴气的缘故。关上窗子吧；风真凉，对你身体可有害。这是你爱看的一部传奇。我念，你听；就这样一起度过这恐怖的夜晚吧。”

我随手拿起的这部古书，就是兰锡劳特·坎宁爵士的《疯子屈里斯特》[1]；不过，我把这书称作厄舍爱读的一部书，可不是当真，八成是苦中作乐；因为，老实说，我这位朋友想象力丰富绝伦，不同凡响，看到那种冗长文章写得笨拙，缺乏幻想，决不会感兴趣。可话说回来，手边只有这本书；何况心里还怀着一丝希望，明知道这忧郁症患者眼下激动得六神不安，但愿他听到我要念的那种荒唐透顶的情节，就安下心，因为神经错乱史上多的是类似的变态心理。要是看他听故事那副紧张、高兴的狂态，能判断他是真在听，还是假在听，那我就可以庆幸妙计已售了。

我已经念到一段出名的情节，谈到书中主角，艾特尔瑞德，千方百计地想要和和气气地走进隐士居处，结果总是不成，他就动了武，硬闯进去。记得这段故事是这样的：

> 艾特尔瑞德天生刚强，再加畅饮了一通，如今酒性发作，更是孔武有力，不再和隐士饶舌。隐士其实也是生性固执，心肠狠毒。艾特尔瑞德只觉雨水淋肩，唯恐天降风暴，顿时抡起钉锤，砸了几下，门板霎时打裂条缝，套着臂铠的手便伸进门去；使劲一拉，竟至将门砸穿，劈开，打得粉碎，干木那噼里啪啦拆裂声令人胆战，声震丛林。

---

① 此书系作者杜撰，俾以配合本文情节。

念完这段句子，我吃了一惊，暂时住了口；因为仿佛听到——虽然马上就断定这是因为心里激动，生了幻想，一时错觉——耳边仿佛隐隐听到公馆里远处一角传来一声，就跟兰锡劳特爵士详加描写的那种破门声丝毫不差，正像那个回声，但这一声的确闷声闷气，模糊不清。不用说，就是这样巧合，我才竖起耳朵细听；有了啪嗒啪嗒的窗框声，外加狂风依然一阵强似一阵，照例响着嘈杂声，这个声音实在算不了什么，不会引人感兴趣，也不会害人心神不宁。我就接着念了：

好侠客艾特尔瑞德如今进了门，不见那恶隐士影踪，不由得火冒三丈，暗吃一惊，却见有条毒龙，遍体鳞甲，口吐火舌，守在一座金宫前，但见宫内白银铺地，壁悬铜盾一张，闪闪发光，上镌铭文云——

脚踏金殿成霸王；

手宰毒龙得宝盾。

艾特尔瑞德手举钉锤，一锤击中龙头，龙头顿时落在面前，尖叫一声，喷出毒气。这声尖叫惨厉刺耳，犹如万箭钻心，艾特尔瑞德只得双手蒙住耳朵，厉声如此可怖诚属空前。

念到这儿，我又突然住了口，这时心里实在惊讶莫名——因为这一刹那间，毫无疑问，当真听到低低一声，虽说不上从哪方传来，可分明从老远传来，声音刺耳，响个不了，是迥乎寻常的一声尖叫，

《厄舍庄园的坍塌》插图 2

摩擦声——看了这传奇作家的描述，心里原来幻想出毒龙那声怪叫，倒跟耳边听到的一声不差丝毫。

不用说，眼见又有这么特别的巧事，种种矛盾的心情顿时云集，最突出的就是诧异和无比恐惧，折磨得我好苦，但还是保持一定镇静，免得说出什么，惊动这位神经过敏的伙伴。我决不敢说他已经听到这些声音；可是过去几分钟内，他的举止确实起了奇怪的变化。他已经将椅子从我面前逐渐挪开，转过了身，面对房门坐着；因此只能约略看到他的脸庞，但见他嘴唇簌簌地抖，仿佛嘴里念念有词。他头已经垂倒在胸前——不过，从侧面一眼看到他眼睛一动不动地睁得老大，就知道他没睡着。他身体一摇一摆，也可证明这想法不对头——因为他一直不断微微地摇来摆去。我一眼看到这一切，就重新朗读兰锡劳特爵士那篇故事了，后文如下：

> 侠客逃出毒龙魔掌，心中猛然想到铜盾，想到盾牌上所附魔法，便搬开面前龙尸，勇气百倍，踏着白银地，一步一步走到悬挂盾牌之墙壁前；还未走近，盾牌便落在脚前，碰得震天价响，令人发指。

我嘴里刚落出这些句子——恰如这一刹那间，真有铜盾重甸甸地掉在银地上——顿时听到一声回响，清晰、空洞的铿锵声咣当一响，但显然又是闷声闷气。我吓得魂不附体，霍地跳起身；谁知厄舍竟照旧一下一下地摇来摆去。我奔到他座椅前。他眼睛怔怔盯着前面，满脸漠然，不露声色。我伸手按在他肩头，哪知他浑身上下顿时一阵战栗，嘴上颤出了个惨笑。只见他结结巴巴地念念有词，声音又低又急，仿佛不知我在面前。我弯下腰凑近他，终于听懂他那番话的可怕含义。

“没听见？——对，我听见，早听见过。好久——好久——好久——好几分钟，好几个钟头，好几天工夫，一直听到——就是不敢——唉，可怜可怜我吧，我真是个可怜虫呵！——就是不敢——不敢说！我们把她活埋啦！我不是说过自己感觉灵敏吗？我现在告诉你，她在空洞洞棺材里那头，一阵轻微的动静，我都听到过——这是好多好多天前的事了——可就是不敢说——不敢说！可现在——今天晚上——艾特尔瑞德——哈！哈！隐士家门，啪啦一破，毒龙临死，尖声一叫，盾牌落地，咣当一响！——嗨，那还不如说她棺材的劈开声，她囚牢的铁铰链的摩擦声，她在地室的铜廊中的挣扎声！啊，躲到哪儿去呢？难道她不会马上到这儿来？难道她不赶来数落我那样性急？难道我没听见她上楼来的脚步声？难道我没听清她那可怕的心跳声？疯子！”说着他气冲冲地跳起身，仿佛不顾命了，尖声喊出来，“疯子！我告诉你，她现在就在门外！”

恰如他那声势非凡的嗓音中有股魔力，他指着那扇古雅的格子大门，霎时间慢慢裂开了笨重的乌木大口。这是一阵疾风刮开的——谁知这时门外当真站着个子高大、身裹寿衾的厄舍庄园那位玛德琳小姐。她那袭白衾上溅着鲜血，她那骨瘦如柴的身体上上下下都透着苦苦挣扎过的痕迹。她一时簌簌发抖，摇来晃去地站在门槛上，未几，幽幽地哼了一声，重甸甸地跌进门，倒在她哥哥身上，发出一阵痛苦不堪的呻吟。如今才是最后一阵垂死呻吟，将他拉到地上，成了具死尸，成了个冤鬼，他早料到要吓死啦。

我吓得没命，顿时逃出那个房间，逃出那座公馆。不知不觉地穿过倾颓的堤道，只见四下里狂风照旧大施威力。冷不防，路上射来一道怪光，我回过头，想看看这么奇怪的一道光究竟从哪里射来，因为巨厦和屋影全落在背后了。原来是恹恹西沉的一轮血红的月亮，月光透过裂缝，照得亮晃晃。上文中早已提到那道裂缝，过去还看不大清，如今竟从屋顶曲曲折折地一路裂到墙脚。我正怔怔看着，裂缝霎时宽了——耳边传来一阵旋风的怒吼——那轮红月顿时呈现在眼前——看着巨楼纷纷崩溃，不由头晕目眩——平地响起了一阵震天动地的喊声，久久不息，恰如万马奔腾的汪洋洪涛——脚下那幽深的乌黑山池，阴郁郁地默默淹没了一片瓦砾的“厄舍庄园”。

Edgar A Poe

Edgar A Poe

Edgar A Poe

Edgar A Poe

图书在版编目（CIP）数据

金甲虫：爱伦坡短篇小说选 /（美）爱伦・坡著；焦菊隐等译；
（爱尔兰）哈里・克拉克插图．-- 桂林：漓江出版社，2019.11
（外国惊悚悬疑小说译丛）
ISBN 978-7-5407-8674-8

Ⅰ．①金… Ⅱ．①爱… ②焦… ③哈… Ⅲ．
①短篇小说—小说集—美国—近代 Ⅳ．① I712.44

中国版本图书馆 CIP 数据核字 (2019) 第 081817 号

JINJIACHONG
金甲虫
——爱伦・坡短篇小说选
［美］爱伦・坡　著
焦菊隐、文楚安等　译
［爱尔兰］哈里・克拉克　插图

出版人：刘迪才
策划编辑：沈东子　辛丽芳
责任编辑：张谦
助理编辑：孙精精
书籍设计：石绍康
责任监印：张璐

出版发行：漓江出版社有限公司
社址：广西桂林市南环路 22 号
邮编：541002
发行电话：010-85893190　0773-2583322
传真：010-85890870-814　0773-2582200
邮购热线：0773-2583322
电子信箱：ljcbs@163.com
微信公众号：lijiangpress

印制：三河市中晟雅豪印务有限公司
［河北省三河市泃阳镇错桥村　邮编　065200］
开本：880 mm × 1230mm　1/32
印张：9.5
字数：184 千字
版次：2019 年 11 月第 1 版
印次：2019 年 11 月第 1 次印刷
书号：ISBN 978-7-5407-8674-8
定价：45.00 元